건투를
빈다.

건투를 빈다.

김어준

푸른숲

몰랐다, 정말. 내가 이런 책 내게 될 줄은. 책임 못 질 남인생에 감 놔라 배 놔라 하는 거, 무례이자 반칙이라 믿는작자가 상담집이라니. 게다가 추리다 보니 몇 년 치다.어우, 쑥스러워. 어쩌다 일이 이 지경이 된 건지 그연유를 따져봤다. 그럴 듯한 변이라도 하려면 말이다.근데 더 당황스럽다. 남의 삶에 주석 다는 건방을 몇년이나 떨었는데 아무리 해도 그 이유가, 기억 안 나는거다.

사연이 그러하고 보니 서문용으로 폼 잡을 말이 없다.피폐한 현대인의 일상적 소외 어쩌고 쓰다 다 지웠다.구라니까. 실은 어쩌다 보니, 그냥, 한 거였던 게다.재밌을까 봐. 아, 모양 안 난다. 다행히 허투루 웅대한사연은 하나도 없더라. 진심으로 대했더라. 다만 글이불친절하다. 뭐 거야 워낙 곰살궂게 생겨먹질 못했으니.그 점 죄송하다. 꾸벅.

한 가지만 당부하며 황급히 마치런다. 수많은 고민들접하는 와중에 나름 발견한 대한민국 고민 일반의최소공배수가 몇 있다. 개중 꼭 언급하고픈 거 하나.

많은 이들이 자신이 언제 행복한지 스스로도, 모르더라. 하여 자신에게 물어야 할 질문을 남한테 그렇게들해댄다. 자신이 어떤 사람인지, 그런 자신을 움직이는 게 뭔지, 그 대가로 어디까지 지불할 각오가 되어 있는지, 그 본원적 질문은 건너뛰고 그저 남들이 어떻게 하는지만 끊임없이 묻는다. 오히려 자신이 자신에게 이방인인 게다. 안타깝더라.

행복할 수 있는 힘은 애초부터 자기 안에 내재되어 있다는 거, 그러니 행복하자면 먼저 자신에 대한 공부부터 필요하다는 거, 이거 꼭 언급해두고 싶다. 세상사 결국 다 행복하자는 수작 아니더냐. 제 행복 찾아들 나서는 길에 이 책이 작은 도움이라도 줄 수 있다면 더 바랄 게 없겠다.

다들, 건투를 빈다, 졸라.

_김어준

Contents

나

삶에 대한 기본 태도

—

008p

가족

인간에 대한 예의

—

118p

친구

선택의 순간

—

178p

직장

개인과 조직의 갈등

—

214p

연인

사랑의 원리

—

276p

삶에 대한
기본 태도

벌써 나이 서른인데
어떻게 살아야 할지
모르겠어요

대학과 대학원을 졸업하고 연구원으로 벤처기업에서 일한 지
1년 8개월. 고등학교 때는 공대가 나랑 잘 맞는 줄 알았고,
또 한창 잘나가는 분야이기도 해 돈 벌고 성공하고 싶어 이쪽으로
왔습니다. 그렇게 대학원에 들어갔지만 '이 길은 내 길이 아니구나'
깨닫고도 이왕 시작한 거 본전은 뽑자는 심산으로 취업해 2년
버티고 그담에 생각하자 했는데 슬슬 그 시기가 다가오니 일도
싫고 회사에 매일 나가는 것도 답답합니다. 그렇다고 때려치우자니
내가 뭘 하고 싶은지, 뭘 잘하는지 모르겠습니다. 성격상 무작정
때려치우면 방콕 폐인이 될 게 뻔하고. 대체 어떻게 해야 할까요.

한 마리 동물로서
자신이 생겨먹은 대로의
경향성을 깨닫자

그거 아냐. 당신 같은 사람, 우리나라에 참, 많다. 나이 서른에 자신이 뭘 하고 싶은지도 뭘 하는지도 모르겠단 사람들, 부지기수다. 사실 뭘 해야 할지 모르겠단 것보다 훨씬 더 근본적인 문제는 자신이 어떻게 살고 싶은지를 모른다는 거다. 당신 진로를 대신 택해줄 재준 없다. 하지만 후자의 문제라면, 지금부터 뭘 고민해야 하는지, 말해줄 수 있겠다.

지난 아테네 올림픽 때다. 우리 리포터가 풍물 취재로 한 어부를 인터뷰했다. 잡은 생선 중 크고 좋은 놈들 따로 놓는 걸 보고 리포터가 당연하다는 듯 이쪽 상등품은 팔 거냐고 묻자, 어부는 무슨 소리냔 표정으로 먹을 거란다. 왜 값을 더 쳐줄 물건을 팔지 않느냐고 묻자 나머지 판 돈만으로도 먹고살 수 있단다. 좋은 놈들은 와이프랑 먹을 거란다. 행복관이 판이한 게다. 이런 어부, 우리나라엔 없다. 왜? 우린 그렇게 배우질 않는다. 스웨덴 교과서에 이런 내용이 나온다. 인간에겐 소유욕과 존재욕이 있는데 소유욕은 경제적 욕망을, 존재욕은 인간과 인간이, 인간이 자연과 더불어 살고자 하는 의지를 뜻한다고. 그런데 그 존재욕을 희생해 소유욕을 충족시키는 건 병적 사회라고. 공교육이 처음 가르치는 게 그런 거다. 사회 시스템 역시 그 가치관에 기초해 구축되고.

아이가 어른이 되는 과정에서 가장 먼저 배워야 할 건 그렇게 자신의 삶을 어떻게 상대할 것인가, 그 기본 태도에 관한 입장이어야 한다. 우린 그런 거 안 배운다. 대신 성공은 곧 돈이라는 거, 돈 없으면 무시당한다는 거, 그 경쟁에서의 낙오는 인생 실패를 의미한다는 거, 그렇게 경제논리로 일관된 협박과 회유로 훈육된다. 그리하여 우리 모두는 초식동물처럼 산다. 초식동물의 군집은 가장 뒤처지는 놈이 포식자의 먹이가 되어 나머지의 안전이 잠정 담보되는 시스템이다. 거기에 공적 신뢰 따윈 없다. 결국 끝줄에 서지 않으려 끊임없이 서로를 경계하며 두리번거리는 왜소하고 불안한 낱개들만 남을 뿐. 자신만의 삶의 방식을 시도할 겨를도 없고 엄두도 안 날밖에. 우리네 평균적 삶이 그렇다. 여기까진 위로다. 갈피를 못 잡는 건 당신만이 아니란 거다.

그러니 이 땅에서 어떻게 살 건지는 스스로 깨치는 수밖에 없다. 그러자면 가장 먼저 필요한 게 자신이 무엇으로 만들어진 인간인지부터 아는 거다. 언제 기쁘고 언제 슬픈지. 무엇에 감동하고 무엇에 분노하는지. 뭘 견딜 수 있고 뭘 견딜 수 없는지. 세상의 규범에 어디까지 장단 맞춰줄 의사가 있고 어디서부턴 콧방귀도 안 뀔 건지. 그렇게 자신의 등고선과 임계점을 파악해야 한다. 그리고 그렇게 윤곽과 경계가 파악된 자신 중, 추하고 못나고 인정하기 싫은 부분까지, 나의 일부로, 있는 그대로, 수용할 수 있어야 한다. 전혀 멋지지 않은 나도 방어기제의 필터링 없이 고스란히 받아들이게 되는 지점, 그런 지점을 지나게 되면 이제 한 마리 동물로서 자신이 생겨먹은 대로의 경향성, 그런 경향성의 지도가 만들어진다.

거기서부턴 더 이상 자신에 대해 관심이 없어진다. 더 이상 자기 합리화나 삶에 대한 하찮은 변명 따위에 에너지 소모하는 일, 없어진단 이야기다. 그리고 그때부터 모든 에너지는 생겨먹은 대로의 나를 세상 속에서 구현하는 것에 온전히 집중할 수 있게 된다. 더 이상 눈치 보거나 두리번거리지 않고. 그다음부턴 쉽다. 꿈이니 야망이니 거창한 단어에 주눅 들거나 현혹되거나 지배당하지 말고, 그저 자신이 죽기 전에 해보고 싶은 것들, 가보고 싶은 곳들, 만나보고 싶은 자들 따위의 리스트를 만들라. 그리고 그 리스트를 하나씩 지워가라. 사람이 왜 사느냐. 그 리스트를 지워가며 삶의 코너 코너에서 닥쳐오는 놀라움과 즐거움을 하나도 놓치지 않고 최대한 만끽하려 산다. 최소한 나는 그렇다. 건투를 빈다.

P. S.
행복에 이르는 방도의 가짓수가 적을수록 후진국이다. '747' 과업을 못 이룬 나라가 아니라.

나의 소원

연대기

다른 애들은 멋진 직업과 찬란한 꿈들, 잘도 읊던데 뭐가 모자란 건지 아주 어릴 적부터 꿈이 뭐냐는 소리엔 도무지 할 말이 없었다. 이젠 꿈이란 단어 자체가 썩 탐탁지가 않다. 대신 그저 하고 싶은 것의 리스트는 살아가며, 나이대에 따라 유형을 달리하며, 축적되더라.

특정 장소를 가야 해결되는 소원 유형은 주로 십대 때 리스트업 됐다. 그 첫 번째가 남극. 일곱 살 때, 아문센 전기 읽다 꽂혔다. 그는 열다섯 살 때부터 일부러 겨울에도 창문 열고 잤단다. 당장 따라 했다. 그러나 그가 살았던 노르웨이 보르게를 나중에 가본 후로는 이거 아동 위인전 작가의 생구라 아닌가 여긴다. 오슬로 부근의 보르게는 멕시코 만류의 영향으로 겨울에 우리나라 춘천보다 안 춥다. 뭐 대단한 훈련 안 된다고. 그 덕에 난 지금도 아무리 추운 겨울이라도, 조금은, 창을 열고 자야 답답하지가 않다. 같이 사는 사람, 아주 괴롭다. 아이들에게 아무 거나 읽히면 평생 고생한다는 교훈 되겠다.

여하간, 남극, 칠레 푼타아레나스 혹은 아르헨티나 우슈아이아에서 크루즈로 갈 수 있다. 교통비만 천만 원대. 소요 시간 2주. 이십대엔 돈 없어, 삼십대엔 시간 없어 못 갔다. 지구 온난화로 남극 빙벽이 빠른 속도로 후퇴하고 있다니 사십대엔 꼭 가야겠다.

두 번째, 에베레스트. 열 살 때인 77년 고상돈 대원이 최초로 그 정상에 올라 이렇게 말했다. "여기는 정상, 더 이상 오를 데가 없다." 아, 이 멘트, 콱 와서 박혔다. 언젠가 나도 한번은 꼭 가리라, 그 멘트를 듣는 순간 다짐했다. 근데 몇 년 전 엄홍길 대장이 그러더라. 내 배 보더니, 못 간다고. 헬기 타고 가면 안 되냐 했더니 헬기는 6천 미터 이상 못 간단다.

해서 특수 헬기가 나올 때까지 접고 있었다. 그런데 2005년 5월 14일 네팔 현지 시간으로 오전 7시 8분, 디디에 델살(Didier Delsalle) 조종사가 유럽항공방위우주기업

(EADS)의 자회사 유로콥터사의 단발엔진 헬리콥터 'AS-350B-3 Ecureuil'를 몰고 인류 역사상 최초로 에베레스트 정상에 헬기 착륙 성공해 2분간 머물렀다. 야호! 만세! 버트, 그러나. 이 헬기는 구조 임무 수행만을 염두에 둔 것이라 헬기 조종을 먼저 배워 네팔 정부 소속의 구조 비행사가 되어야 한다는 거….

마지막 기댈 데는 상업 등반이다. 돈 내면 베테랑 산악인들이 정상까지 등반을 인도하는 건데 여기엔 세 가지 문제가 있다. 먼저 비용이 1억 정도 든다는 거. 그리고 아무리 베테랑이 인도해도 결국 자신이 등반하는 거라 그만한 체력이 요구된다는 거. 에베레스트는 빙벽 등반과 같은 고급 기술이 아니라 폐활량과 지구력 그리고 정신력, 이 세 가지가 핵심 관건이다. 마지막으로 국내에는 현재까진 상업 등반대가 없다는 거. 하여 난 아직도 기다린다. 허나 죽기 전엔 무슨 수를 내서라도 꼭 한 번은 다녀오리라. 참고로 에베레스트 최고 연령 등반자는 71세의 일본인 야나기 씨다.

세 번째. 열셋 나이에 아라파트 사진을 신문에서 봤다. 팔레스타인, 뮌헨 올림픽 이스라엘 선수단 학살 테러 지도자. 그 순간 그를 만나기로 다짐. 이유는 나도 모른다. 테러 단체의 우두머리라니 멋있어 보였던 것일까. 여하간 그로부터 13년 후 93년 라빈 총리와 평화협정에 사인한 그가 이스라엘의 예리코로 돌아왔단 외신을 접하고 그해 겨울 바로 예루살렘으로 향했다. 삼엄한 검문소 몇 통과 후 예리코 도착. 아라파트 집 찾는다는 동양인 신기해하며 따라붙는 팔레스타인 꼬마들 달고 그의 집 앞에 섰다. 회백색 이층집. 대문을 약 3분간 바라봤다. 거기까지 가서야 비로소 깨달았다. 아라파트가 날 만나줄 이유가 없다는 거. 담벼락에 기대 사진 몇 방 찍었다. 더 이상 할 게 없더라. 그래서 그 길로 돌아 나왔다. 이후로는 희한하게도 아라파트 하나도 안 궁금하더라. 해서 그후 난 그를 대략 만난 걸로 치고 있다.

네 번째. 열다섯, 《리더스 다이제스트》에서 어느 커플이 사하라를 동반 횡단했단 스토리 읽다 사하라에 또 꽂힘. 95년, 이집트 쪽 사하라 끝자락에서 사막 모래 몇 시간 밟았다. 거참 모래가 많더라. 그러나 자연 극복한 위대한 인간 승리, 이런 건 또 본인 종목이 아닌지라 그만큼만 하고 그냥 돌아왔다. 밟았으니까 됐잖아.

십대 이후론 특정 장소만으론 더 이상 목록에 등재되질 않는다. 가보고 싶었던 웬만한 도시들은 이미 배낭여행 통해 가본 데다, 가보고 싶어도 가볼 수 없는 곳이란 게 지구상에 거의 남아 있질 않다 보니 십대 때처럼 그곳을 떠올리는 것만으로 아드레날린이 풍풍 분비되면서 목록 작성하는 나이는 지나버린 게다. 슬프다, 씨바.

이십대 되자, 장소가 아니라 행위가 등록되기 시작했다. 몇 개만 읊자. 먼저, 은행 털기. 어느 날 〈내일을 향해 쏴라〉를 보다 문득 기력 떨어지기 전에 꼭 한번 해봐야지 혼자 결의. 돈은 3일 이내 돌려준다. 지금도 작전 구상 중이다. 잡히면 콩밥이니까.

다음, UFO에 순순히 잡혀가기. 영화 보면 다들 반항하더라. 난 매우 협조적으로 포획되어준다는 계획이다. 여행한 나라 수가 서른 개가 넘어가며 슬슬 들기 시작한 생각. 지구인은 충분히 조우했다. 이제 생체실험만 좀 덜 아프게 해준다면 외계인 면상 좀 보고 싶다. 이건 어떻게 내 쪽에선 연락 방도 없어 마냥 대기 중이다. 만약 지구 귀환 불가능 하다면… 그래도 간다.

그러다 삽십대 되자, 있었으면 하고 바라는데 아직 없다 싶으면 직접 만들어야겠단 생각을 하기 시작. 일단 하나만 소개하자. 똥배 호스트바. 미소년이나 몸짱들 말고 배 나온, 최소한 삼십대 후반 이상 아저씨들로만 이뤄진, 나이 상관없이 반말 찍찍 해대고 매우 불친절한, 그러나 지적으로 통쾌한 호스트들의 바. 모두들 외로워 이 지경이다. 서로 위무하며 사는 게 인류공영이다. 몸은 안 준다. 나가서 지들끼리 눈 맞는 거야, 뭐.

삼십대 중반이 넘어서자, 이제는 보고 싶고 하고 싶은 것이 아니라 보기 싫고 하기 싫은 일 목록이 등재되기 시작하더라. 하기 싫은 일의 리스트 아주 길다만, 특히 각종 공중도덕 레벨의 규범들, 매우, 잘, 안 지키기 시작한다.

건널목으로 안 건너고 휴지 같은 거 안 줍는다. 줍기는 커녕 손님 여러분 기죽어달라며 반짝거리는 특급 호텔 대리석 바닥에도 그냥 휴지 막 버린다. 옆에서 누가 뭐라고 하면, 엄청 비싼 호텔 커피 값에 이거 청소비도 다 포함된 거야, 라고 화사하게 웃으며 답해준다. 건널목 빨간 불인데 이리저리 둘러봐도 차 없다 싶으면 옆에서 기다리는 사람 아무리 많아도 그냥 건넌다. 간혹 그렇게 건너는 사람들은 자기는 바빠서 그러는 거라는 거 보여주려고 뛰어가곤 하던데 난 그냥 슬렁슬렁 걷는다. 물론 경찰 아저씨 근처 있을 땐 절대 안 그런다. 그땐 뛴다.

또 한 가지 주요한 카테고리가 사기 치는 거 좀 안 봤으면 하는 거다. 담배 값 인상 국민 건강 걱정해 그랬단 소리나 이건희 회장 무죄라는 소리 같은 거. 이런 거, 별거 있나, 사기다. 이런 대국민 사기들, 참 싫다. 이명박 대통령 만들어낸 청계천 같은 것도 마찬가지다. 혹자는 전기료 몇 억 든다는 비난도 하던데, 뭐 도심에 그 정도 물 흐르는데 돈 좀 들면 어때. 물 흐르니까 좋잖아. 전기료는 전혀 아깝지 않다.

근데 그거 하천은 아니잖나. 상류에서 내려온 물이 모여 흘러야 개울이고 시내고 하천이고 되는 거지, 상류와 연결은 없고 도심 한복판에서 여기서부터 시작, 하고 갑자기 뜬금없이 물이 솟는다. 그 뜬금없는 물길은 한강 끌어와 펌프로 뿜어주는 거고. 이거 하천 아니다. 청계천 있던 자리에 만든, 시멘트 바닥의 인공 수로지. 고로 난 이걸 '명박수로'라 불러야 마땅하다 본다. 임기 내 자연 하천 복원 못하니 인공 수로라도 만들어내는 추진력으로 인정받든가 아니면 임기 내 완공 못하더라도 자연 하천 복원의 기틀을 마련한 생태 마인드로 인정받든가. 세상에 공짜가 어디 있나. 둘 중 하나 선택했음 포기한 건 비용으로 지불해야지. 그런데 둘 다 먹으려고 드는 거, 그런 사기, 싫다.

명박수로를 하천 복원이라 구라친 그가 이젠 대운하를 하천 정비라고 구리친다. 사람은 변하지를 않는다니까.

상기 리스트와 항목 비슷한 분들, 연락들 주시라. 말 나온 김에 어떻게 계라도 하나 만들어봐야겠다.

원하는 대학에
가지 못한 내가
하찮은 사람 같아요

1년 재수해 올해 대학에 입학했습니다. 하지만 중·고등 시절엔
공부 잘한다, 모범생이구나, 소리에 항상 우쭐했고 얼떨결에
특목고로 진학해 가족들 기대는 더 커졌습니다. 거기서도 열심히
공부했고 완벽한 모범생이었죠. 가끔 내가 뭘 위해서 이러는가
싶었지만 내 꿈을 위해서라고 되뇌었습니다. 큰 기대 속에 치른
첫 번째 수능에 실패해 실망하는 소리를 약간 듣긴 했지만 다시
큰 기대 속에 재수 시작, 다시 실패. 지금은 가족들이 생각했던
명문대와는 거리가 먼 대학에 입학해 다니고 있습니다. 삼수 권유를
받기도 했지만 다시는 그런 고생 하고 싶지 않다는 생각만 들었어요.
그래서 이 학교 입학해 복수전공도 하면 된다 싶어 열심히 공부하고
있습니다. 그런데 가족, 친척, 선생님, 주변 사람들의 실망에
힘이 듭니다. 이젠 두렵기까지 합니다. 내가 하찮은 사람 같고,
계속 누군가를 의식하게 되고 마음에 들게, 칭찬받게 행동해야
될 것 같은 느낌이 듭니다. 어떻게 해야 할까요.

남의 기대를
저버리는 연습을 하라

엉아 맴이 아프다. 웬만해선 남의 일로 마음 안 아파주시는 성정인데 말이다. 왜냐. 당신은 영문도 모르고 징집되어, 진군가에 홀린 채, 목적도 모르면서, 남의 전장에서 싸우다, 어느 날 낙오해버린, 인생 학도병이기 때문이다. 그리고 그런 사람들, 우리나라에 너무 많기 때문이다.

라캉이란 자가 있었다. 정신분석에 기호학적 접근 시도해 업계에선 자기들끼리 쳐주는, 시쳇말로 '좀 짱인 듯한' 프랑스 작자다. 이 양반이 이런 소릴 했다. 아이는 엄마의 욕망을 욕망한다고. 하여간 업자들 말로 가오 잡는 건 알아줘야 한다. 뭔 소리냐. 복잡한 거 다 빼고 말하자면, 아이는 엄마 만족시키려고, 엄마가 원한다 여기는 걸 자신도 원하게 된다는 거다. 이게 골 때리는 게, 내가 뭔가를 원하는 게 엄마가 원하니까 원하는 게 된 건지 아니면 내가 그냥 원하는 건지, 그 구분이 안 가는 거라. 어쨌든 어떤 아이나 거치는 과정이다. 그리고 이걸 일반화해, 인간은 타자의 욕망을 욕망한다 했다. 그러니까 페미니스트들이 미스코리아 대회에 열 받는 건, 그 식으로 말하자면, 여성들이 남성의 욕망을 욕망하기 때문인 거라. 여성들이 남성 욕망에 자길 맞춘다는 거지.

여하간 골자는 이렇다. 당신은 여태 부모를 비롯한 다른 누군가의 욕망을 위해 당신 인생 대부분을 소비하고 있었다는 거다. 그게 다 자신의 욕망인 줄 알고. 말하자면 엄마의 욕망을 욕망한, 아이였던 거지. 특히 우리나라는 십대에게 요구하는 게 오로지 학교 성적밖에 없는 야만적인 사회인지라 당신처럼 성적이 좋은 학생일수록 그 마인드 세트를 벗어나기가 대단히 어렵다. 당신이 가끔 내가 뭘 위해 이러나 싶다가도 그 궤도를 한 치도 못 벗어난 건 그래서다. 공부만으로 만사형통이었거든. 그런데 그 영광의 노정을 질주하던 당신이, 어느 순간 갑자기 삐끗했다. 우리나라에선 그 노선, 하나밖에 없는데. 어릴 땐 공부 고 커서는 돈이고. 거기서 탈락한 당신에게 일순, 환호는 멈추고 박수는 거둬진다. 버려진 거다. 지금껏 다른 이들의 욕망을 좇아 단일 노선만 달렸던 당신, 공부 이외의 방법으론, 자신의 존재를 증명하는 법도 모른다. 공포가 엄습할밖에. 날 입증할 방도가 사라졌으니. 안절부절. 이젠 칭찬을 구걸이라도 해야 한다. 비굴해지거나 혹은 친절해져서라도. 그렇게라도 누군가의 승인을 따내야 한다. 존재 가치를 그나마 느끼려면. 지금 당신 상태다.

내 생각은 그렇다. 지금의 당신에겐 봉창 타격음이겠지만, 참 다행이다. 지금쯤 실패해서. 회복할 시간이 많아서. 아마 당분간 참담할 게다. 과거 영광과 낮아진 자존감 사이에서 방황도 할 게고. 그러나 그런 비용을 치르고라도 부모 욕망으로부터, 다른 이들의 기대로부터 스스로를 해방시킬 기회를 얻은 건, 당신 인생 전체로 보자면, 크게 남는 장사다.

물론 부모 욕망에 응답코자 하는 건 모든 아이의 숙명이다. 그리고 거기에 부응하지 못한 자책감으로부터 완벽히 자유로운 자도 없고. 거기까진 정상이다. 사실 인간은 평생을 그렇게 누군가의 욕망에 호응하느라 부산하다. 삶 자체가 인정 투쟁이라고. 하지만 모든 건 결국 밸런스의 문제다. 우리나라엔 남의 욕망에 복무하는 데 삶 전체를 다 쓰고 마는 사람들, 자기 공간은 텅텅 빈 사람들, 너무나 많다. 당신만의 노선을 찾고 그리고 거기서 자존감, 되찾으시라. 시간이 오래 걸릴지도 모른다. 쉽지도 않다. 하지만 그 길은 당신 스스로 찾는 수밖에 없다. 다만, 결코 친절해지진 말라는 거. 오히려 이제부턴 차근차근, 남의 기대를 저버리는 연습을 하라는 거. 남의 기대를 저버린다고 당신, 하찮은 사람 되는 거 아니다. 반대다. 그렇게 제 욕망의 주인이 되시라. 자기 전투를 하시라. 어느 날, 삶의 자유가, 당신 것이 될지니.

P. S.
사람이 나이 들어 가장 허망해질 땐, 하나도 이룬 게 없을 때가 아니라 이룬다고 이룬 것들이 자신이 원했던 게 아니란 걸 깨달았을 때다.

서울대에

못 가

참 다행이다

고백 하나 하자. 학창 시절, 나, 공부 좀 했다. 서울대, 당연히 가는 줄 알았다. 연·고대는 공부 못하는 학생이 가는 곳인 줄 알았다. 물론 지금 생각하면 나도 재수 없다. 하지만 그땐 그렇게 생각했다. 그러다 결국, 못 갔다. 억울했다. 내가 획득한 학력고사 점수만큼만의 사람이란 걸 받아들일 수가 없었다. 해서 이런저런 핑계도 찾았다. 실수를 했다느니 따위의. 실수를 최소화하는 게 결국 실력이란 걸 인정하기까지 몇 년이 걸렸다.

하지만 그런 후에도 여전히 피곤했다. 언제나 사람들에게 내가 할 수 있는 것이 얼마나 되는지를 실제로 입증해 보인 다음에야, 내가 정당하다고 생각하는 정도의 평가를, 아니 그 절반만이라도 받을 수 있었으니까. 우리나라에서 서울대가 갖는 프리미엄의 크기만큼, 딱 그만큼의

하지 않아도 될 노력을 해야 비로소 그 프리미엄만으로 누릴 수 있는 대우의 절반이라도 받을 수 있다는 사실은, 날 피곤하게 했다.

그래서 배낭여행을 그리 좋아했는지도 모르겠다. 여행을 떠나 세계를 만나면 만날수록 내가 살던 동네가 얼마나 비좁은 공간이었는지 절감할 수 있었으니까. 그리고 그를 통해 내가 겪은 실패라는 게 사실은 대단한 게 아니라는 걸 알게 되었으니까. 세계는 겨우 학력고사 점수 따위로 성공과 실패를 논하기엔 너무 컸다. 그렇게 난 대학 생활 내내 이런저런 아르바이트를 해가며 수십 개국을 배낭여행 했다.

하지만 내가 그 우울과 피로를 완전히 떨쳐버릴 수 있게 된 건 서른이 넘어서다. 서른 초반의 어느 봄날이었던 걸로 기억한다. 적어도 3년은 직장생활 하겠다고 부모님께 약속하고 가장 월급이 많다고 해서 들어간 포철을 겨우 6개월 만에 그만둔 후 다큐멘터리 기획부터 이벤트 사업, IP 사업, 홈페이지 사업, 입양아 프로젝트, 기업 연수 대행, 광고 대행 등등 온갖 일들을 닥치는 대로 하던 시절이었다. 그리고 그런 일들을, 돈이 되건 되지 않건, 참으로 재미

있게 하던 시절이기도 했고.

　그날 문득 난 내가 참 즐겁게 살고 있다는 걸 깨달았다. 내가 하고 싶은 건 뭐든 하고 살고 있었다. 누구의 승인도 받지 않고, 누구의 눈치도 보지 않고, 그저 그 일을 하면 재미가 있겠는가 하는 것만이 기준이었다. 그 일로 돈을 얼마나 벌 수 있겠는가 하는 것은 후순위였다. 어떤 일이 하고 싶으면 그냥 시작했다. 때론 생각했던 만큼의 결과가 나오지 않을 때도 있었고 때론 돈까지 제법 버는 경우도 있었지만 중요한 건 그게 아니었다. 내가 그 모든 과정을 매우 즐기고 있었다는 거다. 그리고 그럴 수 있었던 건 부모를 비롯한 주변 사람들이, 공부 잘하는 아이였던 시절 내게 걸었던 기대들을, 어느 순간부터 저버렸기 때문에 가능했다는 것 역시 알게 되었다. 난 더 이상 부모나 주변 사람들의 기대나 평균적인 사회 인식을 내 행동의 기준으로 삼지 않고 있었다. 그렇다고 의식적으로 그렇게 노력한 건 아니었다. 그저 그런 것들을 잊고 살았던 게다. 그제야 비로소 서울대에 떨어진 것이 얼마나 다행인지 진심으로 깨닫게 되었다. 이 말은 해본 적이 없다. 자기 합리화로 여길 테니까. 하지만 아니다. 자존감 덕분이다.

자존감은 자신감과는 또 다르다. 자신감이 어떤 일을 해 낼 수 있다는 자신의 능력에 대한 믿음이라면, 그건 우울 했던 이십대 초반의 몇 년간에도 부족하지 않았다. 무슨 일이든 해낼 수 없을 거란 생각부터 해본 적이 없다. 하지 만 자존감은 아니었다. 그 시절 난 다른 사람들에게 끊임 없이 날 입증해 보이려 했다. 그렇게 다른 사람들이 내게 기대했던 것들을 저버리지 않기 위해 바동거렸다. 내가 괜 찮은 사람이라는 승인을 다른 이들로부터 따내려 했다.

하지만 그날 난, 내가 가진 자산과 능력과 상태 모두를, 있는 그대로 받아들이고 그리고 거기에 충분히 만족하고 있는 자신을 발견했다. 내가 가진 것들이 백 점짜리여서 가 아니다. 부족해도 그게 있는 그대로의 나이기에. 내가 나 아닌 누군가가 될 수는 없기에.

자존감이란 그런 거다. 자신을 있는 그대로, 부족하고 결핍되고 미치지 못하는 것까지 모두 다 받아들인 후에도 여전히 스스로에 대한 온전한 신뢰를 굳건하게 유지하는 거. 그 지점에 도달한 후엔 더 이상 타인에게 날 입증하기 위해 쓸데없는 힘을 낭비하지 않게 된다. 누구의 승인도 기다리지 않고 그저 자신이 하고 싶고, 재밌어하는 것에 만 집중하게 된다. 다른 사람 역시 어떤 왜곡 없이 있는 그대로 받아들이며.

만약 내가 서울대를 갔더라면 분명 그렇게 살지 않았을 것이다. 세상의 수많은 가치 중 겨우 공부 하나 잘하는 걸 가지고 스스로 존재 자체가 우월하다고 믿어 의심치 않았던 어린 시절의 편협하고 유치한 멘탈리티, 그걸 결코 완전히 내려놓지 못했을 게다. 그리고 거기에 걸맞은 삶이라 생각되는 것들을 위해 내 인생 대부분을 소비하고 살았을 게다. 그렇게 누구의 기대도 저버리지 못했을 게다. 누군가의 기대를 저버린다는 건 내 존재의 우월함을 스스로 저버리는 거라 여겼을 테니까.

난 이제 자신이 온전히 자기 욕망의 주인이 된다는 게 얼마나 힘이 드는 것인지 안다. 그래서 이제 누구나 기대를 저버리는 연습을 해야 한다고 말한다. 기대를 저버리는 연습 없이는, 평생을, 남의 기대를 위해 자신의 인생을 쓰고 만다. 단 한 번밖에 없는 삶에 그만한 낭비도 없다.

P. S.
그해 여름, 난 〈딴지일보〉를 창간했다.

예민해서 남들의
거친 말투를
참을 수가 없습니다

전 성격이 원래 예민합니다. 저도 저 자신이 민감한 것을 자각은
하고 있지만 어릴 때부터 그래서인지 쉽게 고쳐지지 않습니다.
대학 시절에도 친구들이 농담조로 "너 바보냐"라고 말하면 내심
깔보는 게 아닌지 고민하곤 했으니까요. "야, XX놈아" 같은,
주로 남자끼리 쓰는 욕 섞인 호칭도 솔직히 너무 듣기 싫었습니다.
그래도 학생 때는 그나마 괜찮았는데 졸업 후 사회에 나와보니
예민한 성격 때문에 더 피곤합니다. 사회생활에서는 누구나
스트레스 받고 채찍질 받으며 산다지만, 전 상사가 "이 새끼야,
제대로 좀 못해"라고 말하면 일주일 넘게 그 일이 머릿속에서 떠나질
않고 우울합니다. 민감하고 소심한 성격 때문에 정말 피곤합니다.

당신만
각별하진 않다

언제나, 행위 그 자체가 아니라 그에 대한 해석이 문제다. 친구들끼리 쓰는 언어에 섞인 욕설은 욕설이 아니란 걸 당신도 안다. 다른 친구들끼리 그럴 경우, 당신도 그게 모욕을 주기 위한 언어가 아니라 친근감을 표시하기 위한 거라 해석한다. 해석 문제, 안 생긴다. 일은 그 욕설이 당신에게 쓰일 때만 발생한다. 왜냐. 감정이입 때문이다. 해석 기능이 오작동을 시작하는 거다.

물론 세상 어느 누구도 자기 자신에 대해 완벽한 제3자가 될 수는 없다. 그러니 그렇게 감정이입으로 인해 자신의 일에 대해서만은 객관적이지 못하고 혼란스러워하는 것까진 당연하다. 문제는 감정이입 자체가 아니라 그 감정이입의 방향성을 결정하는 자존감이다.

이게 과도하게 '하드한' 인간들은 언제나 그 해석을 자신에게 일방적으로 유리하게 한다. 심해지면 지구가 자기를 중심으로 돈다. 김영삼 전 대통령, 딱 좋은 케이스다. 그의 자서전은 읽는 게 즐겁다. 하도 웃겨서. 북한의 김일성 주석이 사망한 건 자기처럼 기 센 사람과 회담하려니까 부담이 돼서란다. 이 정도 되면 입원하는 게 맞다.

반대로 이게 너무 무른 인간들은 지구가 오로지 나만 빼고 돈다. 다들 아무 일 없는 것 같은데 나만 항상 문제가 생긴다. 나만 무시당하고 나만 불행하다. 바로 당신이 이 부류에 해당된다. 그러니까 당신은 예민한 게 아니라 자존감이 무른 거다. 그 무른 자존감이 당신의 해석을 왜곡하는 거고. 실제가 어떻든 언제나 당신에게만 불리한 방향으로.

당신 같은 고통을 겪는 사람, 의외로 많다. 그 수가 많은 만큼 그들이 그리 될 수밖에 없었던 각자의 사연도 넘쳐난다. 그리고 그들 대부분은 자신의 사연만큼은 각별하다 여긴다. 하지만 자신의 사연만은 예외라 여기는 사람들의 수만큼이나 흔한 게 바로 그런 스토리다. 당신만 각별하진 않다는 말이다. 자신의 상황만이 각별하다고 믿는 것 자체가 자존감이 무르다는 방증이다. 자존감이 든든한 자는 자신이라고 해서 특별할 게 없다는 걸 인정한다. 특별하지 않다는 게 스스로 못나거나 하찮다는 의미가 아니라는 걸 알기 때문이다. 그래서 그들은 자신에게 무심하다. 누가 나를 무시하지는 않는지 사주경계하느라 에너지를 쓰지 않는다고.

이 말은 남이 어떻게 생각해도 아무 상관 없다는 말과는 다르다. 남이 날 나쁘게 생각하면 기분 나쁘고, 남이 날 좋게 생각하면 기분 좋은 건 당연하다. 하지만 거기까지다. 남이 날 어떻게 생각하든 그의 기대를 충족시키고자, 그를 만족시키기 위해서, 힘을 낭비하지는 않는다는 거다. 그렇게 하지 않아도 자신이 못나거나 하찮은 사람이 아니라는 걸 아니까.

남들이 당신에게 하는 말의 뉘앙스와 조사까지 신경 쓰느라 사용하는 에너지의 절반만이라도, 의식적으로, 당신 자신이 어떤 사람인지 아주 구체적으로 들여다보는 데 투입해보시라. 그렇게 자신의 경계를 파악하고 그리고 그러한 자신을 있는 그대로 받아들이고 그에 만족하는 법을 배워야 한다. 그 과정은 누가 대신 해줄 수도 없다. 모범

답안 따위도 없다. 당신이 스스로 겪고 배워야 한다. 삶 자체가 그렇듯. 당장은 이것부터 명심하시라. '당신만 각별하진 않다는 거.' 건투를 빈다.

나는 왜

잡초를 뽑다 말고

멍때리는가

지금 살고 있는 집엔 그럭저럭 잔디가 자라는 작은 마당이 있다. 화창한 주말이면 마당에 나가 한참이고 쭈그리고 앉아 잔디 사이 잡초를 솎아내는 게 나름 일상의 낙 중 하나다. 그런데 그렇게 잡초를 솎고 있노라면 종종 예기치 않은 가벼운 망설임에 부딪혀 잡초를 뽑다 말고 혼자 한참이고 '멍때리곤' 한다. 왜냐.

우선, 잡초들이 하도 대단해서다. 잔디처럼 인간이 일부러 심거나 따로 관리해주지도 않았는데, 스스로 잘도 자라는 그들의 자생력에 진심으로 감탄하지 않을 수가 없다. 분명 뿌리째 뽑아낸 것 같은데 한두 주 후면 다시 그 자리에서 솟아나는 잡초들을 보고 있자면, 이런 대단한 생명력을 가진 것들을 꼭 다 죽여야만 하나 하는 갈등이, 짧은 순간이나마, 들곤 하는 것이다. 하지만 그래도 난 어김없이 잡초들을 뽑는다. 이유는, 하나다. 잔디가 조금 더 보기 좋으니까. 이유는 그게 다다. 사실 잡초들이 잔디보다 못한 생명일 까닭 따위는 없다. 그 식물들이 인간에게 잔디 가꾸는 어려움을 일깨워주기 위해 자연이 일부러 진화시킨 품종일 리도 없는 것이고, 그렇다고 잡초와 다르게 잔디는 인간에게 뭔가 대단한 이득을 주거나 혹은 그 식물학적 내재 가치가 각별하거나 한 것도 아니다. 그저 인간이 잔디라는 특정 식물의 관상을 조금 더 선호하는 바람에, 갑자기 죽어줘야 하는 운명이 됐을 뿐인 게다.

생각이 거기 이르면 인간들 보기 좋으라고 자신은 죽어주기까지 해야 하니 잡초 입장에선 참 억울하겠다 싶어지는데, 내가 오락가락 온갖 상념에 잠기기 시작하는 건 대략 그 시점부터다. 겨우 잡초 몇 뿌리에 웬 감상 과잉이냐 싶다가도 인간, 참 자기중심적이란 걸 새삼 깨닫게 되기 때문이다. 이제 한번 이 이야길 해보자.

개는 먹으라고 있는 동물이 아니란 식의 주장을 하는 사람들이 있다. 그들 이야기를 듣고 있자면, 그 진정성은 이해하면서도, 그 주장이 얼마나 인간 중심적인 사고의 소산인지 따져본 걸까 하는 생각을 하곤 한다. 그들은 소

나　　　　　　　　　　　　　　　　　　　**040**

한테는 물어보고 그런 주장을 하는 걸까. 오로지 인간한테 먹히기 위해 사육되는 운명이, 니들 마음에는 드느냐고 말이다. 동물학자들 실험을 통해 개보다 지능이 뛰어나다 여겨지는 돼지한테는 과연 물어보고 그들 뱃살을 먹는 걸까. 이 동물은 먹어도 좋고 저 동물은 먹으면 안 된다는 식의 기준 자체가 당사자 동물의 의지와는 전혀 무관한, 일방적이고 자기중심적인 인간들만의 기준에 불과하다.

그런데 그들은 자신들이 그렇다는 걸 인정하지 않는다. 개에 대한 사랑에서 비롯된 주장이기에, 자신들 주장은 지극히 정당하다 믿는다. 물론 개에 대한 유난한 사랑이야 문제없다. 그들의 착오는 개에 대한 각별한 사랑 그 자체에서 기인하는 게 아니라, 그런 자신들의 기준이 당연히 모든 사람의 보편 규범이어야 한다고 믿어 의심치 않는, 그 자기중심성에서 비롯되는 것이다.

그런 착각으로 그들은 수캐를 거세한다. 수캐가 발정 나면 아무 암캐에게나 덤비는 데다 집을 나가 길을 잃어버리는 경우도 있기에 아예 거세를 해서 그러한 성적 스트레스로부터 개를 해방시켜주는 것이 개 자신에게도 좋다는 거다. 한마디로 개를 위해서 그런다는 거다. 한 개체

의 타고난 본능을 자신의 편의를 위해 그렇게 강제로 제
거하는 것도 잔인하지만 그 거세 행위 자체보다 훨씬 더
무서운 건, 그 행위를 사랑의 소산이라고 정당화한다는
점이다.

자기중심적인 사고가 위험한 건 그래서다. 그런 성향의
자들은 스스로 만들어내는 명분에 스스로 쉽사리 그리고
기꺼이 설득되는 방향으로만 세상을 본다. 석유를 위한
이라크 침공이 아니라 민주주의를 위한 해방전쟁이라고
주장하는 부시의 기만적 논리가 미국인들에게 그렇게 쉽
게 먹히는 이유도 거기 있다. 그들에겐 미국이 세계의 중
심이고 표준이기 때문이다. 그런 자기중심성이 불쌍한 이
라크인들을 해방시키고 민주주의를 전해준다는 명분을
너무나 자연스럽게 받아들이게 만든다. 표준이 불량에게
교정의 은혜를 베푸는 게다.

여기서 이라크인들이 미국에게 그런 요청을 결코 한 적
이 없다는 건 고려 대상이 못 된다. 개가 성적 스트레스가
심하니 날 거세해달라고 요청한 적이 없다는 게 고려 대
상이 아닌 것처럼. 그런 판단은 주인이 알아서 하듯 미국
은 이라크인들에게 뭐가 옳고 좋은 것인지 자신들이 대신
판단해도 좋다고 여겨버리는 거다. 당사자의 입장과 처지

에서 출발하지 않은 일방적 해법은 그것이 설혹 선의라고 하더라도, 결국 폭력이 되고 만다는 걸, 자기중심적인 사고를 하는 자들은 받아들이지 못한다. 심지어는 야욕을 선의로 포장해도 기꺼이 설득되고 만다.

그런 예는 얼마든지 있다. '장애우'란 신조어를 보자. '장애자'나 '장애인'이란 호칭엔 비하의 뉘앙스가 있다며 몇 년 전부터 그 대안으로 만들어진 이 단어는 그동안 우리 사회가 장애를 가진 사람들을 홀대했다는 죄책감을 담고 있다. 애초 선의에서 출발한 게다. 그러나 이 호칭은 장애인들에 대한 차별을 오히려 강화시키고 만다.

이 호칭은 장애인을 스스로 주체가 아니라 비장애인의 친구로서, 그러니까 상대적 객체로서만 존재케 하기 때문이다. '장애우'는 장애인 스스로는 쓸 수가 없는 말이다. 나는 '누구다'가 아니라 나는 '비장애인의 친구다', 라고 말하라는 거니까. 게다가 장애인들더러 모든 비장애인들이 나서서 당신 친구를 해줬으면 좋겠는지 물어는 봤나. 그들이 왜 모든 비장애인들이 나서서 친구가 되어주는 걸 바랄 거라 여기는 건가. 그들은 불쌍한 존재니까? 이런 단어를 만든 당사자들은 상대방의 신체 기능 일부가 고장

났다는 이유만으로 그의 친구가 정말 되고 싶은가? 이 무슨 시건방진 은혜인가.

이런 호칭으로 심리적 부채나마 덜어보려는 거, 이해 못할 바는 아니다. 하지만 이런 호칭은 자기 마음 편하자고 정작 장애인들을 시혜의 대상으로 만들어 지속적으로 구분 짓고 그로 인해 그들에 대한 차별을 강화시키고 만다. 그러니까 이 말은 장애를 가진 사람을 위한다는 선의에서 출발했지만 실제로는 철저히 비장애인들의 입장에서 자기중심적으로 만들어진 일방적 선언에 불과한 것이다.

그럼 일방적이고 자기중심적이 아니라는 건 어떤 거냐. 장애인 이야기 나온 김에 거기서 풀어보자. 독일엔 정차시 버스의 한쪽 면을 기울여 버스 계단의 턱을 없애고 휠체어가 올라탈 수 있도록 만든 시내버스가 벌써 10년 넘게 운행되고 있다. 그들이 휠체어를 탄 장애인들이 남들의 도움을 받지 않고도 버스를 탈 수 있도록 한쪽으로 기울어지는 버스를 만든 이유는 장애인을 특별히 불쌍하게 생각하거나 비장애인들이 미안한 마음에 장애인들의 친구가 되어주겠다고 마음먹어서가 아니다.

밧줄이나 장비의 도움 없이도 누구나 1층에서 2층으로 올라갈 수 있게 하기 위해 계단이란 게 발명됐다. 마찬가지다. 대중교통이란 대중 누구나 그걸 타고 가고 싶은 곳을 갈 수 있어야 하는 거다. 그리고 그 '누구나'에 장애인도 포함되어야 마땅한 거다. 그래서 '누구나' 탈 수 있도록 버스를 개조한 게다. 장애인을 구분 지어 특별히 배려하는 게 아니라 '누구나'에 그야말로 누구나 포함된다고 여기는 사고, 일방적이고 자기중심적이 아니라 상대적이고 입체적으로 사고한다는 건 그런 거다. 내 입장이 아니라 상대의 입장에서 상대의 처지를 이해하는 능력, 그렇게 세상을 보편 타당한 시각으로 바라볼 줄 아는 능력을 우린 지성이라고 한다. 역시 언제나 문제는 '지능'이 아니라 '지성'인 것이다.

이쯤 되면 내가 어느새 잡초와 북핵 문제에 대한 대화를 10분이나 나누고 있었다는 걸 갑자기, 깨닫게 된다. 아연 멍때릴 수밖에.

스무 살인데
미래에 대한 갈피를
못 잡겠어요

꽃다운 스무 살, 사회과학부 예비 여대생입니다. 말이 좋아 꽃다운 스무 살이지 실상 저는 그리 꽃답지도 않습니다. 여하튼, 이제 대학생인데 아직도 갈피를 잡지 못하고 있습니다. 미래에 대한 갈피도 저 자신에 대한 갈피도요. 막연하게나마 꿈이라고는 좋은 사람이 되자인데 그 좋은 사람이 된다는 것도 어떤 소신이 있어야 할 듯한데 저는 이렇다 할 저만의 관점이 없습니다. 우유부단하고, 귀는 습자지처럼 얇기까지 합니다. 그리고 남들 다 갖고 있는 취미도 없습니다. 게다가 뭔가 자율적으로 하기보다는 의지하려 드는 편입니다. 이렇게 상담을 요청하는 것도 그 성향 때문일지 모르겠습니다. 어떤 일을 해야 할지 망설이다가 나중에 남들처럼 공무원이나 교사 한다고 할까 봐 두렵습니다.

인생은
비정규직이다

대학생인데, 어른 행세해야 할 거 같은데 관점, 소신 부
재하고 진로는커녕 내가 누군지도 갈피가 안 잡혀요. 아,
망연자실에 요령 부득, 이런 소린데. 우선 이것부터. 당신
정상이야. 우리나라에서, 그 나이에, 아는 척 떠든다, 제대
로 알지도 못하면서 하는 소리야. 'TV에서 본 거'+'남들
이야기'.

우리 공교육은 자신이 어떤 사람이며 재능은 뭐고 스스
로 무엇을 원하는지 곰곰이 사유하고 각성할 기회를 주지
않는다. 공교육이 그거 하란 건데. 하여 서른 넘어서도 자
신이 누군지, 원하는 게 뭔지 모르는 사람, 수두룩하다. 게
다가 구체적 진로, 지금 고민할 필요 없다. 순서, 한참 멀었
다. 지금은 뭘 알아야 하는지만 알면 된다. 뭐냐. 자, 오늘
은 어른 되자면 반드시 습득해야 할 가장 기본적인 것만

읊어보자.

첫 번째. 지금부터 내가 하는 말 머릿속에 그려보자. '나'는 점이다. 점, 수학 시간에 배운 거다. 1차원. 여기에 '너'가 등장하면 둘 사이에 선이 그어지고 선 모이면 면 생긴다. '나'와 '너'로 인한 관계의 평면. 2차원. 쉽지. 여태 당신 삶은 대체로 이 2차원 내에서 해결되는 삶이었다. 근데 '나'와 '너'의 의지와 전혀 무관한, '그'가 등장한다. '나'로 인한 x축과 '너'로 인한 y축이 만든 평면과 만나지 않는 공간에 '그'가 출현한다. 이제 '그'의 위치 표시하자면 z축이 필요하겠지. 3차원.

이제 그 입체망에서 '그'가 존재하는 z축으로 이동해서 x축에 있는 '나'를, 물끄러미, 위에서 아래로, 바라본다 생각해보자. '그'의 좌표에서 '나'를 바라보는 거다. 그 능력을 자기 객관화라 한다. 어른과 아이를 결정적으로, 구분짓는 능력이다. 지성이 바로 여기서 출발한다. 이게 안 되면 어른, 아니다. 이건 주름살처럼 절로 안 생긴다. 이두박근처럼 획득해야 하는 거라고. 어떻게. 내 평면으로부터 벗어나라.

등짝 붙일 공간만 있어도 집, 나오는 거다. 졸업 전까지 최대한 자주 이 나라 떠라. 어떻게든 내 평면 밖으로 나가라. 그렇게 나와 다른 걸 조우한 분량이 충분히 축적되면, 어느 순간, 그게 된다.

이게 되면 다음 중요한 건, '물끄러미' 파트. 바라보되, 물끄러미, 바라보기. 이건 뭐냐(아, 씨바, 설명할 거 많네). 이건 시큰둥하란 건데 시니컬하곤 다르다. 길 가는데 쾅, 차 사고 났다. 돌아봐라. 사람 다쳤으면, 누구나 한 번은 죽는 거지 뭐, 무덤덤 씨불인다. 이건 시니컬. 반면, 쾅 했다. 안 돌아본다. 다치진 말아야 할 텐데. 그러고 그냥 간다. 이건, 시큰둥.

이제 그 차 사고가 내 인생의 도로에서 났다 생각해보라. 느낌 오나? 삶의 통증 대부분은 자기만 힘든 줄 알아서 자기가 만드는 거다. 억울해서. 더구나 자기가 너무 중요한 줄 안다. 그래서 북받친다. 하지만 이, 시큰둥, 되잖아. 그럼 자기 인생 가지고 소설 안 쓴다. 자기가 누군지도 있는 그대로 보인다. 담백해진다고. 당연히 관점도 클리어해진다. 자, 여기까지가 자기 객관화 패키지.

다음, 진로 이야기. 이건 개인마다 너무나 사정이 다르니 가장 본질적인 원칙만 이야기하자. 앞으로 직업에 관한 수많은 이야길 여기저기서 들을 텐데, 한 가지만 명심하자. '인생은 비정규직이다.' 삶에 보직이란 없는 거라고. 직업 따위에 지레 포섭되지 말라고. 하고 싶은 거 닥치는 대로 덤벼서 최대한 이것저것 다 해봐라. 그러다 문득 정착할 수도 있고 아닐 수도 있겠지. 하지만 개미 군체의 병정개미는 되지 말라고.

마지막으로 한 가지만 더 이야기하자. 시큰둥하게 바라보며, 자기 하고 싶은 것 좇으며 살면 되는 거냐. 그것만으로는 2프로 부족하다. 거기에 스타일이 있어야 한다. 복식이든 행동이든 삶의 패턴이든. 그 모든 게 멋대가리가 없으면 무슨 소용이랴. 다 멋지자고 하는 건데 말이다. 자, 오늘은 여기까지만. 스무 살이면 진도 여기까지만 나가도 된다. 뭔 소린지 모르겠거든 일단 외워라. 여기까지 공부 끝나고 나면 그때 또 연락하자고.

십대들에게

고백함

스무 살에게 한마디 했으니 십대에게도 한마디 하자.

두발 자유화. 이 쌍팔 년도 이슈가 아직도 현재 진행형이란다. 참, 후지다. 바리깡으로 학생 관리하겠다는 발상이 여전히 유효한 교육정책이 된다는 거, 정말 후지다. 얼마 전 이 사안과 관련해 한 일간지에 칼럼을 기고한 어느 현직 교사는 미국 등 서구 선진국의 학생들처럼 머리를 기르고 교내에서 키스를 할 정도로 우리 사회가 성숙되지 않았고 우리 학생들에게는 그럴 만한 자정 능력이 없기에 두발 자유화 반대한다 하셨더라. 머리 길이와 교내 키스를 등가 나열하는 것도 의뭉스럽고 두발과 자정 능력을 관련짓는 것도 이해하기 힘드나 결정적으로 당혹스러운 건 정말 우리 학생들의 자정 능력이 부족하다면 그 능력 배양할 교육을 기획할 일이지 머리 잘라 가두는 게 옳단 말인가. 아, 좌절스러워.

해서 결심했다. 사실대로 고백하기로. 십대들, 지금부터 잘 들어주시라. 이거 어른들끼리 암묵적 합의로 당신들에겐 그 접근을 원천 차단해온 기밀되겠다. 어디 받아 적어들 두셔. 먼저 두발과 공부의 상관관계. 한마디로, 없다. 학생이 공부나 하지 머릴 왜 길러. 왜 못 길러. 다리 털, 겨드랑이 털, 꼬추 털과는 다르게 두개골 털에는 DHA 함유되어 있나. 진짜 이유는 털이 아니라 통제권 문제다. 머리털 내주면 쥐고 있던 학생 통제권 상실할까 두려운 거다. 선생님 자신들도 그 방식으로 육성됐다. 물론 자신들도 싫어했다. 하지만 편하다. 통제에 용이하니까. 그래서 계속한다. 외모 신경 쓰면 공부 못한다? 아니다. 외모도 신경 쓰고 공부도 잘할 수 있다. 두발 자유화. 데모들 열심히 하시라. 털 단속, 교육적 역사적 법적 정당성 없다. 건투 빈다.

말 나온 김에 딴것도 고백하자. 공부 열심히 하면 훌륭한 사람 된다? 거짓말이다. 우리나라 공교육 열심히 따라가면 시험 잘 치는 사람 된다. 그럼 시험 잘 치면 훌륭한 사람 되나? 아니다. 시험 잘 치면 점수 잘 나온다. 하지만 점수와 훌륭한 사람과의 상관관계, 없다. 그럼 판검사나 의사들은 다 훌륭하시게. 그 양반들 중 안 훌륭한 분들도 무척 많으셔. 단, 점수 높으면 연봉 높을 확률, 상대적으로 높다. 그건 맞다. 하지만 반드시 그런 건 또 아니다. 돈 버는 능력과 공부 능력, 별개다. 그럼 왜 어른들이 공부, 공부, 하나. 불안해서. 공부 외에 어떻게 훌륭한 사람 되는 건지 어른들도 모르니까. 아니 보다 근본적으로는 어떤 사람이 훌륭한 사람인지, 어른들 모른다. 물론 공부 잘하면 좋다. 유용하다. 하지만 공부와 훌륭한 사람, 관계없다.

다음, 성 문제. 먼저 자위. 이거 또 십대 남자들 많이 고민한다. 답부터 말하자. 돈 워리. 머리 절대 안 나빠져. 긴장 해소에 아주 좋아요. 정신 건강에도 좋아. 몸이 요구하는 만큼 해주셔들. 손은 씻고. 그리고 포르노, 맘껏 보셔. 선생님들도 다들 넉넉히 보셨어. 죄의식 가질 거 없다. 실은 포르노보다 그로 인한 죄의식이 조장하는 성에 대한 이중적 태도가 더 나쁘다. 근데 포르노 과장됐다는 건 알고들 보셔. 영화잖아. 실제론 그렇게 안 돼요. 이성 교제.

뭐 하고 싶다고 맘대로 되는 영역은 아니다만 할 수 있다면 해. 그러다 섹스. 둘이 합의된다면. 콘돔 꼭 써. 직전에 거둔다느니 까불지 말고. 임신 절대, 절대 조심. 섹스가 죄가 아니라 온전히 스스로 감당하고 책임질 수 없는 일 저지르는 거, 그게 죄다.

될 성싶은 나무는 떡잎부터 알아본다? 한 우물을 파라? 아니다. 떡잎만 봐선 모른다. 떡잎은커녕 나이 서른 넘어도 몰라. 우리 공교육은 자신이 어떤 사람인지, 자신의 재능이 무엇인지, 자신이 원하는 게 뭔지 사유하고 각성할 기회를 제공하지 않는다. 공교육 바로 그거 하라고 있는 건데. 하여 우리나라엔 대학 졸업하고도 자신이 어떤 사람인지, 원하는 게 뭔지, 뭘 하고 싶은지 모르는 사람이 태반이다. 그런데 어떻게 한 우물을 파. 그러니 호기심 가고 궁금한 건 뭐든 닥치는 대로 덤벼들 보시라. 인생 790년 못 산다. 하고 싶은 건 겁먹지 말고 다 해봐.

그리고 영어. 스트레스 많이 받지. 국가가 나서서 몰입교육이니 나발이니 하니까 이거 못하면 바보 되는 거 같지. 사회 나가도 이거 꼭 필요하다고 그러지. 거짓말이다. 영어로 지구 온난화나 벤담 공리주의 매일 토론하며 살 것도 아닌데 영어 죽자 사자 할 거 없다. 영어로 유엔 연설

할 것도 아니고. 사실 유엔 연설도 우리말로 돼. 나중에 영어로 심각한 비즈니스 해야 할지 모른다? 그럼 어설픈 영어 말고 실력 있는 통역사 수배해. 물론 잘하면 좋은 점 있다. 도구가 하나 더 느는 거니까. 영어는 도구다. 어른들은 영어를 신분의 표식, 능력의 징표로 여겼기 때문에 자기 열등감에 그렇게들 영어, 영어 하는 거다. 다시 말하는데 영어는 도구다. 취미 맞으면 하고 안 맞으면 그냥 다른 과목처럼만 해. 그래도 된다.

시작해놓고 보니 많다. 길면 잔소리 되니까 지금부턴 좀 짧게 하자. 사랑의 매? 그런 거 없다. 매는 그냥 매다. 악법도 법이다? 아냐. 악법, 바꿔야 한다. 악법 만나면 싸워. 시민불복종 공부하고. 하나를 보면 열을 안다? 노. 하나 보면 하나 안다. 사람 속단하는 거 아니다. 남자는 군대 가야 사람 된다? 천만에. 가야 하니까 가는 거야. 선생님들 진학 지도, 참고만 하셔. 사실 선생님들도 그 과 나와서 실제 뭐 하는지 모른다. 하면 된다? 거짓말. 군바리 정권 시절 까라면 까라고 만든 문구. 안 되는 거 있다. 가난 구제는 나라도 못한다. 핑계다. 최소한의 사회안전망 구축하라고 국가 있다. 적어도 《삼국지》 열 번 읽어라? 쓸데 없다.

철저한 한족 중심 사관의 재밌는 무협지. 제갈공명이 칠종칠금했던 남만 호족 이야기에서 배울 건 베트남인들 불굴의 정신이다. 제갈공명 꾀가 아니라. 동방예의지국, 이건 우리 조상들이 공물 상납 잘하고 종주국 예우 잘했다는 중국인들 칭찬이다. 뭐 자랑스러울 거 없다. 담배 피우면 머리 나빠진다, 경험상 그건 대충 맞다. 심지어는 정력도 감퇴된다. 각오는 하고 하라고. 오늘은 여기까지.

경제적으로
불안한 남친,
헤어져야 할까요?

연애한 지 1년 된 삼십대 초반 여성입니다. 남친의 낭비벽이
아주 심합니다. 명품 좋아하고 비싼 식당 찾아다닙니다. 처음엔
저도 함께 쇼핑하고 근사한 식당에 가는 게 신났고 또 시원시원하게
돈 쓰는 게 남자다워 좋았습니다. 그런데 얼마 전, 직장생활 5년간
저금 한 푼 하지 않았다는 걸 알게 됐습니다. 나이도 저보다 많고
연봉도 훨씬 높은 그이기에 알아서 잘하고 있는 줄로만 알았습니다.
지금 사는 오피스텔도 전세가 아니라 월세라고 하더군요. 그런데
그 사람 오히려 꼭 집이 있어야 하는 거냐면서, 죽을 때 가지고 갈
집도 아닌데 그 돈, 인생 즐기는 데 쓰면서 살아도 되는 거 아니냐고
합니다. 그렇다고 그의 집안이 넉넉한 것도 아닙니다. 다른
큰 불만은 없지만 이렇게 경제적으로 불안한 남자와 어린 나이도
아닌 제가 결혼을 전제로 계속 만나야 하는 건지 요즘 너무 고민이
됩니다.

결혼보다 급한 건
세계관이다

경제적으로 불안한 남자, 결혼 상대로 부적합한 거 아닌가요? 이런 질문인데. 그럼 문제가 남친의 낭비에 있는 거냐. 아니다. 본질적 문제는 남친의 소비 양태가 아니라 당신과 남친의 세계관, 그게 다르다는 데 있다. 뭔 소리냐. 보자.

내 이야기 좀 하자(왜? 글쎄). 하루 예산 5달러에 넝마 패션으로 배낭여행 하던 이십대 시절 어느 여름날 오후, 파리 오페라 극장 대로변에서였다. 그날 밤 파리를 뜰 예정이었기에 시간이나 때울 요량으로 어슬렁거리던 차에 쇼윈도 속 양복 한 벌이 느닷없이 시야에 꽂혔다. 세상에. 한눈에, 매료, 됐다. 그제껏 양복 소유한 적도, 그러고 싶었던 적도 없었다. 하지만 머리보다 몸이 먼저 움직였다.

이미 내 몸은 매장에 들어가 옷부터 집어 들고 있었다. 걸쳐봤다. 이럴 수가. 극도로, 쌈박하다. 아싸, 신난다. 그제야 태그, 확인했다. 가격, 백만 원 남짓. 허걱. 남은 예산 전부다. 집에 두고 온, 내 모든 복식의 총합보다 비싸다. 일정, 두 달이나 남았다. 사지 말아야 할 이유, 백만 세 가지. 쭈그리고 앉아, 5분간, 고민했다. 그리고, 샀다. 백만 원짜리 양복에 꼬질꼬질한 반팔 티셔츠 받쳐 입고 배낭, 들쳐멨다. 그날부터 4주 연속, 공원 벤치에서 잤다. 물론 그 양복 입고서.

돌아보면, 내 인생의 소비 기준이 결정된 게, 바로 그 5분간이다. 한 푼도 없다면? 잠은, 노숙이나 밤차로 가능하겠지. 식량은, 비상 라면 겨우 일주일치. 그럼, 어떻게든 벌어야 한단 거네. 그게 가능할까? 보장된 건 하나도, 없다. 하지만 이런 정도의 즐거움, 흔하던가. 천만에. 옷 한 벌에 이렇게 흥분한 적, 있던가. 처음이다. 그렇다면 절약한 백만 원을 향후 두 달간 숙소와 식량에, 합리적으로 소비한다면, 그럼 지금 당장의 이 환희는, 고스란히, 보상받을 수 있는 건가. 그러게. 그럴 순 있는 건가. 이 대목에서, 주춤했다. 처음 가져본 유의 의문이었다. 지금, 바로, 이 순간의 고유한 기쁨은, 이 순간이 지나면, 같은 형태와 정도로, 다시는, 돌아올 수 없는 거 아닌가. 누릴 수 있을 때, 그 맥시멈을, 누려야 하는 거 아닐까. 불안한 미래는 아직 닥치지 않았으니 내가 맞서면 되는 거 아닌가. 그러게. 맞다. 그래서, 벌떡 일어나, 샀다. 식량은, 로마 숙소 삐끼와 부다페스트 암달러상으로 해결했다. 역시 그 양복 입고서.

미래란, 애초에, 불안한 거다. 누구도 모르니까. 그 공포가 금융 시스템 탄생의 주역이다. 그거 통제코자 저금하고 펀드 사고 보험 든다. 당장의 즐거움 중 일부는 그렇게 이자율과 수익률로 계량되어 유보된다. 차후 인출될 현금으로 그 희열, 보상받으리라 믿으며. 그렇다면, 그 쾌락 중 과연 얼마를 털어, 예치할 것인가.

이 교환가치의 개인적 기준을 관장하는 게 바로 세계관이다. 당신과 남친은 이게, 안 맞는 거고. 당신 믿음과는 다르게, 여기에, 옳고 그르고, 없다. 근검절약에 의한 부의 축적을 신의 축복으로 환산해낸 칼뱅 자본주의는, 절묘하긴 하나 절대적인 거 아니다. 사표 내고 전세금 털어 세계일주 하는 커플들, 삶에 무책임해 그러는 게 아니라고.

경제적으로 불안한 남친과 헤어져야 할까요? 그러니까 이 질문, 남에게 해봐야 아무 소용 없다. 이렇게 바꿔, 스스로에게 해야 한다. 미래에 대한 불안을, 기꺼이 감당할 만한 가치가, 그 남친에게 과연 있는 건가. 그 남친은 경제적 불안을 감수할 만한 행복을 내게 주고 있는 건가. 그 남친과 함께라면 삶의 불확실성을 함께 맞서겠단 결의가 생기는가. 그러니까 그는, 그 양복인가. 당신에게 지금 필요한 건 그렇게 스스로 따져볼 당신만의 5분인 게다. 그 질문에 답할 수가 없다면, 결혼은, 아니다. 그리고 당신에게 결혼보다 급한 건, 세계관이다.

P. S.

그 양복은 '보스'다. 그땐 그 브랜드가 뭔지도 몰랐다. 이젠 몸이 불어 입지 못하지만 옷장 속 넘버원 아이템은 여전히 그놈이다. 지금도, 쳐다보기만 해도, 흐뭇하다.

명품족

단상

최근 몇 년간 명품족들이 대거 등장했다. 몇 달 알바로라도 돈을 모아 페라가모, 루이비통, 프라다… 특정 브랜드의 특정 상품을 구입하고야 마는 이들은, '내 돈 내가 쓴다는데 누가 뭐래' 유의 소비와는 그 성격을 완전히 달리한다. 소득 수준과는 상관이 없다고.

이들은 돈 없으면 계라도 든다. 필요 이상을 가지려 하는 과소비이며 분수를 모르는 사치 풍조이고 위화감을 조성하는 불건전한 소비 의식이란 해석 이외엔 달리 독법을 모르는 기성세대는 이런 게 맘에 안 든다. 언론과 합작하여 계도, 계몽 시도를 멈추지 않는 건 그 때문이다. 그러나!

이걸 유사한 품질과 기능을 갖춘 훨씬 저렴한 다른 상품을 두고서 굳이 고가품을 선택하는 사치와 허영으로만 읽어선 답이 없다. 다이아몬드가 보석인 이유가 그 돌에 내재된 자연 가치에 있지 않은 것처럼, 명품 소유욕은 그 상품의 사용 가치에 있지 않다. 이들에게 명품은 자신의 미감을 드러내는 표현 수단이고, 라이프 스타일의 차별을 선언하는 구별 표식이며, 계급의식을 드러내는 신분 증명이고, 타인에게 자신을 이해시키고 또 스스로 타인을 읽어내는 소통 매개체다.

그리고 그런 정체성 소구에 과소비란 없다. 적합하냐 부적합하냐가 있을 뿐. 그래서 그들은 특정 물건 하나에 그만큼 집착하는 게다. 먹물들은 문화 자본이 '구별 짓기'를 통해 '계급'을 재생산하고 있다고도 하고 종교인들은 그 명품 소비에서 유사물신숭배의 혐의를 발견했다며 경악하기도 하지만, 그리고 그런 지적들이 어느 정도 일리 있는 건 분명하지만, 명품의 지명도와 격을 빌려 자신의 정체성 소구 행위를 보조받고자 하는 욕구는 자본주의 시스템에서는 존재론 레벨의 욕망이다.

하여 묻지 않을 수 없다. 오늘 우리 사회에서 상품만큼 개인의 정서적, 문화적, 사회적 취향을 고스란히 반영해내는 물적 구현물이 얼마나 더 있는가. 비난은, 그러니까 명품이 지금 제공해주고 있는 그러한 정신적 서비스를 대신할 뭔가를, 우리 사회가 충분히 제공할 수 있고서야 비로소 적절할 수가 있는 거다. 특히 아주 어릴 적부터 일등 이외에는 모두 패배자를 만드는 이 승자독식의 한국 사회에서, 일등이 될 수 없는 나머지 절대 다수가 그나마 명품의 권위를 빌려서라도 기죽지 않으려 발버둥치는 그 애절한 실존적 자구 행위를, 그 처절한 방어기제를 어느 누가 함부로 천박하고 하찮다고 할 수 있겠는가. 그 모든 책임을 개개인의 품성 문제로 환원하는 것이 과연 온당하기나 한 것인가 말이다.

하여 현 상황에서, 개인적으로 명품족에 가진 유일한 불만은, 자신에게 좀 어울리는 걸로, 제 스타일은 알고서, 그걸 해도 하고 다니란 거다. 명품 소비 그 자체보다는 저한테 대체 뭐가 어울리는지도 모르는 게, 그게 백만 스무 배는 더 문제라는 게 내 생각이다. 그걸 모르면, 바로 그때부터가 진정한 과소비다.

불륜, 어떻게
해야 하나요?

애 키우는 평범한 주부입니다. 1년 전 10여 년 만에 한 친구와
연락이 닿았어요. 어릴 때 좋아했고 간간이 떠올랐던 남학생. 그런데
그 친구에게 빠져버린 거예요. 유머에 재치에 다정함까지. 결혼 후
늘 남편에게 불만이었던 걸 그 친구가 갖고 있어서인지, 젊었을 때
연애다운 연애 한번 못해보고 결혼한 게 미련으로 남아서인지, 정말
그 친구와 코드가 맞아서인지…. 머리로는 안 되는 줄 알면서도
마음은 그쪽으로 향하데요. 예전의 도덕적인 나로서는 결코 용납할
수 없는 행동을 하고서도 마치 사춘기 소녀처럼 설렙니다. 짜릿함과
행복도 맛보지만 남편, 애들, 사회의 눈이 나를 지켜본다는 죄의식에
항상 시달립니다. 우리 둘 다 가정은 지킬 거예요. 어느 선에서
그만둬야 할까요? 시간이 좀 더 흐르면 식을까요? 그 친구랑
늙어서까지 좋은 동행자가 될 수는 없는 건가요? 바쁜 가운데도
머릿속엔 늘 그 친구가 있어요.

선택의 누적분이
곧 당신이다

관습·법률·윤리의 전방위 보호를 받는 유일한 공식 커플 시스템, 결혼. 그 이후의 사랑, 어찌하오리까. 이거 참, 어려운 문제다. 존재하는 모든 사회규범이 이 행위, 규탄한다. 제 사회규범이 일심이란 건, 그로 인한 '질서'의 붕괴를 모두들, 그만큼, 두려워한다는 뜻이다. 그 위반의 대가, '휴즈(huge)'할 수밖에.

한편으론 그렇게 모든 규범이 죄다 동원되어 금기해야 한다는 건, 그만큼 다반사라는 방증이기도 하고. 금기만큼 충동 역시 파워풀하단 소리다. 이런 사안, 구체적 정황 하나하나 짚어가며 이런 경우는 되고 저런 경우는 안 된다 풀어보려는 시도, 소용, 안 닿는다. 사연, 안 중요하다고. 따져야 하는 건, 사회규범과 개인 욕망의 정면충돌 시 선택 기준이 무엇이어야 하는가, 이거다. 그게 본질이다.

우선 이것부터. 당신은 누구냐. 당신은 당신 선택이다. 뭔 소리냐. 사람들은 자신에 대해 난 이런저런 사람이라 단정적으로 말들 한다. 착각이다. 자신이 어떤 사람이라고 생각하는 게 자신이 어떤 사람인지를 결정하는 게 아니다. 자신이 누군지를 결정하는 건 자신의 선택이다.

더 정확하게는, 자신이 했던 무수한 선택들이 하나하나 모여 결국 자신이 누군지 결정하는 거다. 당신은 정숙한 부인 대신 바람난 아내, 윤리적 엄마 대신 불륜한 부모, 소녀적 가슴앓이 대신 욕정의 관계를 택했다. 그럼 당신, 그런 사람이다. 사연, 필요 없다. 그 선택의 누적분이 곧 당신이다. 그 선택 자체가 옳다 그르다는 게 아니다. 당신은 당신이 선택한 만큼의 사람이란 거다. 더도 덜도 말고.

자기 선택이 곧 자신이란 거, 이거, 사실, 곧이곧대로, 수용하기 어렵다. 누구나 야비하고 몰염치하고 이기적이며 부도덕한 선택, 한다. 그리고 그런 선택 뒤 대다수는 사연부터 구한다. 그 선택을 합리화하고 정당화할. 그리고 그 속에 숨는다. 그리고 공감해줄 사람 찾는다. 피치 못할 사연 있었단 거지. 자긴 원래 그런 사람 아니란 거지.

그런데 아름답지 않은 자신을 있는 그대로 받아들이는

나

자기 객관화의 임계점이란 게 있다. 그랬으면 하는 자기가 아니라 생겨먹은 대로의 자신을, 덤덤하게, 정면으로 받아들이는, 그런 순간 있다. 자신이 멋지지 않다는 걸 인정하지 않고서 멋질 수는 결코 없는 법이란 걸 깨닫는. 이거 절로 안 온다. 도달해야 한다. 그러자면 대단한 분량의 용기가 지성과 함께 요구된다.

모든 선택은 선택하지 않은 것들을 감당하는 거다. 사람들이 선택 앞에서 고민하는 진짜 이유는 답을 몰라서가 아니라 그 선택으로 말미암은 비용을 치르기 싫어서다. 당신은 그 관계로써 이젠 정숙한 아내, 윤리적 엄마가 아니다, 란 사실 감당하기 싫다. 그로 인한 죄의식, 불안 비용도 싫다. 반대 선택도 마찬가지다. 설레는 가슴, 정서적 충만, 격정적 사랑 잃고 건조한 결혼, 평범한 일상으로 되돌아가기 싫다. 둘 다 갖고 싶다. 선택하기 싫은 거다. 하지만, 공짜는 없다. 우주 원리다. 뉴턴은 이걸 작용-반작용이라 했다. 근데 이 말 가만 뒤집어보면, 비용 지불한 건, 온전히, 자기 거란 소리다. 이 대목이 포인트다. 공짜가 아니었잖아.

내 결론은 그렇다. 자기 선택과 그 결과로서의 자신을 받아들이고 그로 인한 비용 감당하겠다면, 그렇다면, 그 지점부터, 세상 누구 말도 들을 필요 없다. 다 조까라 그래. 타인 규범이 당신 삶에 우선할 수 없다. 당신, 생겨먹은 대로 사시라. 그래도 된다.

P. S.

당신, 근데 이런 질문 왜 하나. 두려우니 내 편 되어달라는 건가. 나쁜 '년' 아니라 말해달라는 건가. 그건 못한다. 동의 구걸하지 마시라. 나쁜 '년' 되는 결정, 혼자 하는 거다. 그거 못하면 자격도 없다. 감당도 못한다. 그냥 '착한' 년으로, 안전하게, 사는 게 옳다. 이도 저도 못하겠거든 그냥, 들키지나 마시고. 내가 그러더란 말은 절대 퍼뜨리지 말고. 건투를 빈다.

자기 객관화를

위하여

'세계는 서울로 서울은 세계로.' 88올림픽 슬로 건. 이거 가만 생각해보면 참 웃긴 말이다. 이미 그 속에 있으면서 거기로 가잔다. 세계가 우리만 달랑 빼놓고 자기들끼리 모여 만든 무슨 특설 링도 아닌데 말이다. 하지만 우리 머릿속에선 그게 그렇지가 않다. 세계는 우리와 분리되어 우리 바깥에 존재한다. 유럽 애들이 부러운 건 그 점이다. 몇 시간 북쪽으로 움직이면 스웨덴, 핀란드가 있고 남쪽엔 벨기에, 프랑스, 동쪽엔 룩셈부르크, 독일이 있는 네덜란드에서 태어나 이미 중고생 시절부터 배낭 지고 자신을 둘러싼 주변국들을 여행하며 스스로의 상대적 위치를 입체적으로 인지하는 그들에겐, 나와 세계가 분리되어 있지 않다.

내가 이미 세계 속에 있다. 나로부터 가족·지역·국가

그리고 세계로의 인식 확장에 단절이 없다. 그래서 그들은 차 타고 북경 가는 생각한다. 땅이 연결되어 있으니까, 그 땅의 끝이 북경이니까.

우린 차 타고 파리 갈 생각, 못한다. 나의 확장은 휴전선에서 끝난다. 파리와 서울, 같은 땅 위에 있는데, 물리적으로 이어져 있는데 머릿속에선 끊어져 있다. 아프리카 기아에 대한 세계인으로서의 책임을 묻거나 지구적 환경 문제를 거론하는 것이 우리에게 생뚱맞은 건 그래서다. 나와 세계는 별개다. 세계가, 바깥에 있다.

자기 객관화란 입체의 연속된 공간 속에서 자신의 상대적 위치를 스스로 인지하는 거다. 그리고 그렇기에 거기 도달하는 가장 좋은 방법 중 하나가 바로 여행이다. 세계 속에 연결되어 존재하는 자신의 상대적 위치를 오감으로 감각할 수 있으니까. 그리고 그렇게 일정 거리 이상이 확보되어야 제 모습 전체가 조감되는 법이니까.

그러기 위해 우리 땅의 물리적 연결이 필요하다. 서울역에서 기차 타고 평양 거처 모스크바 지나 파리까지 갈 수 있어야 한다. 새파란 고삐리들이 여름방학이면 대륙 횡단을 꿈꿀 수 있어야 한다. 그렇게 세계가 분리된 바깥에 따로 존재하는 게 결코 아니라는 걸 온몸으로 느끼고 체험할 수 있어야 한다. 모든 정치적 입장을 떠나 남북 그리고 북미가 한자리에 앉아 반드시 평화조약을 맺어야 한다고, 그래서 휴전선을 뚫고 기차가 달려 파리까지 가 닿을 수 있어야 한다고, 내가 주장하는 이유다.

전쟁 끝난 지 60년이 넘었다. 싸우다 말고 60년씩 쉬는 전쟁, 인류 역사에 없다. 이거 휴전 아니다. 종전이다. 미국, 이거 60년째 안 하고 있다. 전쟁이 일시 중지 상태인 건 전쟁이 거대한 비지니스 모델인 자들에게나 짭짤하다. 맥아더, 벌써 50년 전에 죽었다.

이제, 땅을, 연결하자. 그게 진짜 세계화다.

작은 키 때문에
늘 우울합니다

제 키는 남자치고는 아주 작은 편에 속합니다. 작은 키 때문에
자격지심 같은 것이 있어요. 취업할 때도 손해를 많이 보았고,
연애하는 데에도 문제가 많아요. 대다수 여성들이 키 큰 남자를
선호하는 데에도 문제가 있었지만 소개받은 여성들이 저보다
키가 클 때가 많아서 난감한 경우가 꽤 됩니다. 아무래도 키가
작으니 제가 섹시하지 않겠죠. 그래서 결혼도 못하게 되는 것
아닌가 하는 생각도 들고요. 서 있는 것에 대한 불안감이 있어서
무조건 앉을 공간만 찾게 되고, 사람들과 가까이 서 있지도 못하죠.
엘리베이터도 사람이 여럿 있으면 타지 않아요. 작은 키가 어리다는
느낌을 주는 것인지 후배들도 제 말은 잘 안 듣더라고요.
제가 뭐라고 하면 귀담아듣는 것 같지 않거든요. 동기들은 그래도
제가 안쓰러운지 한마디씩 거들죠. 하지만 상사 눈에 이런 게
좋게 보일 리 없죠. 능력이 있어도 없어 보이게 만들죠.

삶을
장악하라

키 작은 거, 불리하다. 맞다. 괜찮다고 말하는 놈들 말 믿지 마시라. 그렇게 말해도 자긴 그렇게 생각 안 한다. 얄팍한 위로다. 실제 당신만큼 키 작은 사람이 하는 말이 아니라면 진정성 없다. 그리고 키 작으면 연애에도 불리하다. 그것도 맞고. 원래 암컷 입장에서 연애는 가장 좋은 유전자를 가진 수컷을 찾으려는 과정인데, 기장을 우수한 유전자의 특질이라고 생각들 한다. 맞다.

그런데 말이다, 당신은 어쩌면 키만 크면 지금까지 안 되던 것들이 만사형통일 거라 생각하는 거 아닌가. 그건 아니올시다 되겠다. 키는 당신을 구성하는 여러 요소 중 겨우 하나다. 진정으로 당신을 왜소하게 만드는 건 키 자체가 결코 아니다. 그 키로 인해 위축되는 당신이지. 당신 직장 후배들이 당신의 키 때문에 어리게 봐서 당신을 만

삶에 대한 기본 태도

만하게 보는 게 아니라고. 바로 위축된 당신을 보고 만만하게 여기는 거다.

　사람들이 키 작다고 다 만만하게 여기느냐. 160 남짓이었다는 나폴레옹은 그럼 어떻게 건장한 남자들로만 이뤄진 거대한 군대를 이끌고 유럽을 정복했겠나. 키가 그렇게까지 중요했다면 160이 조금 넘었다는 마오쩌둥은 대체 어떻게 그 넓은 중국을 통일했겠냐고. 신체적 능력이 극히 중요한 축구에서조차 마라도나는 165로 시대를 평정했다.

　키 때문에 결혼을 못할지도 모른다고? 아니지. 문제의 본질은 뼈의 길이가 아니라, 그로 인한 자존감의 결여다. 본능적으로 최고 우성 유전자를 판독해내는 여자들이 기가 막히게 구분해내는 건, 기장이 아니라, 바로 그 결여다.

　있는 그대로의 자신을 고스란히 인정하고 스스로를 농담거리로 만들어버릴 만큼 견고하고 대범한 자기 인식은, 그 자체로, 졸라 섹시하기까지 하다. 그러니까 당신을 진정 안 섹시하게 만드는 범인은 뼈의 길이가 아니라, 그로 인해 스스로 주눅 드는, 당신의 자기 인식인 게다.

그러니 당장 엘리베이터 타시라. 다른 사람들, 당신이 생각하듯 당신 삶에 그렇게 관심 없다. 당신이 크든 작든 엘리베이터 안의 그들, 당신에게 관심 없다고. 그리고 후배들이 당신 말에 귀 기울이지 않거든 따끔하게 혼을 내시라. 그렇게 당신 주변 상황을 당신이 스스로 세운 가치를 기준으로 장악해가시라. 정말 당신의 미래와 당신의 연애를 결정하게 될 건 당신 뼈의 길이가 아니라 그렇게 당신이 당신 삶에서 발휘할 장악력이다. 당신이 그렇게 당신 삶을 당신의 기준으로 장악해나갈 때 뿜어져 나올 아우라는 겨우 뼈 길이가 줄 수 있는 인상 따위와는 결코, 비교할 수 없는 거다. 나폴레옹을 나폴레옹이 되게 한 게 바로 그 힘이다.

삶에 대한

장악력이란

기선성(initiative)이란 신학 용어가 있다. 인간 만사 하나님이 주도한다는 의미다. "내일 일은 난 몰라요, 하루하루 살아요"라고 노래하며 인간의 격정을 하나님의 뜻에 모두 맡긴다는 원리가 여기서 비롯됐다. 이 '로직'에 의하면 인간이 하루하루 개인적인 걱정을 하는 것은 하나님이 인간의 삶을 주관하고 주도하고 있다는 믿음이 부족하다는 방증이자 불신의 징표다. 그러니 내 삶의 불확실성을 하나님께 고스란히 맡기겠다는 것이야말로 신앙의 요체다.

이 원리에 의하면 인간의 예배 역시 인간이 인간의 필요에 의해 하나님을 먼저 부르는 자리가 아니라, 하나님께 영광을 드리기 위해 하나님에 의해 인간이 불려나간 자리가 된다. 삶 자체가 신에 대한 예물인 것이다. 서구는 르네상스 이전까지 이 원리에 의해 사회의 제반 규범이 구동됐다.

그렇게 신에게 모든 문제의 해결을 의탁하겠다면 사실 여기 있는 글들은 전혀 읽을 필요가 없다. 여기 있는 글들이 일관되게 주장하는 바는 그 주도권을 온전히 자신이 소유해야 한다는 것이니까. 삶의 불확실성을 모두 해결할 특별한 비법 따위가 있기 때문은 결코 아니다. 그런 게 있을 리 없다. 하지만 불확실성은 삶의 기본 속성이다. 그것을 삶의 당연한 한 부분으로 받아들이지 않고서 삶을 긍정한다는 것은 자기 기만이다. 무서운 걸 무서워하는 건 부끄러운 게 아니다. 삶의 불확실성으로 인해 두려움을 갖는 건 불완전한 인간으로선 너무나 당연한 것이다.

바로 그 공포를 어쩌지 못해 많은 이들이 신을 찾는다. 그렇게 전지전능한 신에게 의지하려는 나약한 인간의 마음, 어느 누가 비난할 수 있겠는가. 하지만 불완전해서 무서운 게 당연한 인간이, 그럼에도 불구하고, 그 공포에 스스로 맞서겠다고 나서는 것, 그거야말로 존중할 만한 선택 아닌가. 종교인들은 그런 태도를 신에 대한 오만함이라 해석하기도 한다. 인간이 어찌 거대한 신의 섭리를 다 이해할 수 있겠느냐는 거다. 그러니 '나'를 버리고 신에게 의탁해야 한다는 것이다. 그러나 나는 오히려 불완전한 인간이 스스로의 힘으로 자신의 존재를 위협하는 삶의 공포와 마주하는 것, 그것이야말로 자신의 삶에 대해 갖출 수 있는 최소한의 예의라 여긴다. 난 그렇게 믿는다.

그렇게 스스로 삶의 문제들에 맞서 나가겠다는 결의, 자신에게 닥치는 세상만사를 주변의 기준이나 눈치에 흔들리지 않고 자신의 세계관대로 대처하고자 하는 의지, 그런 게 바로 삶에 대한 장악력이다. 그게 있는 자, 졸라, 섹시하다.

꿈과 현실,
어느 것을
선택해야 할까요?

제가 하고 싶은 일은 돈벌이가 적은 일입니다. 그래서 서른이 가까운
나이에도 집에서 용돈을 타 쓰다 보니 부모님의 따가운 눈총을
피할 수 없습니다. 어디까지나 알바생 신분인 '백수'니까요. 부모님의
면박으로 스트레스 받는 와중에, 요샌 여자친구마저 잔소리를
합니다. 누가 그렇게 꿈을 이루고 사냐며, 현실로 돌아오라고
합니다. 며칠 전엔 제가 현실감각 없는 피터팬이라고 말하더군요.
동갑인 여자친구는 친구들은 하나둘씩 결혼하는데 우리는 도대체
언제 하느냐고 가끔 결혼 얘기를 꺼내더니 급기야는 꿈이랑 자신
둘 중 하나를 선택하라고 화를 내더군요. 하지만 경제적으로
독립하지 못한 상태에서 결혼할 수는 없다고 생각합니다. 그렇다고
꿈과 여자친구 어느 것도 포기할 수 없고요. 제가 정말 현실
파악 못하는 피터팬인가요?

어디까지 포기할 수 있는지를 따져라

먼저 꿈이란 말 대신 목표라고 하자. 꿈이란 단어 자체가 그 말을 사용하는 사람으로 하여금 지금의 어려운 현실은 꿈을 이루는 과정의 당연한 난관이니 적당히 무시하는 게 마땅한 태도라며, 스스로를 '나이브'하게 만드는 힘이 있기 때문이다.

자신을 드라마의 주인공으로 설정하게 만드는 이 자기 최면이 긍정적 위력을 발휘할 때, 분명히 있다. 그러나 그 효과가 긍정적이려면 자신의 상황에 대한 냉정하고 객관적인 판단부터 전제되어야 한다. 꿈이라는 말이 자신의 무능과 태만과 불안에 자체 발부하는 면죄부, 스스로에게 분사하는 최면가스가 아니려면 말이다. 그러니 일단 꿈이란 단어를 목표라는 단어로 바꾸고 다음 몇 가지를 확인해보자.

첫째, 경제적으로 더 좋은 기회가 있었음에도 자신의 목표를 위해 그 기회를 포기해온 것인가. 이 질문, 냉정하게 스스로에게 묻는 거, 반드시 선행되어야 한다. 자신의 무능과 태만과 불안을 '꿈'이란 단어로 포장해 현실로부터 도피하고 있었던 것은 아닌가 말이다. 그 단어 자체가 그만큼 낭만적이다. 용서받기 수월해서 대충 기대고 비비기에 좋다는 말이다. 많은 이들이 실제 그렇게 한다.

둘째, 목표와 현실이 얼마나 같이 놓고 있는가. 목표는 현실적일 때만 성취된다. 그러자면 일정이 매우 구체적이며 적극적이어야 한다. 그냥 그 업계에 있다고 시간이 알아서 당신을 그 목표 지점에 실어 나르는 게 아니다. 당신의 목표는 얼마나 구체적인가. 그리고 그걸 이루는 데 들어가는 시간과 비용은 얼마나 꼼꼼하게 계산해봤나.

셋째, 당신이 지불할 수 있는 비용은 어디까진가. 어느 것도 포기할 수 없다고? 그럼 아무것도 가질 수 없는 거다. 어느 것도 포기할 수 없다고 말하는 건 삶에 대한 응석에 불과하다. 어느 것도 포기할 수 없다가 아니라 어디까지 포기할 수 있는지를 생각해야 한다. 게다가 꿈을 말하며 용돈 타서 쓴다는 당신, 부끄러워해야 마땅하다. 수입적으면 적게 쓰라. 없으면 자신이 번 만큼만 쓰라.

정신 똑바로 차리고 위의 세 가지 질문에 냉정하게 답한 후 '꿈'을 말해도 말하시라. 그런 질문 생략하고 그저 꿈만 말한다면, 그 단어 뒤에 숨어 부모한테 얹혀사는 팔자 좋은 놈팽이 외에 아무것도 아니다. 꿈은 목표이지 핑계일 수 없다.

하면 된다!

아님 말고

난 꿈이란 단어가 어릴 때는 와 닿지가 않았고 커서는 영 마뜩지가 않았다. 꿈은 꿈이기에 실제로는 이뤄지지 않아도 된다. 꿈이 목표가 아니라 그렇게 핑계로 쓰이는 경우, 너무 많다. 방송에선 툭하면 꿈이 있어 아름답단 식의 멘트를 날린다. 그 소리 들을 때마다 대체 뭐가 아름답다는 건지 따지고 싶어진다. 하고 싶은 걸 여러 현실적 제약으로 하지 못하고 사는 사람들의 심정을 위로한답시고 그저 꿈이란 단어로 '빠다'만 발라대는 거, 이건 무책임한 거다. 꿈이 있어 아름답다고 둘러댈 게 아니라 하고 싶은 게 있으면 실제로 하면 된다고 말해 줘야 하는 거다. 하고 싶다고 다 이룰 수 없다는 거야, 나도 안다. 하지만 하고 싶으면 하면 된다. 무슨 말이냐.

하면 된다. 맞다, 그거. 명(命)까즉(卽)까. '까라면 까'의 군인 정신이자, 새마을 스피리트와 한 세트이며, 우리 국민들을 '정면 주시 무념 질주'의 경지로 이끌려 했던 박통의 바로 그 땡깡. 맞다, 그거. 근대 정신은 억압하고 밥통만 챙기면 된다던 박통식 천민자본주의의 프로파간다, 바로 그 구호. 나는 그 구호를 다시 외친다. 하면 된다! 왜냐.

이십대 후반의 일이다. 어떤 일을 시작하려는데, 그 일의 성공 가능성이 커 보이지 않았다. 망설였다. 그러던 중 별 생각 없이 서적을 뒤지다 바로 그 문구를 다시 접하게 됐다. "하면 된다." 헉, 모든 깨달음이 그러하듯, 참으로 의외의 곳에서 답을 얻었다. 박통의 그것이 "불가능이란 없다. 군인정신으로 무장하고 까라면 까!"라는 의미의 야만적 호통이자 폭력이었다면, 그날 그 문구는 내게 이렇게 말하고 있었다. "뭘 그리 망설이며 주절주절 떠들고만 있냐…. 그냥 해, 씨바."

그렇다. 그냥 하면 되는 거였다. 어떤 일을 하고자 할 때, 실패부터 두려워하고, 그래서 그 성공 확률이 얼마나 낮은지 주변 사람들에게 열심히 알리기 시작하고, 그렇게 상처 받을지 모를 자존심을 보호하기 위해 미리 일련의

삶에 내한 기본 태도

사전 조치들을 취한다. 그렇게 실패하더라도 내가 못나서 그런 게 아니라는 변명부터 궁리해둔다. 그러고는 제 설득에 제가 넘어가 그냥 주저앉아 기다리기만 한다. 남들이 왜 아직도 안 하고 있냐고 물으면 너는 그 어려운 사정을 몰라서 그런다고 인상을 쓴다. 자기도 해보지 않아서 모르면서. 그러나.

어떤 일을 하고자 할 때 가장 먼저 해야 할 일은, 그냥 그 일을 하는 거다. 실패를 준비하며 핑계를 마련해두는 데 에너지를 쓸 게 아니라, 토 달지 말고, 그냥, 그 일을 하는 거, 그게 그 일을 가장 제대로 하는 법이다. 그런다고 하고 싶은 대로 다 되느냐. 세상에 그런 게 어디 있겠나. 될 때도 있고 안 될 때도 있는 거지. 하지만 해보지도 않는데 그걸 도대체 어떻게 알겠나. 하지도 않고 하고 싶은 대로 되길 바라는 건 멍청한 게 아니라 불쌍한 거다. 자기 인생에 스스로 사기 치는 거라고. 그리하여 난 꿈을 말하는 대신 이렇게 외쳐야 한다고 믿는다.

"하면, 된다! 아님 말고."

남잔데,
성형해도 될까요?

전 매부리코라서 어릴 때부터 코주부라고 불렸습니다. 그렇다고
성형수술을 생각해본 적은 없었어요. 그런데 얼마 전 회사
여직원들끼리 "코 때문에 옷 입을 때 걸릴 것 같지 않니" 하며
자기들끼리 주고받는 농담을 우연히 들었습니다. 이후 회식
자리에서 취한 여직원 하나가 저보고 코주부라고, 고등학교 이후로
한 번도 들어본 적 없는 별명을 불렀고 모두들 웃었습니다.
그날 이후 성형을 결심했습니다. 제 여자친구도 처음엔 괜찮다고
하더니 제가 심각하게 고민하자 결국 병원도 알아봐주고
수술 날도 잡았습니다. 그런데 막상 수술을 하려니 이번에는 남자가
성형수술을 했다고 놀릴까 봐 그것도 쉽지가 않네요. 제가 너무
소심한 걸까요.

자기 스타일을
가져라

몇 년 전 《아도니스콤플렉스》란 책이 미국에서 화제가 된 적 있다. 아도니스―얘는 그리스 신화에 나오는 꽃미남인데 어떤 넘인지는 직접 찾아보시고―는 자신의 외모를 가꿔야 한다는 강박 때문에 우울증까지 겪는 현대의 남성 군상을 상징하는데 그런 자들이 요즘 미국에서만 수백만이란다. 과거엔 여성들만의 스트레스라 간주되던 이 사회 병리 현상의 배경으로 여권 신장, 남성 연성화, 유니섹스 등이 거론된다. 그러나 그런 풍조만으로 시대적 콤플렉스가 만들어지진 않는다. 그냥 유행이 될 뿐이지.

이 남성 콤플렉스의 본질은 트렌드가 아니라 가치관의 혼란이다. 강한 남자는 시시하게 외모에 신경 쓰지 않는다는 남성성의 신화는 동서고금을 막론하고 지배적 가치관이었다. 힘이 질서였던 시대에 남성에게 요구되는 건

근육이지 미감이 아니었으니까. 10세기 유럽의 왕위 선출권자들은 이 동물적 힘을 신봉한 나머지 식욕이야말로 국왕의 자질이라고까지 했다. 신성로마제국의 오토 황제는 많이 먹어 위대하단 소릴 들었고. 푸하, 정말 그랬다. 그렇게 근력이 아니라 외모 따위에 신경 쓰는 걸 나약한 여성성의 징표로 여기도록 사회화되어왔던 남성이, 어느 순간 외모에 집착하고 있는 자신을 발견하게 될 때 느끼는 남성 젠더로서의 정체성 혼란, 그 자기 부정의 당혹감이 사람을 우울하고 혼란스럽게 만드는 것이다.

그 변화가 워낙 급격하고 생소해 현대 남성들을 당혹스럽게 만들고 있지만 사실 그런 치장 본능은, 통념과는 다르게, 역사적으로 남성들에게 생소한 게 결코 아니다. 원시 전사들의 문신, 중세 기사들의 갑옷, 나치 장교들의 제복 등 남성들이 유사 이래 치장에 들여온 공이 여성들에 견주어 전혀 뒤지지 않았음을 보여주는 사례는 얼마든지 있다. 외박 직전 바지 주름 잡느라 밤새는 군바리들의 심정, 데이트 직전 여성들의 그것과 하등 다를 바 없다고.

다만 과거엔 치장보단 사냥에 성공하는 것이 자신의 효용을 이성에게 어필하는 데 훨씬 효과적이었을 뿐이다.

치장 욕구 자체가 여성성의 상징일 수는 없다는 거다. 더이상 먹이 사냥이 남성들의 전유물이 아닌 시대가 되자 이제 남성들의 치장 욕구는 자기 연출과 이성 유혹이란 목적에 복무하기 시작했다. 성 역할에 따른 치장의 목적과 기능이 그렇게 시대와 함께 변화하고 있는 것이다. 생물학적 성은 엄마 아빠가 결정하는 것이지만 사회적 성 역할과 그걸 드러내는 구체적 방식은 사회와 시대가 결정하는 것이니까.

이 조류, 혹자는 외모지상주의가 남성들까지 좀먹는다 개탄하지만, 오히려 남성 일반을 전통적 남성성에 대한 강박으로부터 해방시키고 있다는 게 내 생각이다. 동물적 남성성의 집단 규범에서 벗어나 하나의 개인으로 타고난 본연의 욕망에 보다 솔직하게 호응하는 개인들이, 지금 탄생하고 있는 것이다. 이는 마치 조폭처럼, 스스로를 전체의 한 조각으로만 인식하는 집단 정체성이 유난한 대한민국에서, 근대적 '인디비주얼'이기 위해 반드시 필요한 인식의 전환이기도 하다. 여성의 주체성 획득이 결국 남성 해방과도 연결된다던 페미니스트들의 주장은, 맞는 소리였던 게다. 성형과 남성성, 그렇게 아무 관계가 없다. 성형, 하시라.

P. S.

횡행하는 성형수술 일반에 대해 한마디
덧붙이자면, 문제는 외모지상주의가 아니다.
사실 외모지상주의 아니었던 시대, 없다. 내
불만은, 자신을 드러내는 방식이 곧 자신인 이
시대에, 과연 그렇게 해서 만들어내고자 하는
자신만의 스타일은 분명하게 있는가, 자신이
어떻게 표현되고 싶은지 정확하게 알고서
그런 결정을 내려도 내리는가, 하는 거다.
내가 문제 삼고 싶은 건 그거다. 성형수술을
하든, 옷을 만들어서만 입든, 온몸에 문신을
도배하든, 그것이 자신의 고유한 미의식과
스타일을 위한 조처라면, 문제없다는 게 내
생각이다. 진짜 문제는 성형 그 자체가 아니라,
자신만의 스타일을 드러내는 방식을 오로지
성형에서밖에 찾지 못하는 그 문화적 몰개성,
그저 대세만 추종하는 그 천박한 미적 감수성,
그게, 진짜 문제다. 길거리에 넘쳐나는 똑같이
생긴 눈, 코, 입이 끔찍하지도 않은가.

늑대 소년

90년대 초 배낭여행 할 때다. 피카소의 〈게르니카〉를 보러 마드리드 프라도 미술관엘 갔다. 독재자 프랑코, 미치광이 히틀러, 천재 피카소, 소설가 헤밍웨이. 빳빳한 중학 미술 책이 구멍이 나도록 밑줄을 그으며 외웠던 〈게르니카〉는, 그렇게 한 시대를 상징하던 키워드들이 고스란히 씨줄과 날줄로 엮인, 역사 그 자체였기에 파르테논과 콜로세움만큼이나 '절대 놓쳐선 안 될 것' 리스트에 올라 있던 터였다. 그러나.

그 실물을 접한 내 첫 번째 반응은 어… 크네… 였다. 그림이, 컸다. 그러곤 아무 느낌도, 없었다. 거참 당황스러웠다. 뭔가 감동이 밀려와줘야 할 거 같은데…. 혹시 땡볕에 무거운 배낭 메고 하루 종일 걸어 너무 지쳐 그런 건가 싶어 화장실에 가 머리까지 감고 나왔다. 그러고는 곁눈질로도 보고, 기대서도 보고, 멀리서도 보고, 가까이서도 봤건만 그 어떤 예술적 감흥도 일어나지 않았다. 그 주변을 30분은 서성거렸다. 그러다 아예 그 앞에 주저앉아 한참을 더 올려다봤다. 그랬더니, 모가지가 아팠다….

같은 해, 이탈리아 로마의 한 골목에서였다. 쇼윈도에 진열된 핸드백 하나가 눈에 와서 콱 꽂혔다. 여자 핸드백에 눈길이 간 것도 처음이었지만 그 문양으로 인한 느낌 또한 생소한 것이었다. 그건 '이지적'이었다. 그렇게 멍하니 서서 가게의 이런저런 가방 문양들을 쇼윈도 너머로 한 시간이 넘도록 들여다본 걸로 기억한다. 나중에 알고 보니 그 가방은 '펜디'였다. 이후 그 양복 허리 참 야들야들하네 했더니 '아르마니'였고, 그 소매 참 '난하다' 했더니 '베르사체'였다. 어느 도시를 가나 유명 건축물이나 박물관이 아니라 거리의 쇼윈도부터 유심히 들여다보는 습관은 그렇게 시작되었는데, 그런 브랜드들이 소위 명품인 줄 안 것은 그로부터도 또 몇 년이나 흐른 뒤였다.

그렇게 여행에 맛들여 틈만 나면 세계를 돌아다니던 이십대 시절의 어느 여름날 피렌체. 인솔하던 학생들을 우피치 미술관으로 몰아넣고 광장에 주저앉은 내게, 다비드상이 시야에 들어왔다. 아마 백 번은 더 본 것일 게다. 그런데 더위에 지쳐 게슴츠레 그 상을 올려다보던 난 갑자기 벌떡 일어섰다.

가죽 주머니를 걸머진 다비드의 왼팔에서, 과거 어딘가에서 느껴본 적 있는 어떤 감흥이 순간적으로 오버랩됐기 때문이다. 이 느낌. 어디였지. 뭐지, 뭐지… 맞다. 쇼윈도에 진열되어 있던 '페라가모' 구두 뒤축에서 느꼈던 그거. '긴장감.' 동시에 돌멩이를 움켜쥔 오른팔의 늘어진 곡선 역시 낯익었다. 맞다. '야들야들.' '아르마니' 양복의 허리 라인이었다. 터무니없게도 말이다.

다비드가 왜 명작인지 어설프게나마 겨우 느끼게 된 그날 이후, 쇼윈도를 통해 선과 색과 면이 만들어내는 세련됨과 촌스러움의 차이를 조금씩 배워가면서, 내겐 의문한 가지가 생기게 된다. 왜 나의 미적 감수성은 이렇게 둔하게 세팅되어 있었던 걸까. 타고나길 그렇게 둔하게 타고난 건가. 그럼 그날 갑자기 그랬던 건 또 뭔가.

이 의문의 일단이 풀리기 시작한 건 어느 날 늑대 소년에 대한 기록들을 접하고서다. 동물이 키운 아이는 여러 차례 실재했는데 이들을 연구한 문서를 보면 이들에겐 공통점이 있다. 아무리 긴 시간을 인간과 함께해도 완전한 인간의 언어를 가르칠 수가 없다. 열한 살에 야생 상태에서 발견되어 파리의 농아연구소에서 살다 마흔 살에 사망한 프랑스인 빅토르의 기록을 보면 인간 사회에 복귀해 30년간이나 인간의 언어를 배웠지만 끝내 세 마디 이상을 말하지 못했다고 한다. 다른 경우도 다들 비슷하다. 왜 그런 걸까?

언어학자 노암 촘스키는 언어생득설이란 이론을 제시했는데, 인간은 이미 태어날 때부터 언어를 습득할 수 있는 학습 장치를 타고난다는 거다. 오리가 처음 본 움직이는 물체를 엄마로 인지하는 능력이 선천적이듯. 그리고 특정한 시기가 지나면 그 장치의 작동이 거의 중지된다는 거다. 그래서 그 시기에 말을 배우지 못한 인간은, 지능과 무관하게, 끝내 완전한 인간의 언어를 배울 수가 없단다. 그런 시기를 '결정적 시기'라고 한다. 빅토르는 바로 그 '결정적 시기'를 놓친 것이었다.

그러니까 12년간의 공교육 미술 시간 동안 야수파가 누구며 입체파의 특징이 뭐고 다비드를 보고 느껴야 할 감정이 뭔지를 '외우며' 보낸 내게, 그렇게 미술이 암기 과목이었던 나에게 〈게르니카〉를 처음 보고 바로 감동하길 바라는 건, '결정적 시기' 동안 오로지 으르렁거리는 소리밖에 배운 적이 없는 빅토르에게 인간의 언어를 갑자기 구사하라는 요구와 다를 바가 없었던 게다.

이후, 길든 짧든 여행에서 돌아와 국적 불명의 아파트로 가득 찬 대한민국의 도시를 다시 마주하는 순간마다, 떠오르는 단상이 하나 있다. 우리 유전자 어딘가에 몇천 년을 축적해온 고유한 선과 면과 색에 대한 감각이 분명 존재할 텐데, 식민과 전쟁과 개발을 정신없이 겪어내느라 그 집단 기억을 상실해버린 무국적의 우리 도시들을 보고 있자면, 늑대 소년으로 하여금 인간의 언어를 잃고 으르렁거리는 것밖에 못하게 만든 정글을, 떠올리게 된다. 난 이 콘크리트 정글에서 그렇게 늑대 소년으로 길러졌던 게다.

참, 억울하다. 내가 늑대 소년이어서. 애초 스스로 타고난 미적 감수성의 온전한 분량이 얼마였는지를 알기엔 한참이나 늦어버렸으니 말이다. 미적 감수성 없이는 스타일도 없는데 말이다. 복식이든 행동이든 자신만의 미적 감수성에 의해 제대로 벼려진 고유한 제 스타일이 없다면, 그건 또 얼마나 멋대가리 없는 삶인가. 비싼 옷을 입거나 고급 레스토랑에 간다고 스타일이 만들어지는 게 아니라는 걸, 오히려 그렇게 브랜드나 돈에만 의지하는 순간 한없이 촌스럽고 천박해지기만 한다는 걸 깨닫고 나면 더더욱 아쉽지 않을 수 없다.

다행히 여행이 선사한 선과 색과 면의 세례를 나도 모르게 받아, 운 좋게도 몇 마디 더듬거릴 줄은 알게 된 난 이제, 돈 많이 버는 것보다, 비싼 집에서 사는 것보다 훨씬 더 삶을 풍요롭게 만드는 것이 제 나름의 고유한 스타일을 가지는 거라 믿는다. 그게 없는 사람은 도무지 섹시하지가 않다.

더치페이가
나쁜 건가요?

친구 사이에 돈 문제는 확실히 해야 한다는 게 제 원칙입니다.
돈을 빌려주지도 빌리지도 않아요. 물론 술자리에서도 나누어 내는
것이 익숙하고, 제가 사더라도 "이번에는 내가 한턱 낼게"라고
계산하는 사람을 확실히 밝혀두죠. 친구들도 제 방식을 이해하고
당연하게 받아들입니다. 그런데 얼마 전 대학 동기를 업무차
만나 몇 번 식사도 같이 하고 술자리도 가졌는데 그는 돈 계산이
정확하지 않더군요. 뜬금없이 찾아와 술 마시자고 한 뒤 매번 제게
술값을 떠넘기는 거예요. 아무래도 안 되겠다 싶어서 "너한테 나도
한번 얻어먹어보자"고 농담처럼 말했더니, 그는 살아오면서 이런
소리는 처음 들었다며 기분 나빠했어요. "남자들 사이에 더치페이에
집착하는 놈은 처음 본다"고 한 그의 말이 계속 마음에 걸려요.
제가 돈에 대해 유별나게 소심하게 구는 것인지 심각하게
생각해보는 중입니다.

반이 항상
가장 공정한 건
아니다

당신이 한국적 기준에서 조금 유별나게 더치페이를 선호하는 건지도 모르겠다. 하지만 아무리 그렇다 해도 그 친구 반응은 당신의 그 유별남을 변명 삼을 수 없을 수준으로 치졸하다. 그저 너도 술값 한번 내라는 농담조 한마디에 그렇게 과잉반응을 했다는 건 사실은 쪽팔린다는 고백인 거라. 그 친구 반응은 한마디로 '니가 날 지금 빈대 취급 하냐'는 건데, 스스로 빈대라 생각하지 않는 자, 결코 그렇게 화내지 않는다. 화를 냈다는 자체가 실은 스스로도 빈대처럼 구는 줄 알고 있었다는 거다. 그걸 들키니까 오히려 화를 내 그 자리를 모면한 거다.

그동안은 남자 사이의 더치페이는 좀스러운 거라는 한국 사회 수컷 관례에 묻어가고 있었던 게고. 그러니까 진짜 치사한 건 그 친구다. 당신이 군말 없이 계속 술값을 내니까 점점 당신이 만만했던 게지. 그러다 당신이 한마디 하니까 덜컥 도둑이 제 발 저린 거고. 실제 그 친구가 담에 크게 한번 내겠다고 혼자 맘에 담고 있었다고 생각해 볼 수도 있다. 니 돈, 내 돈에 대한 개념이 정말 없어서 말이다. 하지만 만약 그런 사람이었다면, 더더욱 그런 일로 화내지 않는다. 그러니 미안해할 필요 없다. 당신 잘못, 없다고.

그러나 더치페이를 좀스럽게 여기는 한국 남성 사회의 수컷 허세는 당장 당신이 어떻게 할 수 있는 게 아닌 것도 사실이긴 하다. 더치페이를 합리적이라 여기는 세대가 등장하고 있으니 지금은 대세에 영합해 적당히 눈치 보는 수밖에.

그런데 이런 게 있다. 살다 보면 칼같이 반으로 나눌 수 없는 일들이 있다. 예를 들어 그렇게 딱 반으로 나눈다는 생각으로 동업을 하게 되면 거의 대부분이 실패하고 만다. 왜냐. 딱 반으로 나누면 아무 문제도 없을 것 같지만, 실제 동업을 해보면 똑 부러지게 반으로 나뉘는 경우보단 어디까지가 반인지 몰라 혹은 서로 반이라고 생각하는 지점이 달라, 이번엔 그냥 내가 손해 봐야겠단 마음이 없으면, 오히려 모르는 사이보다 더 격한 분쟁으로 연결되는 경우 너무나 많거든.

아주 간단한 예를 들어보자. A는 매장을 보고 B는 물건을 떼온다. 매장에서 물건 파는 재주가 없으면 떼올 물건도 안 생긴다. 이게 A의 생각이다. 반면 팔릴 만한 물건을 떼올 거래처를 모르면 팔리지가 않는다. 이게 B의 생각이고. 또한 A는 자기는 매장에서 하루 종일 일하며 손님과 부대끼는데 B는 새벽에만 일하고 밤엔 거래처와 논다고 생각한다. 반면 B는 자신은 매일 밤 거래처 접대하고 또 새벽일도 하는데 A는 낮에만 일하고 밤이면 개인 시간도 마음대로 가진다고 여긴다. A는 공금으로 나가는 B의 술값이 아깝다. B는 A의 자기 시간이 부럽다. 한 달 매상을 반씩 나누는 게, A도 B도, 억울하다. A도 B도, 자기가 6은 먹어야 마땅하다고 생각한다. 그러다 경기가 나빠 매상이 줄었다. 적어도 6은 먹어야 평소 자기 몫이다. 술 한잔 하고 말 꺼낸다. 대판 싸운다. A는 B를 종업원으로 대체해야 겠다고 다짐하고 B도 A를 동생으로 대체해야겠다고 결심한다. 서로 욕심쟁이라고, 서로 배신자라고 다시 한번 대판 싸운다. 헤어지기로 한다. 재고와 거래처를 어떻게 나눌 건지를 두고 또 대판 싸운다. 마침내 둘이 다시는 안

본다.

　이런 식으로 만났다 깨지는 동업, 세상에 수도 없이 많다. 이들의 관계가 애초부터 좋지 않았던 거냐. 천만에. 절친한 친구였던 관계가 더 많다. 이들의 우정이 부족했던 게 아니라 공평하게 절반씩 나누면 아무 문제 없을 거라고만 생각했지, 세상에 절반으로 뚝 잘라 나눌 수 있는 건 별로 많지 않다는 세상 이치에 대한 이해가 부족했던 게다. 이번에는 자신이 손해를 보지만 다음에는 상대가 알아서 그렇게 해줄 거니까, 퉁 쳐서 결국은 균형이 맞춰질 거니까, 하는 생각 없이는 절친한 친구가 아니라 부모 형제라도 분쟁 생긴다. 그러니까 당장의 손해는 서로 나누고 장기적으로 퉁 쳐 균형이 맞춰질 거란 신뢰와 이해가 없으면 동업은 유지될 수 없는 거다.

　그러니 더치페이가 결코 나쁜 건 아니지만 동시에 이걸 기억해둘 필요 있겠다. 딱 반이 항상 가장 공평한 건 아니라는 거. 사실 모든 인간관계가 다 그렇다.

식당 주인이

되고 싶다

은퇴는 삼십대부터 대비해야 한다, 은퇴를 위한 자금 설계를 어떻게 해야 한다는 식의 은퇴 관련 보도를 최근 자주 접한다. 대형 보험사들과 뭔가가 통한 기자들이 은퇴 관련 상품 판촉을 위해 사회적 위기감 조성하다 보니 그리 된 면도 있을 수 있겠고 실제 예전과 다르게 은퇴를 조기에 준비하는 사람들이 과거보다 훨씬 늘었기 때문에 그럴 수도 있겠다.

여하간 그런 보도를 접하면 경제력 없는 노년에 대한 공포를 이해 못할 바는 아님에도 나로선 그런 선전, 보다 정확하게는 그런 선전에 전제된 사고방식에 동의가 잘 안된다. 노후를 대비해 젊었을 때 하고 싶은 게 있어도 참고 절약해 노후를 대비하자는 말은, 나한텐 늙음을 위해 젊음을 유보하자는 말로 들린다.

그렇게 지나가면 다시는 돌아오지 않을 시간을 어차피 다가올 시간을 위해 유보해버린다는 사고방식도 매력적이지 않지만, 나이를 먹으면 나이를 먹는 대로 하고 싶은 것이 또 따로 존재해야 하는 거 아닌가. 그런 사고방식은 노년이란 젊었을 때 모아둔 연금에 의지할 수밖에 없는 퇴물이 되는 게 당연한 순리라고, 아예 사회적으로 못 박아버리는 것 같다는 거다. 물론 체력도 지력도 따라주지 않아 그러고 싶지 않아도 그럴 수밖에 없는 상황이 도래할 수 있다는 건 안다. 하지만 젊었을 때부터 미리 그런 상황만을 준비한다는 게 나로선 마뜩지 않다. 삼십대에 하고 싶은 것의 리스트가 있는데 칠십대에 하고 싶은 것 리스트가 없으란 법이 어디 있는가.

하여 내 칠십대 리스트 중 하나를 공개하고자 한다. 나는 기력 쇠하면, 동네에서 작은 식당 하나 하려 한다. 왜냐. 나는 우연히 옆집에 산다는 이유 하나만으로 이웃과 각별한 척하고 싶지 않다. 그렇다고 유럽의 바처럼 내 컵과 내 술을 보관해두고 평생을 같은 축구 클럽 응원하며 함께 즐기는 커뮤니티 거점이란 게 우리나라에 있지도 않고. 그 나이에 노인정에서 나이가 비슷하단 이유 하나만으로 장기만 두고 싶지도 않다. 또한 그 나이 되도록 옳다 그르다 시비 가리는 토론 하고 있기도 싫다. 그저 열 받는 것과 흥분되는 것이 공유되는 '꽈'가 같은 사람들이랑 먹고 마시고 수다 떨며, 조국과 민족의 무궁한 영광과 영 관련 없이 늙어가고 싶다.

하여 그런 거점으로 난 식당 하나를 열 게다. 그래서 35년 전 2002년 월드컵 이탈리아 전을 이야기하면서 어제 일처럼 같이 열광하고 30년 전 2008년 광우병 사태를 이야기하며 오늘 일같이 함께 흥분하는 사람들, 노년엔 그렇게 통하는 사람들하고만 놀고 싶다는 거다.

하여 그 식당은 철저히 내 맘대로의 룰로 운영될 게다. 사전예약제지만 손님들은 무슨 메뉴가 나올지 모르고 그날그날 메뉴는 내가 정한다. 테이블은 서너 개만 둘 것이며 부자 되자고 하는 건 아니니 가격은 딱 식당 돌아갈 만큼만 책정한다. 그러니 손님은 그냥 내가 준비한 걸 먹거나 아니면 꺼지거나 둘 중 하나만 할 수 있다. 그리고 지들끼리 밥만 처먹는 것들은 퇴장이다. 오면 당연히 대화에 동참해야 한다. 조선일보를 칭송한다거나 하는 식으로 대화 내용에 문제 있어도 바로 퇴장이다. 그렇게 취향과 세계관이 비슷한 사람들과 먹고 마시고 떠들며 늙어가고 싶다.

이 식당을 위해 난 오십대부터 요리를 배울 생각이다. 어느 날 갑자기 요리 학원 3개월 다녀 배우는 게 아니라 살면서 두 달에 하나씩 1년에 다섯 가지 정도, 그렇게 오십대 내내 요리를 배울 생각이다. 요리 문화 발달한 몇 나라에 아예 가서 몇 달 살면서 요리 배울 생각도 있다. 거기서 먹고사는 거야 뭐 청소부를 하든 어쩌든.

그리고 그 모든 걸 한 사람의 동업자와 하고 싶다. 서빙을 내가 하면 요리를 그가 하고 요리를 내가 하면 서빙을 그가 하는, 따로 설명이나 지시 필요 없고 이윤과 역할 때문에 다투는 법 없는, 그런 동업자 한 사람과 인생 마지막을 보내고 싶다. 인생 전체를 털어서 그런 동업자 한 사람, 그 나이에 남길 수 있다면, 그럼 성공한 삶이 아니겠나 싶다.

조선일보 때문에
남편과 싸웠어요

1년차 주부입니다. 부모님 고향은 경상북도, 전 서울에서 나고
자랐습니다. 제 신랑 고향은 전라북도, 이십대에 상경했습니다.
근데 얼마 전 아빠 생신 때문에 시골에 내려갔을 때예요. 가족끼리
저녁 먹고 아빠가 신문을 펴 들었는데 신랑 왈, "아버님… 조선일보
보시네요?" 하는 겁니다. 아빠는 "응, 여기는 골짜기라 신문 구독도
겨우 한다"며 웃으셨는데, 서울로 돌아온 신랑이 쓰레기 신문
보지 마시라고 당장 전화하라며 닦달을 하는 겁니다. 그러면서
경상도 정권의 해악과 조선일보를 엮어 공격하는데, 저도 신랑과
정치적 견해는 같이 하지만 적어도 지역감정은 이제 완전히 해묵은
감정이라는 제 반론과 그렇지 않다는 신랑의 주장이 합의점을
못 찾네요.

편파적인 게 나쁜 게 아니라
그에 이르는 과정이
공정하지 않은 게 나쁜 거다

호, 이런 상담이. 우선 이것부터 밝혀두자. 난 경상남도 진해생으로 부산에서 학교 다니다 중3 때 상경했다. 이걸 밝혀야 한다는 사실부터 씨바라고 봐야지.

1997년 대선 직전이었다. 외조부 생신에 오랜만에 친척들이 모였다. 때가 때인지라 어느 순간부터 대선이 안주거리에 올랐다. IMF의 책임과 역사적 당위 따위를 들먹이며 DJ여야 한다는 내 주장에 "점마가 미친나…"를 필두로 성토가 쏟아진다. 어차피 논리로 당해낼 일 아닌 줄 알면서도 기를 써본다. 그러나 "대중이는 치매라 안 카나, 가는 빨갱이 아이가, 통반장도 싹쓸이한다카이, 깽깨이들 지랄하는 꼴 우째 보노"로 이어지는 벌써 20년째 된 고정 레퍼토리들. 30분쯤 그렇게 다구리를 당하고 있는데, 오래전 후두암으로 성대를 제거한 외조부가 갑자기 손을 젓는다. 자존심이 강해 식도 발성 특유의 가래 끓는 소리가 싫다며 꼭 필요한 말이 아니면 한 달도 침묵하는 양반인데 할 말이 있단다. 조용해졌다. 아니면 알아들을 수가 없으니까.

"고마치 해묵었으모 됐다…. 부끄러운 기라…. 이제 마 대중이가 해라 케라…."

정작 자신들은 한 번도 누려본 적도 없는 허구의 기득권을 부여잡고, 지역에 기생하는 정치배들이 제공한 평계와 거짓을 주워섬기며 앙상한 선민의식으로 버티던 한 무리의 경상도 서민들 입을 다물게 한 건, 그렇게 논리가 아니라 칠십대 노인네의 염치였다. 아, 가슴이 아팠다. 그 한마디에 담긴 경상도의 자조가. 정치꾼들이 그들 가슴에 심어놓은, 아무도 말하지 않지만 누구나 알고 있는, 그 원죄의식이. 자리는 거기서 끝이 났고 그래도 그들 중 DJ에게 표를 준 이는 아무도 없었을 게다. 모친이 난생처음 기권한 게 그나마 그 말이 그해 대선에 끼친 직접적 영향의 전부였다.

애초 정치는 적을 필요로 한다. 적이 없으면 만들어내

기라도 해야 한다. 히틀러가 그랬다. 유대인이 없으면 만들어내야 한다고. 신도 몇 명도 아니고 수천만 독일인들을 집단 최면 상태로 이끌었던 히틀러는, 미치긴 했어도 바보는 아니었다. 히틀러 수사학의 핵심은 명확하게 적과 나를 갈라내는 이분법. 그 위력은 상식의 작동을 중지시키고 내부의 모든 불만과 불안을 그 적에게 돌리게 하는 데 있다.

이 땅의 히틀러들이 자신의 정권욕을 위해 조작해낸 유대인은 전라도. 그 사악한 상징 조작에 경상도는 대구의 지역총생산이 전국 꼴찌가 된 게 이미 17년 전이건만, 그렇게 노태우와 김영삼 시절에 비롯된 몰락을 DJ와 노무현의 탓으로 돌린다. 더구나 97년의 방어적 지역주의는 이제 잃어버린 10년이란 주술에 의지해 마땅한 내 것 되찾겠단 패권 의식으로 변태해 있다. 그렇다. 당신 남편이 옳다. 사라진 게 아니다. 그리고 그렇기에 경상도는 결코 이해할 수가 없다. 전라도가 자신들에게 총을 겨눈 자들과 그 후신을 결코 지지할 수는 없다는 정서의 본연을, 그러면서도 DJ 이후로 그런 몰표가 결코 원시적 지역색이나 복수의 권력욕이 아님을 입증해 보이려는 그들의 자존심을, 그래서 지역을 넘어 경상도의 아들 노무현에게 표를 주고 또 다시 지역을 넘어 DJ의 유산 민주당마저 제치고 열린우리당에게 표를 줬던 그 정치의식의 본질을.

　당신과 남편의 갈등은 그렇게 구조적이고 역사적이다. 둘이 착하다고 해결될 일 아니라고. 그러나 장인을 개안시키려는 남편의 시도도 무망하다. 그건 그것대로 부모 세대의 존재 양식이었기 때문에. 부모를 바꾸려는 모든 시도는, 그것이 논리적이지 않아서가 아니라 그들이 살아온 방식 자체를 부정하란 것으로 여겨지기에, 실패한다. 설득 대신 다른 신문을 구독해 우편으로 보내드리시라. 거기까지가, 예다. 그리고 그 문제로 당신들끼리 싸우지 마시라. 슬프다. 대신 당신들 다음 세대에게는 이 유산, 절대로, 물려주지 않겠다는 걸로 매듭지으시라. 나쁜 것의 가장 나쁜 점은 유전된다는 거니까.

P. S.
조선일보, 편파적이어서가 아니라 그 편파에 이르는 과정이 공정하지 않기에, 나쁘다.

가족

**인간에 대한
예의**

모친과 여친 사이에
끼었어요

사내 커플로 5년째 연애해온 삼십대 초반의 직장인입니다.
연애도 할 만큼 했고 나이도 차 결혼해야 하는데 엄두가 안 납니다.
어머니는 독실한 크리스천인데 평소에도 교회 활동으로 바쁘고
주말엔 저 데리고 교회 다니시는 게 큰 기쁨입니다. 솔직히 제게
깊은 신앙심이 있는 건 아니지만 대학 시절 아버지 돌아가시고
누이들 시집간 뒤라 실망시켜드리고 싶지 않아 군소리 없이
교회 다니고 있죠. 결혼하면 아들 며느리와 당연히 매주 교회에
나가는 걸로 기대하고 계십니다. 문제는 제 여친이 절대 받아들이지
않을 거란 거죠. 자기주장 강한 그녀는 결혼 뒤 신앙 생활 할 생각
없다고 이미 못 박은 상태입니다. 두 여자 다 고집 꺾을 성격이
아니라 결혼할 엄두가 나지 않아요. 그렇다고 사랑하는 여친과
헤어질 수도 없고 어머니와 인연을 끊을 수도 없는 노릇이고요.
둘 다 행복한 방법이 없을까요?

자식이 부모에게 갖춰야 할 건, 효가 아니라 인간에 대한 예의다

무엇보다 우선, 삼가 위로의 염부터 전하는 바다. 그 문제, 양자 공히 해피할 방도, 없다. 나도 미안타, 씨바. 대뜸 없다 해서. 하지만 어느 일방의 복종 혹은 포기 이외의 해법, 난망이다. 그거 모친에겐 절대자의 나와바리고 여친에겐 시시비비의 영역이다. 그 둘 사용 언어, 전혀, 사맛디 아니하시다. 소통 불가. 그러나 당신 건의 본질은, 사실, 종교, 아니다.

모친에게, 신규 영입되는 처자의 집안 계명 수용은, 마땅하다. 얼마나 마땅하냐. 모친이 독실한 건 모친 사정이거든. 그런데도 당사자에겐 묻지도 않고, 동반 예배와 교회 예식이 기정사실이다. 타인의 개종마저, 마땅한 게다. 너~무 마땅해 그게 폭력적이란 걸 인지 못한다. 사달은 바로 그 지점부터. 모친 케이스는 마침 그게 신앙에 의해 강화됐을 뿐, 집안 계율에 대한 복속 요구, 모든 며느리가 당면한다. 그러나 여친은 이미 마이웨이 택했다니. 이제 남은 건, 바지 똥 싼 포즈로 불효자와 마마보이 사이에 낑긴 당신. 이를 어쩌면 좋나.

　　낭패불감일 땐 기본부터 되짚자. 자, 대체, 결혼이 뭐냐. 두 어른이 하나의 독립 채산 가족 창설하는 거다. 부모 가족에 인수 합병, 아니라고. 그런데 언젠가부터 우리 가족 시스템, 이 '어른' 육성에, 실패하고 있다. 삶의 불확실성, 제 힘으로 맞서는 순간, 아이는 어른이 된다. 그런데 우리 시스템, 그 대면, 부모가, 최대한, 지연시킨다. 부모의, 내가 널 어떻게 길렀는데-채권, 그리 확보된다. 그리고 그렇게 삶 자체를 위탁한 아이들, 결혼하고도, 평생 누군가의 자식으로 산다.

　　그래서 이 땅에서 효도는, 채무다. 허나, 삶 자체의 변제, 애당초, 불가능한 거다. 그리하여 대한민국에서, 효도, 죄의식이 되고 만다. 명절은 그 죄의식 탕감받으러 가는 날. 길이 막혀 다행이다. 갇힌 시간만큼 속죄의 진정성은 입증되나니. 반면 그 죄의식이 버거운 자들, 그 대리 지불, 자식 된 권리로 합리화해버린다. 유학도 결혼도 자식 된,

합당한 권리. 그거 풀서비스 못하는 부모는 자격 미달자. 이들에게 부모는, 유산이다.

우리 사회, 이 과도 사육과 성장 지체를, 효와 사랑이라 부른다. "이 세상에 없어도 유학 보내고 결혼시키는 아버지 있습니다"란 보험 광고, 그 뒤틀린 멘탈리티 위에 탄생했다. 부모는 뒈져도 돈은 남겨야 한단다. 지랄. 부모 자격 갖고 어따 대고 협박인가. 죽는 것도 서러운데. 더구나 이 병든 패러다임에선, 자식은, 자식인 게 유세가 된다. 미친 거지.

이제 다시 당신 스토리. 고부 갈등에 관한 처세술, 참, 많다. 모친 앞에선 모친 편, 아내 앞에선 아내 편, 이런 거. 그거, 때때로 유용하다. 그렇게 통역 윤색이나 화법 기름칠로 소소한 갈등, 피할 수 있다. 하지만 처세는 처세. 회피술이지 돌파술, 못 된다. 양단간의 피치 못할 정면충돌엔 소용, 안 닿는다. 그래서 지금, 당신에게 필요한 건 처세가 아니라, 입장이다.

내 결론은 그렇다. 여친 편에 서시라. 그렇게 입장, 세우시라. 결혼은 당신이 당신 의지로 상대 인생에 적극 개입해 체결한 약조다. 책임, 당신에게 있다. 게다가 여친은 모친 교회 생활, 안 말리잖아. 그 역은 왜 당연한가. 하나도, 안 당연하다. 그로 인한 부모 배신감은, 부모 된 자의 숙명이다. 그 감당, 부모 몫이다. 그거 당신이 대신할 수 없다. 제 몫, 제가 감당하는 게 어른이다. 그 기대가 정당하든 않든, 그에 부응치 못한 거, 미안해하는 건, 옳다. 하지만 거기까지다. 충분히 미안해하고, 그리고 여친 편에 서시라. 그렇게 입장 분명히 세운 후, 처세를 해도 해야 한다. 그거 패륜 아니다. 패륜은 자식이 유세인 줄 아는 거, 그래서 생전엔 물론 죽은 부모에게조차 유학·결혼 바라는 거, 그런게, 진짜 패륜이다.

P. S.

자식이 부모에게 갖춰야 할 건, 효가 아니라, 인간에 대한 예의 그리고 애틋한 연민이다.

엄마

고등학생이 돼서야 알았다. 다른 집에선 계란 프라이를 그렇게 해서 먹는다는 것을. 어느 날 친구 집에서 저녁을 먹는데 반찬으로 계란 프라이가 나왔다. 밥상머리에 앉은 사람의 수만큼 계란도 딱 세 개만 프라이되어 나온 것이다. 순간 '장난하나?' 생각했다. 속으로 어이없어하며 옆 친구에게 한마디 따지려는 순간, 환하게 웃으며 젓가락을 놀리는 친구의 옆모습을 보고 깨닫고 말았다. 남들은 그렇게 먹는다는 것을.

그때까지도 난 다른 집들도 계란 프라이를 했다 하면, 4인 가족 기준으로 한 판씩은 해서 먹는 줄 알았다. 엄마는 손이 그렇게 컸다. 과자는 봉지가 아니라 박스로 사 왔고, 콜라는 페트 병 박스였으며, 삼계탕은 노란 찜통—그렇다, 냄비가 아니라 찜통이다—에 한꺼번에 닭을 열댓 마리 삶아 식구들 먹고, 친구들 불러 먹이고, 저녁에 동네 순찰을 도는 방범들까지 불러 먹였다.

엄마는 또 힘이 장사였다. 하룻밤 자고 나면 온 집 안의 가구들이 완전 재배치되어 있는 일, 다반사였다. 가구 배치가 지겹거나 기분 전환이 필요하면 그 자리에서 그냥 결정해 시간에 구애받지 않고 바로 가구를 옮기기 시작했다. 작은 책상이나 액자 따위를 살짝 옮겼나 보다 생각하면 오산이다. 남들은 이사할 때나 옮기는 장롱이나 침대 같은 가구가 이 방에서 저 방으로 끌려다녔으니까.

오줌 마려워 부스스 일어났다가, 목에 수건 두르고 목장갑 낀 채 땀 뻘뻘 흘리며 커다란 가구를 옮기고 있는 '잠옷 차림 아줌마의 어스름한 새벽녘 차력'의 기괴함은 목격해보지 않은 사람은 모른다. 새벽 3시 느닷없이 잠이 깬 후 팬티만 입은 채 장롱 한 면을 보듬어 안고 한 달 전 떠나왔던 바로 그 자리로 장롱을 세 번째 원상복귀시킬 때 겪는 반수면 상태에서의 황당함도 경험해보지 않은 사람은 모른다.

재수를 하고도 대학에 떨어진 후 난생처음 화장실에 앉아 문 걸어 잠그고 눈물 찔끔거리고 있을 때, 화장실 문짝 뜯어내고 들어온 것도 그런 엄마 아니었다면 상상도 못할 액션이었다. 대학에 두 번씩이나 낙방하고 인생에 실패한 것처럼 좌절하여 화장실로 도피한 아들, 그 아들에게 할 말이 있자 엄마는 문짝을 부쉈다. 문짝 부수는 엄마 이야기는 그 선에도 그 후에도 듣지 못했다.

물리적 힘만이 아니었다. 한쪽 집안이 기운다며 결혼 반대하는 친척 어른들을 향해 돈 때문에 사람 가슴에 못 박으면 천벌을 받는다며 가족회의를 박차고 일어나던 엄마, 그렇게 언제나 씩씩할 것 같던 엄마가, 보육원에서 다섯 살짜리 소란이를 데려와 결혼까지 시킬 거라고 말한 지 얼마 되지 않은 어느 날 갑자기 뇌출혈로 쓰러졌다. 담당 의사는 깨어나도 식물인간이 될 거라 했지만 엄마는 그나마 반신마비에 언어 장애자가 됐다.

아들은 이제 사십이 됐고 마주 앉아 세상 사는 이야기를 할 만큼 철도 들었는데, 정작 엄마는 말을 제대로 못 한다. 한 번도 성적표 보자는 말을 하지 않았고 한 번도 뭘 하지 말라는 말을 하지 않았으며, 화장실 문짝을 뜯고는 다음에 잘하면 된다는 위로 대신에 그깟 대학이 뭔데 여기서 울고 있냐고, 내가 너를 그렇게 키우지 않았다며 내 가슴을 후려쳤던 엄마, 그런 엄마 덕에 그 어떤 종류의 콤플렉스로부터도 자유로운 오늘의 내가 있음을 깨닫는 나이가 되었는데, 이제 엄마는 하고 싶은 말을 마음대로 못한다. 이제는 아들이 아니라 친구가 하고 싶은데 말이다. 이제는 그게 진짜 제대로 된 부모 자식 사이란 걸, 아는데 말이다.

P. S.

내가 널 그렇게 키우지 않았다는 말, 지금 생각하면 웃음이 난다. 엄마는 이런저런 사람이 되어야 한다거나 이렇게 저렇게 하는 게 맞는 거라거나 이런저런 생각이 옳다거나 하는 말을 내게 한 적이 없다. 엄마는 고등학교 수험생 아들의 도시락도 싸주지 않을 만큼 날 방목했다. 당신도 유아원 운영하느라 바빴으니까. 나 역시 수험생이 무슨 대단한 벼슬이라고 부모 새벽잠을 뺏을 권리가 있나 여겼기에 한 번도 그런 일로 투정 부리거나 야속해해본 적 없고. 그리고 그렇게 철저히 날 방목해주었기에, 무엇이든 해도 된다, 그러나 그 결과도 온전히 나의 책임이란 삶의 기본

철학을 일찍부터 터득할 수 있었다. 하여
그 방목에 무한히 감사한다. 하지만 엄마도
맹모삼천지교 따윈 관심 없는 부모였다.
그래서 어른이 된 지금은 그 말에 웃음이 난다.
아니 모친, 솔직히 모친이 언제 날 키웠수. 그냥
크게 냅뒀지. 파하.

이기적인
친모 때문에
괴롭습니다

삼십대 직장인입니다. 다섯 살 때 아버지 여의고 생모는 개가해
제가 성인 될 때까지 딱 두 번 봤고 조부모 밑에서 내내 컸습니다.
성인이 된 후 저는 '다시 홀로' 된 생모 모시고 여동생들과 함께
살다가 그들과 너무 맞지 않아 다시 조부모 댁으로 갔고, 3년 전
결혼까지 했는데, 그때부터 생모와 여동생들이 시집 노릇을 하며
제 아내를 괴롭히기 시작했습니다. 혼수 때문에 난리를 피우고,
제 아내를 구박하고, 게다가 생모는 하는 일 없이 카드를 계속 써
여동생과 매제까지 신용불량자가 된 데다, 저 역시 몇 년간
그 빚 갚느라 현금서비스 돌려막기 했는데, 얼마 전엔 거짓말까지
해 아내 카드마저 가져다 쓰기 시작했습니다. 제가 정말 힘든 건
당장의 어려운 경제 사정이 아니라 바로 이기적 생모로 인한 정신적
고통입니다. 이 고초를 묵묵히 견뎌온 착한 아내에게도 너무 미안할
뿐입니다. 어떻게 제 삶을 찾을 수 있을까요? 이민 가야 할까요?

친자를
보험 취급하는 게
패륜이다

생모, 사연, 있을 수 있다. 그녀 인생 역정, 만만찮게 기구했을 수 있다고. 그러니 그녀 삶에다 대고 섣불리 주석 달진 말자. '다시 홀로' 된 후 재결합, 재결별 한 거, 거기까지도 충분히 있을 수 있는 사변이다. 문제는 생모라는 자격을 친자에게 사회경제적 무한결제 요구할 천부의 채권으로 간주하는 대목, 바로 거기서부터 발생한다. 피치 못할 의탁을 미안해하거나 최소한 남세스러워라도 해야 하는 게, 생모고 나발이고 떠나 한 인간으로서 마땅한 염치다. 더구나 제 살 길 찾아갔던 처지면, 친자에 대한 권리도 함께 두고 갔던 거다. 잘했다 못했다가 아니라, 이치가 그렇단 거다. 그런데 그런 친자의 법률혼 상대에게까지 일방적 권리 행사라니. 그거 시집살이 아니다. 행패다.

물론 양육 기간 불문하고 생모는 마땅한 감사의 대상

이다. 내 존재를 가능케 했으니까. 하지만 생모라는 이유만으로 친자 인생을 그녀 삶의 번제로 요구할 자격은, 결코, 없는 법이다. 그러니 감당 가능한 액수 정해 정기적으로 원격 지원하되, 왕래는 끊으시라. 그거 패륜 아니다. 친자를 보험 취급하는 게 정말 패륜이지. 당신은 죄, 없다.

동생 뒷바라지에
골치가 아픕니다

공부 못해 대학 못 간 저와 달리 집안의 자랑인 명문대 3학년생
동생이 있습니다. 그런 동생이 집안 형편이 안 되는데도 유학을
가겠다고 합니다. 처음엔 안 된다 하시던 부모님이 동생이
매달리자 결국 동생 유학비 보조해줄 수 있냐는 말을 제게 어렵게
꺼내시더군요. 전세 줄여 이사 가도 모자란다며. 전 그동안
직장생활 하며 6년간 결혼 비용을 저축했고 이제 3개월 후면 애인과
결혼하기로 날짜까지 잡혀 있거든요. 곤란해하시는 부모님 면전에
대고 차마 거절은 못하고 생각해보겠다고 했습니다. 이후 부모님은
제 눈치만 보고 동생은 제 앞에선 아무 말 않지만 이미 친구들한테
알리고 준비하느라 신이 났고요. 하지만 오늘도 몇 번이고 통장을
만지작거리며 고민하고 있습니다. 이렇게 망설이는 제가 이기적인
건가요.

존재를 질식케 하는
그 어떤 윤리도,
비윤리적이다

　결혼 날짜 정해졌다면 알고 있었겠네, 동생도. 그 돈, 형 결혼 자금이란 거. 근데 신나한다고. 이런 씨바. 돈, 주지 마. 자기 위해 형의 삶이 통째로 지체되는 걸 당연한 걸로 치부하는 정도의 싸가지 위해, 당신 인생 유보할 필요, 뭐 있나. 그래 봐야 겨우 공부 좀 잘한다는 게 남 밟고 서도 좋단 허가증이라도 되는 줄 안다.

　도저히 마음이 불편해 안 되겠다? 그럼 부모 빼고, 동생 하고 직접 '쇼부' 보시라. 현지 가서 스스로 벌며 공부할 수 있겠냐. 그 해법 찾아지면, 그때 가라. 가서 노력하다 하다 도저히 안 되겠으면 그때 연락해라. 그 부족분만큼은 빌려줄 수 있다. 그리고 그때 역시 부모님이 아니라 내게 직접 연락해라. 그렇게 성인 남자 대 성인 남자로 결론 보시라. 다 큰 새끼가 제 앞가림도 못하는 주제에 어디서 어리광인가. 계속 징징거리면 죽통을 날려버려라.

가족이 자신을 위한 사설 자선단체인 줄 착각하는 넘들이 있다. 자신의 몰염치와 이기심을 오히려 가족의 권리인 줄 안다. 인간관계에 이만한 착각도 없다. 이 도착적 가족 윤리, 자본주의의 출현, 사생활의 탄생과 더불어 발명된 '신성한 가족'이란, 근대의 가족 신화에 뿌리를 두고 있다. 가족 관계가 주는 스트레스와 대면할 때, 한 가지 원칙만 기억하시라.

존재를 질식케 하는 그 어떤 윤리도, 비윤리적이다. 관계에서 윤리는 잊어라. 지킬 건 인간에 대한 예의다.

'신성한 가족'의

탄생

'신성한 가족'이란 개념은 근대의 산물이다. 산업혁명 초기만 해도 아동 착취나 여성 인권이란 개념 자체가 존재하지 않았다. 근대 이전의 부모는 아이들을 사랑하지 않았다는 말이 아니다. 아동은 사회적 보호의 대상이지 노동력 착취의 대상이 되어서는 안 된다는 아동 복지와 아동 인권의 개념 자체가 근대 이전엔 존재하지 않았다는 말이다.

19세기 영국의 방적공장에선 하루 열두 시간씩 노동하는 5, 6세 아동들이 흔했다. 지금이라면 공장주는 물론 부모도 아동 학대로 사회적 비난과 처벌을 받을 일이지만 그때는 그게 당연한 일이었다. 그 아이들의 엄마들이 가장 기본적인 육아 행위도 보장받지 못하고 하루 열다섯 시간씩 깨어 있는 모든 시간을 공장 노동에 동원되는 것 역시 사회적 재고의 대상이 되지 않기는 마찬가지였고.

도시 노동자 계급의 15세 미만 자녀들 평균 체격이 매우 작아졌단 걸 알게 된 자본가들과, 보어전쟁에 동원된 병사들의 체력이 매우 허약해졌다는 걸 깨달은 정치인들이 비로소 문제의식을 느낀 건 19세기 말이나 되어서다.

그 시절 자본가들은 안정적인 노동력의 지속적인 공급을 위해서는 일하는 남편과 그 남편이 일하는 동안 다른 생각 하지 않을 순종적이고 정숙한 아내 그리고 그런 부모에게 절대적으로 복종하는 아이들로 구성된 매우 안정된 일부일처 가족 시스템, '신성한 가족'의 필요성을 절감하게 된다.

이 시기에, 전쟁 수행 능력의 하락을 걱정한 정치인들역시 체력과 정신력을 강조하기 시작했고 이를 위해 종교를 동원하며 '낭비', '음주', '무절제' 등을 강하게 비난하고 '신성한 가족'을 칭송하는 정부 차원의 도덕 캠페인을 시작했고.

인류 역사에서 가족이 종교 교리에 버금가는 신성함을 획득하고 사회보편적 가치가 된 것은 바로 그렇게 20세기에 이르러서의 일이다. 가족이 중요하지 않다는 말을 하려는 건 결코 아니다. 가족이 중요한 건 너무 당연하다. 하지만 가족이란 단어가 만들어내는 사회적 신성함은 그렇게 최근에야 의도적으로 만들어진 것이다. 인간이 의도적으로 만들어내는 모든 사회규범은 언제나 그 방향이 옳지 않아서가 아니라, 그 압력의 도가 결국 인간의 존재 자체를 질식케 하는 데까지 이른다는 게 문제다. 가족이라는 규범이라고 해서 거기서 예외일 수는, 결코, 없다.

아빠의 불륜,
어떻게 해야 할지
모르겠어요

저는 올해 스물일곱 살입니다. 그런데 몇 달 전 충격을 받고 최근
또 한 번 충격을 받아 어찌해야 할지 몰라 이렇게 글을 써봅니다.
아빠의 불륜을 알아버렸습니다. 아빠 회사에서 근무하는데 우연찮게
아빠 메일을 대신 확인하다가 가정 있는 여자(젊지만 초등학생 아이가
둘이나 있는)를 만났다는 걸 알게 됐습니다. 하지만 관계를 정리하는
과정에서 여자가 아쉬움을 표현하는 메일이었기에 엄마한테 말하지
않고 그냥 덮기로 했습니다. 그런데 최근 또 다른 메일을 보게
됐습니다. 다른 여자였습니다. 아빠의 이중적인 모습에 미칠 것
같습니다. 그렇게 엄격하고 효자이신 아빠도 이러시는데 제가 현재
결혼을 생각하고 있는 남친은 믿어야 하는지…. 어느 누구도 믿지
않고 그냥 이런 현실을 받아들이고 살아야 하나요? 미치겠어요.

부모를
해방시켜라

아빠의 불륜이라. 음, 당혹스러운 일이긴 하다. 하지만 당신의 진짜 문제는 아빠의 불륜이 아니다. 엄밀히 말해 그건 엄마의 남자, 문제다. 당신의 문제는 그 사실을 접수하는 당신의 절망이 도를 넘어서고 있다는 데 있다. 왜냐. 보자.

남들은 어떤지 모르겠다. 그러니 내 이야기부터 해보자. 고1, 가을 어느 날로 기억된다. 모친과 여동생이 며칠 외가에 가고 부친과 나만 집에 남았다. 그날 저녁, 냉장고 반찬 마다하고 부친이 요리를 했다. 어라, 아부지가 고추장에 밥 비비는 이상의 부엌 노동을 하네. 심지어는 무려, 돼지고기까지 볶았다. 거참, 별일일세. 뭐 그렇다고 둘 다 호들갑 떨 성격은 못 됐다. 마주 앉아 서로 말 한마디 없이

밥그릇만 비워가다 거의 마지막 숟가락을 뜨려는 순간, 불쑥, 돼지고기 한 점이 숟가락 위에 올라왔다. 어라, 이게 뭐야. 고길 얹었어, 아부지가. 세상에. 처음이었다. 기억이 닿는 한.

그 순간, 느닷없이, 깨닫고 말았다. 아, 엄부 모델 이외에는 모르는 이 무뚝뚝하고 고지식한 충청도 양반이 당신도 사실은 이렇게 살갑게 아들 자식 숟가락 위에 고기 얹어주고 하는 걸 해보고 싶었던 거구나. 마침 아내와 여식도 없으니 권위 상할 일도 없겠다. 그래 직접 요리해 겨우 한 점, 올려본 거라. 허, 눈물 한 방울, 찔끔, 수저에 떨어졌다. 그렇다고 들킬 순 없는 노릇. 아무 일 없다는 듯 마지막 숟가락 털어 넣고 곧장 내 방으로 갔다. 서로, 아무 말 없이. 그리고 부친은 설거지를 시작했다.

지금도 기억한다. 휘파람까지 불며 설거지하던 부친 뒷모습. 난 그 뒷모습에서 난생처음 내 아버지가 아니라 사십대 후반의 한 남자를 봤다. 나의 사회 경제적 보호자 혹은 생물학적 부모로서가 아니라 한 사람의 개별자로, 난 그 남자를 잘 알고 있다. 한 가정을 책임지며 거기까지 오기 위해 그가 거쳐야 했던 우여곡절과 희로애락의 상당부분을 목격해왔으니까. 나는 그 남자를 잘 알고 있었다.

그리고 그렇게 한 사람의 남자로서 있는 그대로의 그를, 받아들였다. 남들은 어떤지 모르겠다. 내겐 그 순간이었다. 내가 아버지로부터 독립한 것이. 그리고 그날 이후 여태, 부모를 원망하거나 섭섭해하거나 뭔가를 요구해본 적이, 단 한 번도, 없다.

이제 당신 이야길 해보자. 어떻게 이렇게 우리 아빠까지! 도대체 이 사회를 어떻게! 아빠의 몰락과 세계의 붕괴를 등치시키는 당신의 절규. 그런데 말이다, 당신 아빠라는 거, 대수 아니다. 딸이라고 인간에게 초월적 존재가 되라 요구할 자격이 생기는 것도 아니다. 당신 아빠도 그저 자신만의 욕망을 가진 불완전한 한 남자. 당신은 지금 불륜이 아니라 바로 그걸 받아들일 수가 없는 거다.

모든 아이에게 아버지는 신화니까. 권위와 규율과 질서의 원형이니까. 어떤 아이에게든 아버지의 세속성과 속물성은 수용하기 벅찬 일이기 마련이다. 하지만 그 부성 신화와 현실 사이의 간극을 스스로 깨뜨리는 과정 없이, 아이가 어른이 되는 법은, 결코, 없다. 그러니 스물일곱에 여전히 그 신화에 포섭돼 있다는 건 일종의 성장 지체. 당신의 도덕적 강퍅함 역시 그 부성 신화의 요구에 부응하려는 소녀적 강박의 결과.

아빠의 불륜을 혐오하는 건 당신 자유다. 맘대로 하시라. 하지만 아빠를 당신 인식의 감옥에서 풀어줘라. 해방은 당신의 것일지니. 어른이, 될지어다. 아멘.

P. S.
아빠의 불륜과 당신 애인의 잠재적 불륜
가능성 사이의 상관관계, 없다. 그런 식의
연관 짓기 자체가 유아적이다. 둘이 같은 합숙
훈련이라도 받는 줄 아나.

명절 부활

프로젝트

　이번 추석엔 선글라스를 샀다. 바이오, 세라믹, 원적외선, 뭐 이따위 사발로 포장된 효도 상품이나 수입산 갈비짝 대신. 평생 써본 적 없을뿐더러 자긴 안마사 같을 거라며 손사래 치는 노친 둘을 다잡아 안경점 매대 앞에 밀어놓자 입으로는 연신 "글쎄 안 한다니까"를 되뇌면서도 손으로는 이것저것 걸쳐보기 바쁘다. 게다가 짐짓 차분한 어조로 라이방이 일본어인지 영어인지 아느냐며 남우세스러움 극복용 페인트 모션까지 구사한다. 귀엽다, 노인네들.

　우리는 부모를 욕망을 가진 한 사람의 독립된 여자와 남자로 바라보지 못하는 사회에 살고 있다. 그런 시각은 불경스럽거나 외람되다. 부모는 사람이 아니라 부모다. 부모와 자식이 인간 대 인간으로 연민하고 신뢰하는 대등

한 동지적 연대는, 자식이 아무리 나이를 먹어도 성립될 수 없다. 이 전복 불가능한 절대 위계 위에 가족이 구축된다. 그리고 그 질서에 따라 각자 자신의 고정 배역만 연기한다. 이 질서를 교란하는 건 패륜이다. 패륜, 사람으로 마땅히 지켜야 할 도리를 지키지 않는 것. 본능이 아니라 도리를 지키지 않는 거다. 그러니까 생물학적으로 자연 결속된 생활 결사체이기만 한 것으로 오인되는 가족은 사실은 그렇게 사회적 역할극이다.

일본의 한국계 회사에서 일하는 일본 여성에게 물었던 적이 있다. 연애 상대로 일본과 한국 남자 중 누가 나은지. 주저 없는 즉답. 한국 남자. 더 남성적이고 더 낭만적이란다. 괜히 실속도 없이 흐뭇해져 돌아서는 뒤통수에 질문 몇 개가 던져졌다. 근데 서른 다 된 유학생이 방학 때 자기랑 외국 여행 가는 걸 왜 부모한테 허락받느냐. 그 남자가 취직해 버는 월급을 왜 부모에게 다 주고 타서 쓰느냐. 한국은 가족 사랑이 그만큼 깊은 거냐. 가족 사랑. 쩝.

스위스 국제경영개발연구소(IMD)의 국가 경쟁력 평가 항목에 반드시 포함되어야 한다고 홀로 수년째 주장하며, 세계 50여 개국의 남녀를 여행 경험을 바탕으로 비교해 주변 지인들에게만 발표해온 본인의 야매 세계남녀경쟁력순위표에 의하면, 한국 처자들의 외모·교육·생활력 등등을 포괄한 종합 경쟁력은 헝가리, 이집트와 경합하며 세계 3위권이다. 본 사설 집계가 얼마나 객관석이냐. 그게 글쎄 하여간 엄청나게 객관적이다. LPGA를 보라. 반면 한국 남자들 순위는, 50위. 꼴쩨다. 한국 남자들, 아시아에서 가장 체격 좋고 교육 수준도 세계 톱클래스다. 근데 한 항목이 다 까먹는다. 독립 지수. 우리 남자들, 평생 누군가의 아들이다.

최소한의 사회 안전망조차 작동하지 않았던 탓도 크겠다. 대한민국의 20세기는 개인이 스스로를 보호할 수 없을 때 국가 복지도, 지역 사회도 아닌 오로지 가족이 마지노선이었다. 오로지 비빌 데라곤 가족밖에 없었던 게다. 가족 구성원 간 과잉 감정은 이 자폐적이고 방어적인 가족주의의 필연이다. 서로가 서로에게 과도하게 기대하고 요구하며 또 그로 인해 과도하게 상처 받고 실망한다. 서로가 서로에게 정도 이상의 감정 비용을 지불하며 서로가 서로에게 바가지를 쓰고 있다고 여긴다. 모두가 모두에게 그렇게 채무관계로 결박되어 있다.

명절은 이제 씨족 행사도, 집단 귀향도 아니다. 평소 마땅한 분량의 가족 의무를 수행하지 못한 자들이 그 죄의식을 탕감받으러 가는 날. 그러니 길이 막혀 다행이다. 차에 갇힌 시간만큼 속죄의 진정성은 입증된다. 도착한 자식들이 부모와 대화의 절반을 얼마나 길이 막혔는지에 소비하고 나머지 절반을 언제 가야 안 막히는지에 쓰는 건 그 번제의 의례다. 명절은 그렇게 죄의식만으로 작동한 지 오래다. 즐거울 리 없다. 명절이 다시 즐거워지는 길은 미풍양속 따위와는 상관없다. 부모는 신분이 아니라 실체다. 가족극의 배역이 아니라 구체적인 여자와 남자다. 그들은 숭고한 효의 대상이 아니라 애틋한 관심의 대상이다.

독립하자. 어른이 되자. 그래서 빚 없는 가족을 만들자. 명절이 즐거워지는 건 그 덤이다.

내년엔 형광 바지를 사야겠다.

친구 오빠와 사귀자 친구와 사이가 틀어졌어요

사랑하는 남자친구가 있습니다. 그런데 절친한 과 동기였던, 남친의 여동생과 사이가 안 좋아요. 그 친구와 친하게 지내며 당시 사귀던 남자 이야기도 많이 했고 그 남자 비난도 많이 했어요. 그런데 어쩌다가 그 친구의 오빠를 알게 됐고 서로 호감을 가져 연인 사이로 발전했습니다. 그래서 오빠가 친구에게 저에 대한 호감을 표시했을 때 "걔는 남자친구 있고, 예전 남자친구한테 했던 걸 보면 오빠만 상처 입는다"고 했대요. 이 문제로 오빠는 동생과 많이 다퉜지만 그래도 저를 포기하지 않았어요. 하지만 친구가 저와는 연락을 끊었습니다. 오빠와 사귀기 전에 친구와 상의하지 않은 점이 미안해서 여러 번 사과했는데 받아주지 않고 전화도 안 받고 제 메일에 답장도 없어요. 어쩌면 좋을까요? 친구가 응답할 때까지 계속 노력을 해야 하나요. 아니면 시간이 해결해줄까요. 정말 답답합니다.

어른들 연애,
누구도 개입 권한 없다

음. 일단 욕부터 하자. 이런 나쁜 년. 지가 뭔데. 지가 동생이면 당신은 연인이다. 동생이 벼슬인가. 그리고 누가 오빠와 눈 맞을 줄 알았나. 연애, 삶의 기획 바깥에서 벌어지는 불가항력 사변이다. 천재지변과 '다이다이'라고. 그걸 어떻게 사전에 상의해. 게다가 당신을 오빠와 사귈 주제가 못 되는 여자라 여긴 거라면 지가 친구 자격 없는 거지. 사과는 지가 해야지. 혹여 지 생각엔 오빠가 너무 귀하신 몸이라 그런 거라면, 그럼 치료받아야지. 둘 중 하나야. 나쁘거나, 미쳤거나. 그러니 욕부터 먹어야지. 담에 보면 대뜸 헤딩 해버려. 콱! 왜? 거 뭐 치료 차원이라고 봐야지.

근데 걔는 대체 왜 그러냐. 우선 친구 '발작'이 오빠 애인을 연적으로 간주하는 브라더 콤플렉스일 가능성. 그런

예후는 통상 스스로 연애하면 자연 치유되는데 만약 안 된다, 그럼 뭐 입원 가료 요망이지.

다음. 당신을 자신의 관계 영역에 자신의 재가 없이 무단 침입한 타자로 인식한 경우. 분비물로 마크하는 동물의 영역 텃세처럼. 설마 사람이 그러겠나. 사람, 매우 그렇다. 당신의 연애는 그녀 가족 영역에 대한 침범이 아니라 당신과 오빠를 중심으로 하는, 전혀 별개의 관계 범주가 새로 생성되는 거란 걸 도무지 이해할 수가 없는 거지. 그러니까 그녀 히스테리는 영역 분비물. 이 경우는 그녀 지성의 부재를 탓해야 하는 건데. 이건 또 치료도 안 돼요.

다음 혐의. 후천적으로 획득한 '시누이' 유전자. 그게 뭐냐. 전통적 의미에서 우리네 고부 갈등의 본질은 가부장 가족 체제 아래서 육아에서 봉양까지 담당하며 착취당하던 여성들이, 가부장이 취하고 남긴 자투리 권한을 놓고 벌였던 권력 투쟁이야. 그리고 그 쟁투에서 승리한 유사 가부장-시어머니의 후광 업고 섭정 권력을 후천적으로 학습한 이가 시누이고. 시누이의 가학성은 개인 품성이 아니라 그렇게 권력 구조의 소산이라고. 그 구조가 유효한 한 그 가학성은 사회적으로 유전되어 왔고. 시누이는 그래도 되는 법이란 집단 유전자가 후천적으로 획득되는 거지. 그러니까 고부 올케 시누이 갈등을 개인 품성 문제로 죄다 환원시키는 TV 아침 상담 프로들은 모두 쉣인 거고. 이건 탓해 봐야 뭔 소린지도 몰라. 지가 당해보기 전엔.

마지막으로 대한민국의 역사 또한 언급해둘 필요가 있겠다. 우리네 20세기는 가족이 사회 안전망이었다. 비빌 언덕은 오로지 가족뿐이었다고. 가족 결속은 그렇게 생물학적인 연대를 넘어 사회적 생존의 필요조건이었다. 그렇게 서로가 서로에게 의지해 지탱하는 사회적 기반으로서의 가족 조직에서 그 정도의 개입 권리는 모든 구성원에게 응당한 것이 되는 거다.

그럼 어쩌나. 어른들 연애, 범죄 상황 아닌 한, 누구도 개입 권한, 없다. 그게 어른들 연애의 기본이야. 주변인들, 의견 개진 조언 권고할 수 있어. 때론 경고 의무도 있고. 하지만 거기까지야. 분노 표출, 진도 방해, 이별 강요, 누구도 못해. 그럼에도 관계의 중단이나 지속을 강제할 권리가 가족이란 이유로 천부인권처럼 자동 부여된다고 오인하는 거, 우리나라에서 유난해. 전술한 이유로.

그러니 다 생까고 이것만 기억해. 당신, 죄, 없어. 그리고 그거 당장 당신이 고칠 수 있는 게 아냐. 그의 가족에게 수용되고 싶은 거 인지상정인데, 자기 잘못 아니고 자기가 해결할 수도 없는 일에 매달리는 거, 삶의 낭비야. 그 시간에 당신이 해결할 수 있는 일에 집중해. 그 남자와 어떻게 하면 더 행복하고 즐거울까에 시간 써. 나머진 생까. 친동생인데…? 아냐, 그래도 돼. 잘못한 건 걔야.

P. S.

영 찝찝하면 박치기나 한번 해주든지.

물론, 치료 차원이지.

장남이라는
부담감에서
벗어나고 싶습니다

오랫동안 디자이너란 꿈을 이루기 위해 아르바이트를 병행하면서
공부해, 마침내 작년, 늦은 나이에 작은 회사지만 그래픽 디자이너로
입사했습니다. 드디어 꿈을 이뤘다며 매우 기뻐했죠. 그런데 제가
있는 팀이 1, 2년 정도 중국에서 일해야 한다고 결정이 내려졌는데,
중국에 갈 준비를 하던 중 어머니가 암에 걸린 사실을 알게
되었습니다. 현재 수술이 끝난 지 얼마 안 된 시기라서 위독한
상태이고 완치된다는 보장도 없고 재발할 가능성도 큰 어머니를
두고 장남인 제가 제 커리어만 생각하고 중국에 가자니 어머니가
마음에 걸리고 팀원들 모두 중국에 가는데 저만 안 가자니 아무래도
입장이 난처합니다. 게다가 사람들도 '당연히 장남이니까' 라면서
말리니까 부담감이 더 커져서 오히려 벗어나고 싶습니다. 어떻게
하면 좋을까요?

다 큰 어른들이 비루한
자신의 삶을 부모 탓으로
돌리는 것처럼 꼴불견도 없다

선택은 언제나 선택하지 않은 것을 비용으로 한다. 당신이 커리어를 선택한다면 모친의 간호는 물론 임종을 지키지 못할지 모른다는 비용을 감수해야 한다. 모친 곁에 남겠다면 당장의 커리어가 불리해질 수 있단 비용 발생하고. 심플하게 생각하시라. 당신에겐 어떤 비용이 더 감당하기 힘든가. 판단하기 힘든가.

내게 묻는다면, 당연히 남는다. 세상에는 돌이킬 수 있는 것과 없는 것이 있다. 죽음은, 되돌릴 수 없다. 모친도단 한 사람. 임종도 단 한 번. 놓치지 않을 수 있다면 결코놓쳐서는 안 되는 거다.

반면 일자리를 잃거나 경쟁에서 처진다거나 하는 손해와 손실은 인생 중 만회할 기회란 게 존재하기 마련이다. 그게 아무리 쉽지 않더라도 기회 자체가 존재하지 않는 것과는 엄연히 다르다. 당신이 장남이거나 아니거나, 다른 사람들이 말리거나 말거나, 따위는 전혀 중요하지 않다. 그게 뭐. 그들이 뭘 책임질 수 있다고. 당신 모친이다.

다만 그 최종 결정에 앞서 따져볼 게 있다. 만약 모친 곁에 남겠다는 선택을 하게 된다면, 그로 인해 당신이 치러야 할 비용이 무엇이 되든, 결코, 모친 탓하지 않을 자신이 있을 때만, 그렇게 하란 거. 중국 간 동료들이 스톡옵션으로 대박을 내건 말건, 당신 연봉이 그들 절반에 불과하건 말건, 그 선택에 후회 없을 자신 있을 때만 그렇게 하시라.

따지고 보면 남는 것이 반드시 당신의 커리어에 나쁠 것이고 떠난 자들은 반드시 성공한다고 단정하는 것도 섣부른 예단이다. 중국 갔다 아무 성과 없이 돌아오는 기업 수두룩하다. 아니 중국에 간 팀이 사업 자체가 궤도에 오르지 못해 현지에서 공중분해될 가능성도 있는 게다. 그게 비즈니스의 속성이다. 그걸 누가 알겠는가. 미래는 누구도 모른다.

그러니 지금 이 순간 가장 중요하게 생각할 건, 중국에서의 미래나 가능성이 아니라, 당신이 내릴 결정의 결과를 당신이 감당할 수 있을 것인가 하는 거다. 모친을 원망하지 않을 자신이 있을 때, 그때에만 남겠단 결정을 해도 하란 거다. 그리고 그런 결정을 내린다면 반드시 명심해야 할 것 하나. 당신이 남는 건 뭔가 고귀하고 거룩한 희생을 하는 게 아니란 거다. 그건 당신 존재를 가능케 한 인간에 대한 예의일 뿐이다. 당신 모친이 당신에게 삶을 줬는데 적어도 그녀의 죽음은 지켜주는 게 예의 아닌가. 거기에 장남이고 아니고 따위가 뭐가 그렇게 중요한가. 장남이니 효도니 따위의 윤리는 잊어라.

그러나 만약 당신이 모친 때문에 희생하는 거란 생각이 들거든 그땐 그냥 중국 가는 게 옳다. 중국 가는 길이 성공으로 가는 길이기 때문이 아니다. 그건 이미 말한 대로 누구도 알 수 없는 거다. 희생이란 생각을 떠올린다는 자체가 마땅히 지킬 예의란 관점이 아니라, 할 수 없이 지불하는 비용의 관점으로 그 일을 바라본다는 말이다. 그것이 비용으로 계상된다면, 일이 자신에게 불리하게 돌아가는 즉시, 본전 생각 반드시 나게 되어 있다. 그런 자, 틀림없이, 모친 원망한다. 자기 삶이 불행한 건 그때 중국에 가지 못했기 때문이라며. 다 큰 어른들이 비루한 자신의 삶을 부모 탓으로 돌리는 것처럼 꼴불견도 없다. 그러니 떠날지 말지는, 그런 기준으로, 스스로에게 물어보시라. 당신이 감당할 수 있는 선택만 하라는 거다.

당신은 지금 한 인간으로서의 바닥을 드러내는 선택의 순간을 맞이했다. 그러니까 당신이 어떤 결정을 하든, 그 결정이 곧 당신이다.

공주 같은
어머니, 큰 짐으로
느껴져요

은행 지점장이었던 아버지와 가정주부인 어머니 밑에서 외동아들로
귀하게 자라 대학 시절 전까지는 무난한 삶을 살아왔습니다. 그런데
아버지가 사채업자들의 꼬임에 퇴직금이 압류되면서 일을 급하게
그만두시고 어머니와의 사이까지 벌어져 지금은 결국 별거하는
지경에 이르렀습니다. 평범한 중산층이었던 우리 집 경제 사정은
거의 바닥이 되었고, 저는 학원 강사를 하며 스스로 등록금을 벌어서
학교에 다녀야 했습니다. 그런데 공주 같은 성격에 엄청난 소비력을
가진 어머니를 감당하기가 무척 힘이 듭니다. 결혼할 여자친구는
자기 집으로 들어와서 살자고 하고요. 어머니는 처가살이는 절대
안 된다고 하지만 어머니와 계속 이렇게 살면서는 돈도 모으지
못하고 항상 이런 생활의 반복일 것 같습니다. 서로에게 좋은 방법은
없는 걸까요?

자식은 부모의
에고를 위해 존재하는
데커레이션이 아니다

모친, 어른이다. 어른은 그 삶에 대한 최종 책임, 스스로 지는 사람이다. 자신의 엄청난 소비, 자신이 책임져야 한다. 처가살이 절대로 안 된다 말하려면 처가살이 절대로 안 된다고 말할 조건, 스스로 갖춰야 한다. 그럴 수 없다면 그러고 싶어도 그러지 않는 게 어른이다. 냉정하게 말해 지금 모친의 행동은 객관적 정황과는 전혀 무관하게 세상이 일방적으로 자신에게 맞춰져야 한다고 요구하는, 어리광을 부리고 있는 거다. 그 허영과 에고를 누군가가 뒷받침해주는 게 주변인들의 마땅한 직분이라 여기는 거다. 모친이 당신에게 요구하고 있는 건 단순히 자식으로서의 부양 의무가 아니라 그렇게 무조건 자신에게 걸맞은 삶의 수준을 보장해내란 막무가내 어거지다. 당신의 월급은 바로 그 목적을 위해 소비되고 있는 품위 유지비.

쉽지 않겠지만, 모친 떠나시라. 이런 문제에 적당한 타협이란 있을 수 없다. 주기적으로 방문하고 당신에게 가능한 수준의 경제적 지원은 지속적으로 하되, 집, 나오시라. 처가살이든 아니든 중요한 건 모친 곁을 떠나는 거다.

모친이 느낄 배신감, 그건 모친이 어른으로서 스스로 해결할 문제다. 애초 그건 모든 부모의 숙명이다. 마침내는 이해하시게 될지 아닐지, 모른다. 하지만 이거 하나는 확실하다. 당신은 모친의 에고를 위해 존재하는 그녀 삶의 데커레이션이 아니라는 거. 모친의 행동은 당신의 삶 자체에 대한 결례다.

가족 간 문제의 대부분은 그렇게 서로에 대한 최소한의 예의조차 지키지 않아 발생한다. 존재에 대한 예의란 게 친절하고 상냥하다고 지켜지는 게 아니다. 아무리 무뚝뚝하고 불친절해도 각자에겐 고유한 삶에 대한 배타적 권리가 있으며 선택의 기로에 섰을 때 스스로의 자유의지로 그 경로를 최종 선택하는 것이란 걸 온전히 존중하는 것, 그게 바로 인간에 대한 예다. 그 어떤 자격도 그 선을 넘을 권리는 없다. 가족 사이엔 아예 그런 선이 없다는 착각은 그래서 그 자체로, 폭력이다.

내 돈은 내가
관리하고 싶습니다

사회생활 시작한 지 2년이 넘은 직장인입니다. 월급을 부모님이
관리하시고 전 용돈을 받아 쓰고 있습니다. 처음에 부모님이
관리하겠다고 하셨을 때는 제가 월급을 관리하면 왠지 헤프게 쓸 것
같아서 동의했는데 시간이 갈수록 왠지 이건 좀 아니다 싶습니다.
저도 제가 번 돈으로 나름대로 계획도 짜고 저축도 하고 싶거든요.
용돈을 주신다지만 대학교 때와 그렇게 큰 차이가 없는 데다,
나머지는 행방이 어떻게 되는지 여쭙기도 참 애매하고 그렇습니다.
부모님이 제 돈을 다른 곳에 쓸 거라 의심하는 건 아니지만 이제는
부모님께는 용돈 정도만 드리고 나머지는 제가 관리하고 싶은데
먼저 이야기 꺼내기가 난감합니다.

'누군가의 자식'이 아니라
'누군가'가 되어야 한다

놀랍다. 정상적 사회생활 하는 스물여덟 살 성인이 이런 이야기를 한다는 게. 당신, 어른이야. 어른이 뭔가. 제 몫 기꺼이 감당하는 사람이다. 그리고 그 순간, 아이는 어른이 되는 것이고. 그런데 그 순간을 아예 겪지 않는 사람이 점점 많아지고 있다. 그리고 부모는 그걸 사랑이라 착각한다. 그 과잉 안락에 안주하는 삶을 자식은 효도라 부르고. 이렇게 사회적 성인이 되어서도 여전히 부모로부터 분리되지 못하는 거, 성장 지체다. 그러니까 야박하지만 사실대로 말하자면, 이미 서른이 다 된 성인 자식의 통장 관리를 부모가 대신하고 용돈만 준다는 건, 똥오줌 가리지 못하는 아이에게 기저귀를 채우는 것과 본질적으로 다르지 않은 거라고.

통장 관리, 자식 잘되라고 하는 거 아니냐. 물론이다. 하지만 기저귀도 아기 잘되라고 채우는 거다. 그게 부모 마음 아니냐고. 맞다. 그러나 부모가 어른인 만큼 자식도 어른이란 걸 인정하지 않는 한 자식은 독립적 인격체가 될 수 없다. 그러니까 당신은 여전히 기저귀를, 차고 있는 셈이다. 툴툴거리지만 그걸 걷어차버리면 부모가 서운해할까 봐 걱정하면서.

당신이 부모의 보호를 어느 순간부터 거부하면, 부모, 서운할 게다. 그러나 그건 세상 모든 부모가 거쳐가는 부모의 통과의례다. 그건 그것대로 온전히 부모의 몫이라고. 당신이 대신할 수 없는 거다. 당신은 지금 당신이 대신할 수도 없고 그렇다고 부모가 생략하고 건너뛸 수도 없는 것 때문에 고민하고 망설이느라 정작 자신의 삶이 지체되고 있다는 걸 깨닫지 못하고 있다. 부모로부터 분리되지 않고서 어른 되는 경로란 없다. 그러니 사실 지금 걱정해야 할 건 부모가 아니라, 바로 당신 자신이다.

정중하게 이제 내가 내 통장 관리하겠다고 말씀드리라. 이유를 묻는다면 부모님을 믿지 못해서가 아니라, 분명히 저보다 잘하시겠지만 나도 이제 어른이 됐고 어른이 된 만큼 자산 관리는 내가 직접 하고 싶다고, 예의 바르게 그러나 분명하게 말씀드리라. 실수할 수도 있겠지만 그것도 어른이 되는 과정이 아니겠냐며. 도움이 필요하면 그때 여쭙겠다고.

당신은 이제 '누군가의 아들'이 아니라 '누군가'가 되어야 할 나이다. 만에 하나, 당신이 아무리 요청해도 걱정된다며 당신들이 계속 통장을 쥐고 있겠다면, 그땐 월급이 문제가 아니다. 집, 나오시라. 당신이 지금 위탁 관리하고 있는 건 월급이 아니라 당신 삶 자체니까.

예비 형수님의 카드 빚 혼수, 부모님께 알려야 할까요?

제 형이 결혼을 앞두고 있습니다. 예비 형수는 세련된 스타일인데, 패션을 잘 모르는 제가 봐도 소위 말하는 명품족인 것 같았습니다. 그러던 어느 날 형이 예비 형수와 크게 싸운 것 같아 형의 얘기를 들어보니 혼수를 장만하려고 의논을 하는데 형수 될 분이 카드 빚을 내서 혼수를 장만해 오겠다고 했다는 겁니다. 형은 부모님께는 말하지 말자고 합니다. 예비 형수는 말로만 듣던 '된장녀'였던 거죠. 이 사실을 모르고 좋은 며느리가 들어온다며 자랑을 늘어놓으시는 부모님을 보니 제 마음이 편치 않습니다. 저라도 형을 대신해서 부모님께 말씀을 드려야 하는 게 아닌가 계속 고민하고 있어요.

당신이 동생이면
그 여자는 형의 아내다

 어쩌려고? 결혼 파투 놓게? 나쁜 사람 우리 집안에 못 들어오게 막게? 당신은 당신이 동생이란 자격만으로 형과 형수의 관계에 개입할 권리를 자동 부여받았다 생각하나. 그런 권리 누가 줬는데. 그런 권리, 당신에게 없다. 동생으로서 형의 관계에 대해 형과 논의하고 권고할 순 있다. 그 관계를 개인적으로 좋아하거나 싫어할 수도 있다. 하지만 거기까지다.

 그 관계에 직간접적으로 개입할 권리, 없다. 당신이 뭔데. 당신이 동생이면 그 여자는 형의 아내다. 그들 관계에 대해 당신이 뭘 어떻게 책임질 수 있는데. 책임질 순 없지만 개입할 순 있다 생각하나. 책임 못 지면 권리도 없다. 게다가 형수는 당신 집안에 들어가는 게 아니다. 당신은 그녀가 당신 집안에 소속될 사람인데 결격 사유가 있어

합류시킬 수 없단 툰데 그녀가 왜 당신 집안에 들어가나. 그녀는 당신 형과 함께 당신 집안과는 별개의 독립적 가족관계를 새롭게 만들어내는 거다. 당신 가족만의 영역에 그녀가 유입되는 게 결코 아니라고.

그렇기에 그녀가 된장녀든 아니든 그 관계에 대한 결정은 온전히 형과 형수가 알아서 할 일이다. 당신이 할 수 있는 최대치는 형의 고민을 들어주는 것, 그 이상도 이하도 아니다. 그러니 주제넘은 고민 그만하고 너나, 잘 하시는 게 온당하겠다.

매형이
보기 싫습니다

얼마 전 누나가 결혼할 남자를 인사시키겠다며 집에 데리고
왔습니다. 누나는 물론이고 부모님께서도 무척 마음에 들어하셨어요.
어머님은 그의 넉살 좋고 호탕한 면이 마음에 든다며 저에게 형처럼
잘 따르라고까지 하셨어요. 그런데 저는 처음부터 저와 여러모로
다른 그가 별로 마음에 들지 않았습니다. 그래도 누나와 결혼해
행복한 가정을 이룰 사람이라면 제가 굳이 이래라저래라 할 필요는
없다고 생각했기에 아무 말 하지 않았어요. 그런데 어머님의
"형제처럼 지내라"는 말 때문인지 사사건건 제게 형 노릇을 하려고
하는 거예요. 하지만 정도껏이지 옷 입는 것부터 식사 습관,
여자친구와의 통화 등 "그런 점은 고치는 게 좋을 것 같다"며
사사건건 잔소리하는 것은 정말 참을 수가 없습니다. 누나의 결혼이
이제 한 달 남았는데, 뭔가 해결책을 찾아야 될 것 같습니다.

가족이란 이름으로
어른을 어른 대접하지 않는
것이야말로 유아적인 거다

먼저 이것부터 지적해두자. 당신이 그에게 이래라저래라 할 필요가 없는 게 아니라, 당신이 그에게 이래라저래라 할 권리가 없다는 거. 그 권리를 당신이 현명해 행사하지 않은 게 아니라 애초 당신에겐 그런 권리가 없다고. 당신 누나의 남편이라고 당신이 이래라저래라 할 권리란 게 있었다고 여긴다면, 그 남자가 자기 아내의 동생이라고 당신에게 이래라저래라 할 권리가 있다 여기는 것과 하등 다를 바가 없는 거다.

이제 그자 이야길 해보자. 그자가 그러는 데는 몇 가지 가설 적용이 가능하겠다. 우선, 애살 많고 넉살 좋아 친형처럼 잘해보려다 오버한 경우. 관심과 간섭의 경계를 구분 못하는 멍청한 경우. 또는, 나이를 권리라 여겨 자신보다 어리면 무조건 무시하는 경우. 어떤 경우라도, 상대가 성인이라면 자신의 가족 내 포지션과 무관하게 그를 어른 대접하는 것이 마땅하다는 것도 이해 못하는 자라면, 누나에겐 안된 말이지만, 감성지수 낮은 관계 미숙아라 보는 게 맞겠다. 이미 직장인이자 사회인인 처남에게 옷 입는 것부터 식사 습관은 물론 심지어 여친과의 통화 내용까지 간섭한다는 건, 자상하다 차원을 완전히 넘어선 거다. 전문 용어로 주접 싸고 있다고 하겠다.

어떻게 해야 하느냐. 결혼 한 달밖에 남지 않았다면 참는 게 상식적 판단이겠으나 그자의 경우는 결혼 후에도 전혀 개선되지 않을 가능성 농후해 보인다. 고로 한 번 더 당신이 그어놓은 선을 넘어온다면 당신의 기분과 입장을 분명하게 밝혀두는 게 낫겠다. 어떤 관계든 처음부터 분명히 해두지 않으면 시간이 지나면 지날수록 바로잡기가 더 어려워지는 법이니까.

한 가지 주의할 점은 그런 관계 미숙아들은 워낙 자기중심적인지라 돌려 이야기하면 그중에 자신에게 유리한 대목만 선별 청취해 그마저도 자신이 편하도록 일방 해석한다. 그래서 실컷 이야기했더니 엉뚱한 소리를 할 공산 크다. 그러니 기왕 이야기한다면 아주 단도직입적으로 이야기하는 게 필요하다. 나, 어른이니 신경 끄시라고. 예의 바른 태도로. 하지만 정색하고. 자신은 결혼이란 통과의례를 거친 어른이라 처남을 어린애 취급할 권한이 있다 여기나 본데, 가족관계의 조직도에 올라타 어른을 어른 대접하지 않는 것이야말로 유아적인 거다. 건투를 빈다.

친구

선택의
순간

친구가 내 물건을 훔쳐 간 것 같습니다

고등학교 때 여자친구가 선물해준 굉장히 아끼는 펜던트 목걸이가 있어요. 그녀와 헤어졌어도 그 펜던트를 추억의 일부로 간직하고 있었는데 어느 날인가 없어졌습니다. 집 안 구석구석 찾아봤지만 찾지 못했어요. 그러던 어느 날 우연히 친한 친구를 길거리에서 만났는데, 그의 목에 제 것과 똑같은 펜던트가 걸려 있었습니다. 그 목걸이는 제가 파리에서 고등학교를 다닐 때 벼룩시장에서 여자친구가 골라준 거라서 같은 디자인을 찾기가 정말 하늘의 별따기인데, 똑같은 것을 가지고 있을 리가 없다는 생각이 듭니다. 그날 이후로 친구가 그 목걸이를 한 모습을 본 적이 없습니다. 그래서 더욱 의심이 들기도 해요. 이런 생각 때문에 학교에서 친구를 만나도 일상적인 대화마저 어색하곤 합니다. 머릿속에 온통 그 펜던트 생각뿐이거든요.

스스로 감당할 수 있다면
어떤 결정도 잘못된 게 아니다

그 정도로 드문 물건이라면 친구가 범인일 확률, 매우 높겠다. 평소 갖고 싶었는데 어느 순간 자신도 모르게 손이 갔을 수 있다. 처음부터 훔치려는 생각은 아니었을 수 있다. 한번 걸쳐보고 돌려주려다 상황이 그냥저냥 굳어버렸을 수도 있고. 그러나 중요한 건 애초 의도가 어쨌든 결과적으로 친구가 당신 물건을 훔쳐 갔다는 거다. 이제 남은 건 당신의 대처인데. 이럴 경우, 좋은 해결이란 없다. 그저 포기만 있을 뿐이다.

당신이 잘 말해서 친구가 스스로 고백하고 그걸 돌려주길 원한다면 그건 당신 욕심이다. 욕심도 아주 큰 욕심이다. 그건 친구더러, 나는 친구 물건 훔치는 도둑이라고, 자기 입으로 인정하란 셈이다. 그건 당신이 펜던트를 잃어 힘든 것과는 비교할 수 없을 정도로 친구에게 힘든 일이다.

당신은 물건을 잃었지만 당신 친구는 당신 앞에서 친구로서, 한 인간으로서 인격을 유지할 수 없게 되는 거라고.

그럼 남는 문제는 과연 무엇을 포기할 것인가 하는 거다. 친구 관계를 포기하느냐, 아니면 그 물건을 포기하느냐. 어느 쪽을 포기하든 가장 중요한 건, 친구가 더 중요하냐 펜던트가 더 중요하냐의 비교가 아니라, 당신이 어느 쪽을 포기하는 걸 더 잘 견디겠느냐 하는 거다.

만약 펜던트를 포기하기로 한다면 펜던트가 존재했단 사실조차 잊어야 한다. 입도 뻥긋하지 말아야 한다. 누구도 그걸 몰라야 한다. 만약 친구를 포기한다면 겨우 펜던트 하나에 친구와의 관계를 완전히 접어버리는 당신의 졸렬함을 스스로 견딜 수 있어야 한다. 잘못은 친구가 한 것이고 당신은 그저 응당한 대가를 지불하게 한 것이라고 스스로를 설득하면서.

어느 쪽을 선택하든, 자신의 결정을 스스로 감당할 수만 있다면, 누구도 탓할 권리, 없다. 그러니 지금 당신에게 필요한 건, 남의 조언이 아니라, 자신이 과연 어떤 결정을 더 잘 감당할 수 있는 사람인지, 그러니까 당신 자신이 도대체 어떤 인간인지 가만히, 스스로에게, 물어보는 거다.

비겁했던

나

아이가 처음으로, 진정한 선택의 순간과 맞닥
뜨리게 되는 건 보통 친구와의 관계를 통해서
다. 가족관계에서는 가족의 룰, 부모의 규율이 아이의 선
택을 대리하는 경우가 대부분인지라 애초부터 선택지가
존재하지도 않거나 혹은 선택에 있어서 힘의 균형이 유지
되지 않는다. 선생님 혹은 선배나 상사와의 관계에서 엄
밀한 의미의 선택이 어려운 것도 마찬가지 이유다. 결국
동등한 권력 균형 아래서, 선택의 기로에 알몸으로 서게
되는 상황은, 대부분 친구와의 관계에서 처음 겪게 된다.
그리고 그럴 때야말로 자신이 실제 어떤 사람인지 스스로
깨닫게 되는 기회도 처음 찾아온다. 그리고 그제야 가족
규율, 학원 규칙, 사회규범 등에 의해 통제, 조종되어 자신
도 알지 못했던 자신의 본모습이, 온전히 그 바닥을 드러

내게 되는 게다.

나 역시 그런 선택의 순간을 친구 덕에 처음 만났다. 고
등학교 2학년 때다. 한 여학생을 좋아하게 됐다. 그런데
어느 날 보니 그 여학생이 나와 절친했던 친구와도 관계
를 발전시키고 있었다. 지금 생각하면, 인간관계의 폭 자
체가 대단히 제한적이었던 그 시절 고삐리들에게 그런 삼
각구도는 넘쳐날 수밖에 없었다. 그러나 당시 내겐 우주
에서 오로지 나만 겪는 갈등이었다. 어떻게 해야 할지 갈
피를 잡을 수가 없었다. 참고할 전범도 없었다. 그 여학생
에게 끌리는 마음과 의리가 최고라 외치는 그 또래 수컷
집단의 규범 사이에서 어찌할 바를 몰랐다. 결국 난 우정
을 택했다. 왜냐. 비겁했기 때문이다. 당시 난 두 가지 점에
서 비겁했다.

우선 혼자 상처 받고 버려질 가능성을 두려워했다. 또
한 친구 앞에서는 난 여자와 우정 사이에서 우정을 택한
다고 선언함으로써 친구를 배신자로 만들었다. 그렇게 안
전한 도덕적 우위를 취했다. 비겁했던 게다. 그러나 난 그
선택을 곧 후회했다. 그 여학생을 잊지 못해서는 아니었
다. 내가 무척 비겁했단 걸 깨달았기 때문이다. 그녀 마음

을 얻기 위해 최선을 다한 후 결론은 그녀에게 맡겼어야 했단 후회. 하지만 돌이킬 수는 없었다. 그들이 사귀기 시작했으니까. 그들 관계가 얼마나 유지됐는지는 기억나지 않는다. 하지만 내가 그로 인해 겪은 변화는 분명히 기억한다. 비겁한 나를, 선택을 통해 처음으로 알게 되었으니까.

이후 나이를 먹어 어느 순간부터 내 비겁함과 정면으로 마주 볼 수 있게 되고 마침내 그걸 넘어설 수 있게 되면서, 이제는 그때 일이 고맙다. 그로 인해 내가 어떻게 생겨먹었는지, 그 경계의 일부를 파악하게 되었으니까. 그렇게 내가 누군지 알게 되는 첫걸음을 떼게 되었으니까. 선택은 언제나 자신을 드러낸다. 선택이 곧 자신이란 말이다. 그리고 그런 선택은 친구와의 관계를 통해 가장 먼저 경험하게 되는 법이다.

친구를
배신했어요

학교에서 교환학생을 선발했습니다. 이번에 가게 될 학교는
예전부터 제 친구가 항상 가고 싶다고 입버릇처럼 말하던 학교라
저도 어느 정도 호감이 있는 학교입니다. 그런데 선발 공지가 있기
전 평소 잘 알고 지내는 교수님께서 관심이 있으면 원서를 내보지
않겠냐고 제안하셨어요. 제가 원서를 내기로 결정하면 특별히
공지를 하지 않을 것 같은 분위기였죠. 솔직히 좋은 기회였고
도전해보고 싶은 욕심이 있었지만 친구 때문에 쉽게 결정을 내리지
못했습니다. 고민만 하다 교수님의 강력한(?) 제의에 원서를
제출했습니다. 아직 그 학교에서 확정 통보를 받진 않았지만 가는
것이 확실할 것 같습니다. 친구가 이 사실을 알게 될 것은 분명한데,
친구 얼굴을 어떻게 볼지 걱정입니다. 원서를 낼 때 교수님께
한 사람 더 부탁해 보든지 아님 미리 친구에게 말했어야 하는데 하는
후회가 듭니다.

정말 비겁한 건
자신이 비겁하다는 걸
인정 못하는 거다

　당신이 처음부터 친구를 감쪽같이 속이려 한 게 아니라, 갈등하며 미적거리는 사이 상황이 그리 흘러가—이 경우는 교수님의 강력한 제의가 결정적이겠군—결과적으로 친구를 배신한 셈이 된 거라는 거, 짐작은 간다. 사실 많은 사람이 그 상황에선 당신처럼 행동한다. 아주 좋은 건 자기가 갖고 싶은 게 인지상정이다. 사람은 누구나 그 정도는 이기적이다. 그러니 잘한 일은 아닐지라도 절대 있을 수 없는 일이란 식의 도덕주의도 오버다.

　그런데 말이다, 지금 당신은 당신의 삶과 미래가 당신의 계획과 실천에 의해 대부분 결정 난다 생각하겠지만, 사실은 그렇지가 않다. 실제 당신 삶 중 상당 부분은 어느 날 갑자기 닥쳐온 우연에 당신이 어떤 선택을 하느냐에 의해 결정된다. 인생의 주요 국면들이 그렇게 닥쳐온 우연과 재수에 어떻게 대처했느냐에 의해 결정된다는 거, 생각해보면 당연한 거다. 당신을 위해 준비된 삶의 행로란 게 어딘가에 미리 저장되어 있는 게 아니니까.

그런데 당신은 어느 날 찾아온 그 우연한 선택의 기로에서 이기적이고 비겁한 방식으로 친구보다는 자신의 이익을 선택했다. 바로 그렇게 대처한 당신의 선택이 쌓여 당신이란 사람이 누군지가 결정된다. 이번 경우도 마찬가지다. 당신이 당신 스스로에 대해 어떻게 생각하든 실제 당신은 딱 그 선택의 정도만큼 이기적이고 비겁한 사람인 거다. 자신은 그렇게 자기 선택의 누적분이다.

하지만 그 선택으로 인한 비용과 대가를 기꺼이 지불하겠다면, 자신이 그 정도로 비겁하고 이기적인 사람이란 걸 스스로 인정하고 그에 따른 대가를 감수할 의사와 용기가 있다면, 그렇다면 당신은 나쁜 인간은 아니다. 정도의 차이가 있을 뿐 비겁하고 이기적이지 않은 인간이란 세상에 존재하지 않는다.

그러나 그런 선택에 마땅히 따르는 대가를 지불하려 하지 않는 자, 부지기수다. 핑계를 찾고 이유를 찾는다. 자신은 그럴 수밖에 없었다는 거다. 결정적 차이는 거기서 만들어진다. 그 선택을 합리화하기 위해 만들어내는 갖가지 거짓과 사기는 결국 다른 누구보다 자기 자신을 좀먹는다. 비겁하고 이기적이면서 스스로 그걸 인정하지 않을 때 진정한 피해는, 그렇게 다른 사람이 아니라 자신이 입게 된다.

그러니 친구에게 최대한 솔직하게 당신 선택을 해명해주시라. 진심으로 미안하게 됐다고. 그 순간 그런 결정을 한 나를 비난하라고. 그 친구가 당신을 받아들여줄 것이냐. 모른다. 하지만 그렇게 하는 게, 당신이 내렸던 비겁하고 이기적인 결정에도 불구하고, 친구에게 얄팍하게 사기치지 않고 그 관계를 지속할 가능성이 있는 유일한 방법이다. 그 외에는 거짓과 합리화와 도피밖에 없다. 그리고 그런 행동은 다른 누구보다 당신을 삭게 만든다.

만약 도저히 마음 불편해 안 되겠다, 그럼 양보하시라. 마음이 너무나 불편한데 양보할 수도 없는 상황이 되어버렸다, 그럼 당신도 가지 마시라. 마음이 불편해 결국은 친구를 배신하지 못한 사람이란 자기 인정을 스스로 할 수 있게 된다는 건, 당신 전체 삶에 있어 당장 교환학생으로 얻게 될 이득보다 훨씬 영양가 있다. 스스로에게 떳떳한

자가 갖게 되는 자존감의 괴력은 실로 대단한 것이기 때문이다. 무엇보다 자신의 삶에 대해 당당해질 뿐 아니라, 그 기운은 반드시 주변에 전달된다. 사람들은 그런 사람을 무척, 좋아한다.

P. S.

이번 기회에 스스로 친구를 위해 내가 손해 볼 수 있는 한계는 어디까지인지, 따져보시라. 자신의 바닥이 어딘지 가늠할 수 있게 된다.

이기심의

한계

　　　몇 년 전 〈웃찾사〉 개그맨과 박승대 기획사 사이에 큰 쌈이 한 번 났다. 난 기본적으로 쌈이 좋다. 재밌잖아. 뒷짐 지고 잘 구경했다. 구도는 노예 계약 VS 배은망덕.

　노예 해방을 요구하는 을은, 갑이 방송 출연을 무기로 강압적 계약 체결을 했다고 주장했다. "한 사람씩 방에 불러 서명 안 하면 공연은 물론 방송 출연도 못하게 하겠다"고 협박했다는 것. 이 모든 게 개그맨 매니지먼트에 진출하려는 그 어떤 배후 세력에 의한 것이라 주장한 갑은 "계약이 중요한 게 아니라 신의가 중요"하다고 말한다. 계약금을 주지 않은 이유는 "계약금을 주면 연기자에게 굉장히 불리한 상황"이 돼서이고. 그래? 그게 그랬던 거야?

계약이란 게 애초 협박전이다. 상대의 욕망을 인질로 자기 이익을 담보하겠다는 수작. 그게 본질이다. 갑의, 방송 출연 못하게 하겠다는 강압이 실재했다면, 촌스럽긴 해도, 정공이다. 을 스스로의 출연 욕구가 그 협박 작동의 전제니까. 반대로 지명도를 지렛대로 자신을 만족시켜주지 못하니 떠나겠다는 을의 협박도, 그것대로 정공이다. 을 협박의 효용은, 을을 통한 이익에 대한 갑의 욕구에 비례하니까. 분명 양자 관계 본연의, 정당한 급소들을 공격하고 있었던 게다. 여기까진 정상이다. 문제는 그 협박의 도(度)와 시(是)가 상궤를 벗어났느냐 아니냐 하는 거.

신인을 발굴했다는 이유만으로 선투자분을 회수하고 감당했던 리스크를 보상받을 수준을 넘어 노예 상인만큼 갑의 욕심이 과도했는지, 아니면 신인일 때는 갑의 인프라와 커넥션을 이용했으면서 이제 좀 뜨니까 더 나은 조건을 위해 투자 회수의 기회조차 주지 않고 딴 데 가겠다는 을의 뻔뻔함이 문제지, 그건 몇 년이 흐른 지금까지도 정확하게 알 수 없다. 속사정은 마음속에 있는 거니까.

내가 이 쌈 구경을 재밌어했던 이유는 따로 있다. 을은 이것이 "돈 문제가 아니라 비인간적이고 전근대적인 매니지먼트 관행에 제동을 걸기 위함"이며, "인간적 환경에서 개그에만 전념할 수 있다면 돈 한 푼 못 받아도 괜찮다"고 말했다. 갑은 모든 것이 "매우 큰 배후 세력의 음모"이며, 동시에 자기 "부덕의 소치"라 말했고. 그럴 수도 있다. 정말 돈 한 푼 못 받아도 괜찮을지도 모르고, 정말 배후 세력의 음모가 있을지도 모른다. 돈 때문만은 아니었을 것이다.

하지만 누구도 돈 때문이기도 하다,고 말하지 않는다. 호, 재밌다. 계약 관계에서 자신에게 유리한 조건을 우선 추구하는 건 당연하다. 그러나 이 쌈에선 각자의 이기심이 동인으로 보여선 결코 아니 된다. 둘 다 그걸 매우 잘 알고 있다. 해서 생뚱맞게 시뮬레이션 된 전선은, 시스템의 전근대성 VS 배후 세력의 음모.

후방은 '비인간적'이란 측면 공격과 '부덕의 소치'란 심리 전술이 각각 담당한다. 그러나, 구경꾼들은 단박에 간파한다. 결국은 돈 때문이라는 걸. 그리고 판독하려 한다. 어느 쪽이 '4천'을 땡겨달라 했는지. 이런 쌈은 그러니까, 더 불합리한 쪽이 지는 논리 게임이 아니라, 더 이기적으로 보이는 쪽이 지는 상징 게임인 게다. 호, 재밌다.

이 땅에서 이기적이란 판정은 곧 패배를 뜻한다. 해서 파업의 전위에는 항상 '민주'나 '인권'이 선다. 그러나. 그래 봐야 공격은 어김 없이 후방에 엄폐해둔 '정당한' 이기심에 곡사로 쏟아진다. 파업과 이기주의는 그렇게 동의어다. 그래서 더욱 죽어라 '민주'와 '인권'에 매달려본다. 하지만 소용없다. 서로 숨기고, 간파하는 지점이 뻔하다.

참 희한하다. 모든 경제 주체는 반드시 이기적이어야 한다. 자신의 이익은 누가 대신 보호해주지 않는다. 어떤 경제 주체를 이기적이라 공격하는 게 마땅하려면 그들이 자신의 이익을 포기하면 누군가 대신 그들 이익을 보장해 줘야 한다. 혹은 공격하는 자도 자신의 이익을 포기하든가. 그러나 누구도 제 이익을 포기하지 않을 뿐 아니라, 남이 포기한 이익을 대신 건사해주지도 않는다. 이해가 엇갈릴 때 이기적이 되는 건 그래서 욕심이 아니라 권리다. 그런데 우린 이기심 그 자체가, 공격 대상이다. 희한하다. 악상이 떠오르려 한다.

종교의 구속력은 그 목표의 도달 불가능성에서 기인한다. 누구도 거기 도달할 수 없다. 모두가 죄인인 것이다. 그렇게 율법을 어기지 않는 자가 존재할 수 없어야, 종교가 산다. 많은 종교가 그렇게 돌아간다. 종교의 음모다. 우린 이기적인 건 곧 죄악이라 믿도록 훈육되었다. 하지만 이기심은 모든 생명의 존재 원리다. 배타적으로 삼투압 하지 않는 나무는 말라 죽는다. 여기까진 기본이다. 어느 누구도 '이기적이지 말라'는 계명을 범하지 않을 수가 없는 것이다. 그리하여 이기심은 우리 모두의 원죄가 된다. 우리 사회는 그렇게 돌아간다. 이건 정치의 음모다.

이기적 권리가 충돌할 때 그 갈등을 해결하라고 있는 게, 정치다. 이기적 욕구는 당연히 기본이라 인정하고 그로 인한 갈등을 어떻게 조절해 질서를 조직하느냐 고민하기보다, 욕구 그 자체를 공격해 전체의 자유도(自由度)를 관제하는 방식, 혼란 비용을 지불하느니 죄책감으로 갈등 자체를 원천 봉쇄하는 방식, 이 근본주의적 통제 방식이 바로 우리 정치의 발명품이다. 중재의 수고를 덜고, 혹여 실패하는 무능을 은폐하기 위한. 우리의 그분은 그렇게 오신 게다.

자신이 이기적이란 사실 자체를 괴로워하는 사람들이 적지 않다. 그러나 이기심은 존재의 기본 권리다. 문제는 이기적이냐 아니냐가 아니라 과연 어디서 그 한계를 긋느냐 하는 거다. 그 한계선을 이어 붙이면 그게 곧 자신이다.

절친이 제가
늘 부담스러웠다고
하네요

초·중·고교를 같이 나온 절친한 친구가 있습니다. 그 친구가 과외
아르바이트를 많이 하고 있기에 과외 자리 소개를 부탁했는데,
다른 친구에게만 소개시켜준 것을 알고 불쾌해서 친구에게 따져
물었습니다. 굳이 저한테 소개하고 싶지 않았다는 친구의 말에
너무 서운해서 크게 화를 내자, 친구는 "너 때문에 항상 뺏기고만
살았다"는 황당한 소리를 했습니다. 학창 시절 성적이 좋았던 저와
함께 다니면서 선생님들에게 "너 윤회 친구지?", "윤회 따라 성적
올려라"라는 말만 듣다가 졸업했다는 그는 10여 년을 '허윤회
친구'로만 불리며 자신이 얼마나 힘들었는지 아냐며 "넌 나한테는
늘 부담스러운 친구다"라고 하더군요. 15년 우정이 저만의
착각이었다고 생각하니 너무 화가 나고 속상합니다. 그에게 제가
믿어온 15년 우정을 지키자고 설득해야 할지 15년간 저와는 다르게
생각하고 있던 그의 생각을 받아들여야 할지 모르겠습니다.

그를 탓할 수 없다
어쨌든 당신은 가해자니까

그건 당신이 결정할 문제가 아니다. 관계가 지속되느냐 아니냐의 문제는 당신이 아니라 그가 결정할 문제다. 왜냐. 상처는 그가 받아왔으니까. 당신은 그러니까 그에게 가해자인 셈이다. 당신이 전혀 의도하지 않았더라도. 또한 같은 이유로 15년간 당신과 다르게 생각해왔단 그의 생각을 당신이 받아들이느냐 마느냐 하는 건 사실 지금 상황에서 당신이 고민할 문제가 못 된다. 당신이 어떻게 생각하든 친구에겐 이미 그게 지난 15년간의 진실이니까. 그 과거를, 그 기억을 지금 현재의 당신이 무슨 수로 바꿀 수 있겠나. 그건 그것대로 그 친구 입장에서의 진실이라 인정하는 수밖에. 당신은 억울하겠지만 일은 그렇게 벌어져왔던 거다.

이 모든 게 당신의 잘못이냐. 당신 잘못도 전혀 없는 건 아니다. 그 친구가 사람인 이상 자신을 완벽하게 숨기는 게 불가능했을 텐데도, 절친했다면서 당신은 지난 15년간 친구의 감정을 단 한 번도 눈치 채지 못했다. 학창 시절 공부 잘했다는 당신은 아마도 다른 사람들이 성적과 관련해 느끼는 그런 종류의 낙담을 인식하거나 배려하는 데 익숙하지 못했을 게다. 그런 식의 만성적 열패감을 스스로 느껴보지 못했을 테니까. 하지만 그렇다고 해서 그냥 몰랐다는 말만으로 충분한 양해를 구하기엔 15년의 세월이 너무 길다. 그리하여 당신에겐 무심했단 죄목이 가능하겠다.

물론 잘잘못을 따지자면 당신보단 그의 잘못이 더 크다. 상대적 열등감 없는 사람, 드물다. 그게 공부든, 외모든, 경제력이든. 문제는 그 열등감과 어떻게 대면하느냐인데 그는 숨기고 아닌 척하는 걸 택해왔다. 그 선택은 분명 자신이 한 거다. 그런데도 이제 와서 당신을 탓한다. 그 피해 모두를 당신 탓으로 돌리는 건 부당하다. 그 피해는 스스로 택한 대처 방식의 결과이기도 하기 때문에. 하지만 나는 그렇게 말할 수 있어도 적어도 당신은, 그를 직접 탓할 수가 없다. 어쨌든 당신은 가해자니까. 당신이 아무리 논리적으로 그를 설득하려 해도 쉽게 안 될 게다. 상처 입은 자존감의 문제는 언제나 논리를 넘어선다.

그럼 그에게 지난 15년간의 우정을 지키자고 설득해야 하느냐. 사실 우정을 지키자고 호소하는 건 그 자체로 우정에 어울리지 않는 액션이다. 우정은 당신 혼자 지키고 말고 할 수 있는 게 아니니까. 이미 그런 호소를 해야 한단 자체가 우정이라 자신 있게 부를 수 있는 관계가 아니란 말이니까.

당신이 할 수 있는 최대치는, 그런 줄 몰랐다고, 그런 의도는 전혀 없었다며 그에게 진짜 친구가 되자고 호소하는 것 정도겠다. 그게 15년간 당신에게 피해의식을 가져왔던 그에게 당신이 베풀 수 있는 호의의 한계가 될 수 있겠다. 그리고 그게 지난 15년간이 단순히 가해자, 피해자의 관계만은 아니었단 걸 스스로 입증하는 길이기도 하고. 그 정도가 당신이 할 수 있는 마지노선 되겠다. 그다음부턴 그 친구가 해결할 일이다. 그가 그 마음을 받아들이지 못하겠다면? 바로 그 지점부턴 온전히 그의 잘못이다. 안타깝지만 당신이 할 수 있는 일, 그때부턴, 없다.

자기 혼자

피해자

증후군

관계에서 사람을 정말 환장하게 만드는 게, 자기 혼자 자긴 피해자라고 믿어 의심치 않는 거다. 그리고 그런 태도는 학벌, 재산, 지위와는 아무 상관이 없다. 그 사례 하나 보자.

몇 년 전 김종빈 검찰총장이 퇴임한 사건이 있었다. 한국전쟁을 내전이고 통일전쟁이라고 규정했던 강정구 교수를 검찰이 국보법 위반으로 구속 수사하려 하자 당시 천정배 법무부장관이 불구속 수사 하라는 지휘권을 행사한 것을 두고, 김종빈 검찰총장은 검찰 독립 훼손이라며, 눈물을 흘리며, 퇴임을 한다. 그때 이런 말을 했다.

"검찰의 정치적 중립을 지키지 못한 자신이 사퇴하는 것이 가장 원만한 해결 방법이라고 생각했다."

그리고 이렇게 덧붙였다. 검찰은, 명예와 자부심 먹고 산다고. 에이 거짓말. 밥 먹고 살면서. '먹고 산다'는 표현이 관용적으로 직업을 의미하기도 하니 그리 이해해도, 거짓말. 월급 받아, 먹고 살면서. 이 국보법 유령의 재출현을 보며 남들은 인권의 수호와 사상의 자유를 담론하고 또 한편에선 구국의 결단 같은 피 뚝뚝 흐르는 거 막 선언해버리고 그러는 사이, 당시 난 그 말 한마디가 사건 내내 우스웠다.

명예와 자부심을 먹고 산다, 이거지. 왜 유독 검찰은 명예와 자부심이란 걸 별도로 복용해줘야 하는 걸까. 피로회복 자양강장을 위해서라면 '현대인의 필수 아미노산으로 각광받고 있는 타우린 함량을 최근 1000mg에서 2000mg으로 두 배 보강하여 효능을 한층 높인' 우리의 박카스가 있지 않던가. 영진 구론산도 있고.

검찰총장의 이 '명예 & 자부심 검찰 필수 섭취론'에 이의 제기했던 검사들이 단 한 사람도 없었던 걸로 보아 그 상시 음용 주장이 검찰 내부에선 상당한 공감대를 형성하는가 본데, 밥만으론 해소할 수 없다는 그 신비의 공복감, 과연 그 정체가 뭘까.

검찰은 그 개개인의 학벌과 능력으로 보아 다른 일을 했다면 훨씬 높은 급여와 사회적 대우를 받았을 텐데도, 공공의 질서와 안녕이란 대의를 위해 그 업을 택했고 그래서 그 보상의 부족분을 명예와 자부심으로 알아서 메워내며 묵묵히 일하는 조직이다. 그런 자기희생의 절절한 사연을 압축적으로 표현한 하소연인 건가. 그럼 그건 신세 한탄인데. 그리고 그런 건 임금 인상 위한 단체 협상으로 해결할 일인데. 총장 퇴임사는 그렇다면 검찰의 노조 결성을 사표로써 촉구하는 비밀 지령이었을까….

아니면, 검찰 직업의 특수성상 한번 봐달라는 온갖 종류의 상납 제안이 존재하나 그 모든 유혹을 오로지 명예와 자부심만으로 뿌리치고 있으며 또 형사 범죄를 상대하는 만큼 위해에 대한 공포가 상존함에도 또 한 번 명예와 자부심만으로 그 모든 난관을 힘겹게 극복하고 있다는, 그런 척박한 제반 근무 환경에 대한 토로였을까. 그렇담 그만큼 검찰 해먹기 어렵다는 탄식 아닌가. 글쎄, 나름의 애로 없는 직업 없겠다만, 이런 고충 처리는 주무장관인 법무부장관을 통해 국무회의에 건의하거나 정 자신의 직업이 버거우면 가까운 지인들과 전직을 논의할 일이었을 게고….

그도 아니면, 다른 사법연수생들은 변호사나 판사로 개인의 영달을 좇을 때 오로지 명예와 자부심 하나 보고 법조인으로서는 궂은일이라 할 수 있는 검사가 된 것에 대한 후회, 그 선택에 대한 회한에 대해 우리에겐 명예와 자부심이 있지 않느냐는 내부인들끼리의 자기 위안적 독백이었던가. 그거라면 자신의 진로 선택이 어떤 고귀하고 품격 있는 기준에 의해 결정됐는지를 몰라주는 국민들이 섭섭하다는 소리일 수도 있겠는데, 글쎄 그거라면 원래 자기들이 좋아서 선택한 거 누굴 원망해….

혹여 이런 거였던 걸까. 검찰이 됐다는 건 중고 시절 모든 시험 전쟁을 승리로 치러내고 살아남아 사법고시라는 대한민국 최고, 최후의 시험까지 급제한 당대의 엘리트들이니 자금어대(紫金魚袋) 하사까지는 아니더라도 사회적으로 치켜세워주고 기운을 북돋워주고 어깨에 힘이 들어가게 대우해주고 그렇게 국민들이 그들을 명예와 자부심 느끼도록 대해줘야 더욱 힘을 내서 일 잘할 수 있는 조직이다, 그런 대국민 호소인가. 그럼 그건 응석이 아니던가….

또는, 검찰은 정의로운 인재들의 집합체이기 때문에 스스로 다 알아서 판단하고 처리할 줄 아는데 아무리 주무

부서의 장관이고 법에 그렇게 할 수 있다고 권한이 명시되어 있다 할지라도 우리 총장님이 절대로 안 된다고 못 박은 사안인데도 우리를 무시하고 그 명예와 자부심이 손상되게 간섭하고 지랄이야, 씨바, 그런 들이박는 항변인가. 그렇담 이건 상관에 대한 협박이자 그 권위 인정 못하겠으니 입법, 사법, 행정 말고 검찰도 분리해 4부 체제로 가자는 독립 선언이고 말이다.

검찰은 명예와 자부심을 먹고 사는데, 그런데 그런 명예와 자부심을 다쳤다고, 그렇게 자기들은 권력에 의한 피해자라는 이 사고방식에는 기본적으로 자신들을 특별한 예외적 존재로 상정하는 뿌리 깊은 엘리트 의식이 깔려 있다. 검찰은 검찰 이외의 다른 대다수 직업들은 별로 명예스럽지 않고 자부심도 없지만 대우 좋고 돈 많이 줘서 억지로 계속하고 있는 거라 생각하는 걸까. 아우, 유치해서 정말.

하여 나는 대한민국 검찰을 보며 자신 있게 주장한다. 지성은 학벌 재산 지위와 아무 상관도 없다고.

친구가
귀찮습니다

6개월 전 중학교 동창인 친구가 외국 유학을 마치고 돌아왔습니다.

그 친구 환영회 때 친했던 동창들과 늦게까지 술을 마셨는데

저와 그는 마지막까지 술잔을 기울이며 지난 얘기를 했습니다.

그날을 계기로 더욱 친해져 그 후 일주일에 두세 번씩은 꼭 만나게

되었죠. 하지만 옛 친구를 다시 얻게 된 기쁨도 잠시, 계속되는

그의 전화에 노이로제가 걸릴 지경이 되었습니다. 그는 아침이면

어김없이 전화해, 어느 서점에 가는 게 좋을 거 같나, 무슨 서류는

어디서 떼나, 적금은 어느 은행에서 들까 등 그날 할 일이 있으면

온갖 정보를 저한테 다 묻습니다. 처음에는 한국 생활에 적응이

안 돼서 그러나 했지만 지금은 정신적인 문제가 있는 게 아닐까 하는

정도예요. 전화번호를 바꾸고 연락을 끊는 것은 차마 못하겠고,

계속 받아주자니 제가 못 견디겠어요.

거절을
두려워 말라

그 친구는 자신의 불안을 해결하는 방법으로 의존을 택해왔던 건데, 그런 건 하루이틀에 만들어진 패턴이 아니다. 필경 마마보이일 그 친구가 일으킨 문제에 대한 해결책은 하나다. 그냥 말하시라. 사실대로. 일부러 야박하게 말할 필요는 없다. 그저 담담하게 있는 그대로 말하면 된다.

이제 한국 생활도 제법 적응했으니 가능하면 스스로 문제를 해결하는 습관을 기르는 게 좋지 않겠냐고. 적당한 핑곗거리 하나 만들어서, 요즘 그 일 때문에 무척 바빠서 당분간은 연락도 잘 안 될 거라고. 아마 그 친구는 오래지 않아 자신이 의존할 또 다른 사람을 찾을 게다. 당신은 누구에게나 좋은 사람이 되고 싶단 욕심만 버리면 되는 거고. 그럴 수는 없는 법이고 그럴 필요도 없는 법이니까. 물론 인류사 자체가 누군가에게 인정받고 싶단 욕구에 의해 구동되어온 인정 투쟁의 역사다. 하지만 당신 경우는 단 한 사람에 대해서만 그 욕구를 절제하면 된다. 그것마저 못하겠다면, 뭐 지금처럼 사는 수밖에.

한마디만 더 보태자면, 사람들은 자신이 아니라 남의 기대를 충족시키는 데 스스로 생각하는 것보다 훨씬 엄청난 양의 에너지를 쓴다. 그런다고 자신이, 자신이 아닌 것이 될 수도 없는데 말이다. 예를 들어 신부가 웨딩드레스를 입는 건 그 복식으로 인해 자신이 아름다워 보일 것이란 스스로의 기대 때문이기도 하지만 그보다 훨씬 더 은밀하고 강력한 동인은 그러한 백색의 순결한 모습이 바로 신랑이 자신에게서 원하는 모습이기에, 스스로도 그걸 원한다고 착각한다는 거다.

물론 존재론적 욕망에 해당되는 이 욕구를 완전히 제거한다는 건 불가능하다. 문제는 그렇게 타자의 기대에 자신을 맞추기 위해 살면서도 스스로는 그 피동성을 전혀 감지조차 못하는 거다. 그게 왜 나쁘냐. 그렇게 다른 사람의 욕망을 위해 살면서도 스스로는 그걸 알지도 못한다는 것의 의미는, 자신이 자기 삶의 주인이 아니라는 말이다.

남을 기쁘게 하는 데 자기 인생을 다 쓰고 만다는 건, 멍청한 걸 넘어 슬픈 일이다. 그러니 거절하는 걸 두려워 마시라. 그 공포에서 벗어나야 비로소 자신이 정말 원하는 게 무엇인지 알 수 있다. 자신이 뭘 원하는지도 모르고 사는 것처럼 삶의 낭비도 없다.

의리냐 실리냐, 고민이네요

지난 가을 제대하고 복학을 준비하다가 평소 알고 지내던 고등학교 선배의 여행사를 통해 워킹홀리데이를 추천받아 이번 겨울에 어학연수를 떠나기로 했습니다. 그런데 얼마 전 선배의 여행사가 갑자기 문을 닫아버리는 바람에 미리 계약금을 건 많은 사람들이 피해를 보았습니다. 저도 갑작스러운 상황에 당황해 이리저리 알아보다가 다른 사람들은 차례로 돈을 돌려받았는데 유독 저만 선배와 연락이 되지 않는 것을 알았습니다. 배신감에 화가 크게 나 있는데 선배에게 연락이 왔습니다. 선배는 조금만 시간을 주면 다른 워킹홀리데이를 연결시켜줄 테니, 환불은 나중에 고려해보면 어떻겠냐고 하더군요. 하도 사정을 해서 생각해보겠다고만 했어요. 복학이 급한 것도 아니고 그의 사정이 딱하기도 해서 부탁을 들어줄까 생각하는데, 주위 친구들은 안 된다고 난리군요. 제 결정이 어리석은 걸까요?

중요한 건 선택의 이유다
나머지는 그 이유를 붙들고
감당하는 거다

원래 그게 그렇다. 그런 문제가 생기면 친한 사람부터 챙겨줄 것 같은데, 그게 친한 사람들 쪽에서의 당연한 기대인데, 실제로는 반대다. 당신은 친구와 은행, 양쪽에서 돈을 빌렸다면 그리고 필요한 변제액의 절반밖에 없다면, 어느 쪽 돈부터 갚겠나. 절대 다수는 은행 돈 먼저 갚는다. 은행은 안 봐주니까. 모르는 사람이니까. 친구는 사정을 말하고 양해를 구할 수 있으니까.

그 선배가 사람들 돈을 차례로 갚고 있고 그리고 나중에라도 당신에게 연락을 해 나름의 대안을 제시해주려고 노력했다는 건 그에게 문제 해결의 의지가 있다는 거다. 일단 그것만으로도 믿을 만하다. 도망가지 않았으니까. 도망가지 않는 것이 당연하다 여기겠지만, 실제로 많은 경우 그렇지가 않다. 당신과의 관계 하나를 끊는 것이, 그가 처했을 경제적 막다른 골목에선 훨씬 쉬운 선택일 수 있다. 많은 사람들이 그런 선택을 한다. 스스로 당해보지 않으면 결코 이해할 수 없겠지만, 도저히 해결할 수 없을 것 같은 경제적 부채 앞에서 목숨을 끊거나 도주해버리고 마는 사람들이 그냥 사람이 못나고 사기꾼이어서만 그런 게 결코 아니다. 그런 선택을 한 그들이 잘했다는 게 아니라 그런 상황을 견디는 것이 그만큼 힘들다는 거다.

이렇게 생각해보시라. 당신에게 돈이 필요하다. 너무나도 절실히. 그런데 그 선배에겐 돈이 있다. 그런데 당신이 갚겠다고 한 날 사실은 당신이 그 돈을 갚을 수 있을지 없을지 확실히 모르고, 그 선배도 그 사실을 안다. 평소의 관계와 그 선배의 품성으로 보아 그런 상황에서도 그 선배가 당신에게 돈을 빌려줬겠는가, 한번 생각해보시라. 만약 그 선배가 그럼에도 불구하고 당신에게 돈을 빌려줬을 거라 여겨진다면, 당신도 그럴 수 있는 거다.

돈을 돌려받지 못할 위험이 있지 않느냐. 물론이다. 하지만 모든 선택에는 반드시 리스크가 따른다. 모든 선택에 따른 위험부담을 제로로 만들어달라고 한다면 그건 삶에 대한 응석이다. 그러니 중요한 건 선택의 이유다. 나머지는 그 이유를 붙들고 감당하는 거다. 스스로 설득될 이유가 있는지 생각해보고, 만약 그런 게 있다면, 그럼 누가 뭐라고 하든 그 결과까지 자신이 감당하는 것, 그게 어른의 선택이다.

직장

개인과
조직의 갈등

뒤통수치는 동료와 어떻게 지내야 할까요?

입사한 지 1년이 다 되어가지만, 출세 지향적인 아부꾼 입사 동기 때문에 회사 적응이 쉽지 않습니다. 처음에는 그러려니 했는데 갈수록 그 동료의 아부가 너무 심해져, 저에게까지 피해를 주고 있어요. 그 동료의 아부로 인해 저까지 과장님의 일을 떠맡고 있는 것이죠. 그 동료는 처음엔 항상 상사가 시킨 일이라고 말하고는 일 다하고 나면 자신이 다한 것처럼 말하면서 그 상사에게 잘 보인다는 것이 문제입니다. 나중에 그런 내막을 알고는 그 동료가 과장님 일이라고 말하는 일은 안 하려고도 해봤는데 그 동료는 교묘하게도 실제 과장님이 시킨 일도 가끔씩 말하는 거였어요. 그래서 그 일을 안 할 수도 없게 되어버렸던 거죠. 그 동료의 아부를 위한 사기 행각에 어떻게 대처해야 할까요?

딱 한마디만 하시라
주댕이를 확 찢어버린다고

그런 놈들 어디나 꼭 있다. 그리고 안타깝게도 그런 놈들이 반드시 망하는 세상은 영화 속에나 있는 거고, 실제로는 그런 놈들이 승승장구하는 경우, 다반사다. 그리고 그들을 고칠 수도 없다. 그게 그들의 생존 방식이니까. 다만 한 가지 위안을 드리자면 그런 놈들이 그렇다는 건, 당신뿐 아니라 모든 이들이 다 알고 있다는 거다. 사람들은 결코 바보가 아니다. 그게 자신에게 직접 해가 되지 않으면 그냥 넘어가주는 것일 뿐. 문제는 당신 경우엔 직접적인 피해 당사자라는 건데. 그런 유의 인간들은 자신의 교활함을 상대가 결코 눈치 채지 못할 거란 얼토당토않은 자신감을 가지고 있다. 재수 없지만 분란 일으키기 싫어 참아주는 건데 말이다. 바로 그걸 깨야 한다.

이렇게 해보시라. 지금까지 그 친구가 당신을 등친 케이스를 아주 자세히 기록하시라. 육하원칙에 입각해 그 당시의 말과 행동 그리고 그게 진실과 어떻게 달랐는지. 최대한 꼼꼼하게. 당시의 서류도 복사해 첨부하고. 가능하면 그 일을 알고 있는 주변 사람들의 증언도 받아두시라. 예를 들어 그 일은 그 상사가 시키지 않았다거나. 딱 한 달치만 꼼꼼하게 준비해서 그 친구를 따로 불러 이번 달치라고 하면서 그 자료 보여주시라. 그리고 딱 한마디만 하시라. 6개월째 이거 만들고 있는데, 앞으로 한 번만 더 나한테 이딴 짓 하면 주둥이를 확 찢어버린다고. 해맑게 미소 지으면서. 나직하게. 그리고 가서 볼 일 보시라.

양아치가

되자

풍류를 아는 건달도 못 되고 프로페셔널리즘을 추구하는 조폭도 되지 못한 채 건달들이 대의를 위해 결투를 하고 조폭들이 이권을 위해 전쟁을 하는 사이, 담배 값을 위해 '삥'을 뜯는 어설픈 인간 군상. '좆밥'이 유사어인 B급 '쌈마이'.

〈초록물고기〉의 송강호와 〈피도 눈물도 없이〉의 류승범과 〈태양은 없다〉의 이정재와 〈파이란〉의 최민식의 가치관과 말투와 행동거지와 생활방식을 뒤섞은 후 싸이의 〈새됐어〉 비주얼을 얹으면 딱 들어맞는 그들, 양아치. 그들이 요즘 뜬다.

과거, 그렇게 궁상맞고 폼 뒈지게 안 나는 삶으로 평가받던 그들이 주목을 받고, '양아치' 컨셉을 전면에 내세운 가수와 영화가 등장하고, 그리고 인기를 끈다. 김남일도 사실은 그 컨셉으로 우리에게 처음으로 다가왔다. 왜 양아치가 뜨는가.

양아치. 그들은 우선 욕망에 솔직하다. 사회는 개인의 욕망을 품위 있게 포장하고 조율하기 위해 오랜 세월 나름의 예법과 규범을 개발해왔다. 양아치는 이런 사회적 관례에 무심하다. 그래서 품위가 없다. '소데나시'를 정장으로 채택한 그들 패션엔 품위 대신 '후까시'가 있을 뿐이다. 그러나 격식 대신 욕망을 선택한 양아치는 그 덕에, 이 땅 특유의 뒤틀린 도덕적 이중 잣대에 오랫동안 짓눌려왔던 대다수의 민간인들보다, 정신과적 차원에서 건강하다. 민간인들의 환호는 그러니까 그런 파격에 대한 카타르시스인 게다. 김남일이 나이트 가고 싶다는 말에 환호했던 이유가 거기 있다.

또한 양아치는 비장하지 않다. 비장하면 양아치가 아니다. 일상의 안위와 개인의 행복을 맨 앞에 놓는 그들은 본질적으로 소시민이다. 너는 민족 중흥을 '위해서' 역사적 사명을 띠고 태어난 것이라고, 무섭게도 내 탄생의 목적을 못 박아주는 국가 앞에 '공익과 질서'를 지키고 '책임과 의무'를 다하며 '국가 건설에 참여'하고 '반공정신이

직장

투철한' '근면한 국민'이 되겠다고 선언해야 했던 과거의 민간인들과는 다르게, 그들은 그냥 태어났고 그냥 자신의 행복을 위해 자기 뜻대로 산다. 그들은 '민족 중흥의 역사적 사명' 안 띠고 태어났단 말이다. 제 인생의 주인인 것이다.

그리고 양아치는 독립군이다. 양아치는 조직폭력배가 못 된다. 폭력을 못해서가 아니라 조직을 못해서다. 양아치가 조직을 하는 순간부터 그들은 이미 양아치가 아니다. 상명하달, 지배와 피지배를 기본 원리로 하는 조직에 무조건 충성하고 그 조직의 권위를 빌려서야 자존을 형성하고, 자신을 조직의 일부분으로 인식하고서야 자신의 존재 가치를 찾아내는 집단 정체성의 조폭보다는, 그렇게 철저히 개인으로 남는 양아치가 훨씬 더 근대적 자아에 가깝다.

양아치의 욕망은 비루하고, 개인주의는 생존 방식에 불과하며, '후까시'는 상위 문화에 대한 열등감의 발로라 비웃을 수도 있다. 경쟁 체제에서 낙오된 자들이 위안을 얻으려는 것일 뿐이라고 폄훼할 수도 있고. 그러나 삼류 인생으로 취급받던 라이프 스타일이 이런 식으로 가치 전복

되어 환호받는다는 건, 그만큼 그 대척점에서 오랜 세월 이 땅을 지배해왔던 주류적 가치에, 이 사회가 이제는 지칠 만큼 지쳤다는 증거에 다름 아니다. 엄숙주의, 집단주의, 도덕주의…. 양아치는 정확하게 그 반대편에서 출발한다.

한 방향으로 기울어져서 가던 차는 반대 방향으로 핸들을 충분히 틀어야 비로소 바로 간다. 충분히 엄숙하고 충분히 집단적이며 충분히 도덕적인 당신, 이제 양아치가 돼라. 개인과 조직 사이에서 갈등할 때, 가장 기본적인 기준은 언제나 그렇게 자신의 욕망에 충실하며 비장하지 않은 독립군인 채로, 당신 자신이어야 한다. 그렇게 독립된 개체로서의 자각 없이는 개인의 자존도 없다.

열심히 일한 당신, 이제 양아치가 돼라.

일중독인
입사 동기 때문에
너무 피곤해요

워낙 꼼꼼한 성격에다 일에서도 완벽주의자인 입사 동기의 타이트한
스케줄 때문에 제가 피해를 봅니다. 아무리 제가 마감 전에 업무를
마쳐 넘겨도 훨씬 일찍 제출한 그 친구 때문에 왜 이제 내냐는
소리를 듣는 게 다반사입니다. 공동 프로젝트를 함께할 때면 무조건
첫날부터 밤 12시를 넘겨 일하는 그와 보조를 맞추는 것도 힘이
들어요. 그 친구처럼 밀리지도 않은 업무를 늦게까지 남아
미리 하는 것은 좀 무리더군요. 퇴근 후 친구들도 만나고 싶고,
데이트도 하고 헬스도 해야 하니까요. 입사 초에는 나름대로
자신감도 컸는데 요즘은 그것도 없어졌어요. 인생을 즐기면서
살자는 말로 저 자신을 위로하며 지내고는 있지만 공동 업무를 하게
될 때면 저도 모르게 하루 종일 스트레스를 받아요.

당신 삶 자체를 경영할
안목과 실력을 기르라

그런 친구들 있다. 그런 친구들은 그렇게 하지 않으면 스스로 못 견딘다. 그 원인으로는 여러 가지가 있지만 증상의 공통점은 일을 하지 않으면 스스로 불안해한다는 거다. 그리고 일 이외에는 관심도 없다. 조직이 자신에게 부여한 임무를 수행하고 그 결과로 조직에서 인정받는 데서 자신의 존재 의의를 찾는다. 불쌍한 친구들이다. 하지만 그런 친구를 그 친구가 잘하는 방식으로 이길 확률은 앞으로도 없다고 보는 게 맞다. 그러니까 그 친구의 템포에 맞추거나 혹은 넘어서려는 시도는 포기하시라. 그런 건 흉내로 넘어설 수 없다. 일종의 병이기 때문이다. 그러니 기죽을 건 없다. 통상 이런 친구들은 감성지수 같은 소프트한 면에선 평범 혹은 그 이하인 데다 결국 정신 에너지가 고갈되는 탈진 증후군을 보이기 십상이다.

더구나 단위시간 내의 생산성이나 속도로만 승부가 나지 않는 일은 앞으로 얼마든지 있다. 기죽지 말고, 스트레스 받지 말고, 감정지수, 창의력, 자신만의 복합적 문제 해결 능력을 배양하시라. 어떻게? 사회적 관계를 확대하고 시대의 맥을 놓치지 말고 인간 심리의 본질을 탐구하고 크로스컬처한 경험을 축적하시라. 그러니까 사람 두루두루 사귀고 문화 경험 많이 하고 연애 많이 하고 여행 많이 가란 소리다.

회사에서 열심히 페이퍼워크 하는 걸로는 결코 도달할 수 없는 지점이 있다. 조급해하지 말고 그리로 향하시라. 만약 지금 다니고 있는 회사가 그렇게 재빠르고 꼼꼼한 페이퍼워크가 가장 중요한 회사, 그런 속성의 업무가 주를 이루는 회사라면 — 예를 들어 돈 관리나 자재 관리를 하는 — 그렇다면 당신은 적어도 평사원일 때 그를 결코 이길 수 없을 게다. 하지만 그런 회사조차 어느 시점부턴 그런 실무 능력 이상의 감성적이고 종합적인 능력이 요구되는 지점이 있다. 그때까지 당신이 거기서 버티느냐 하는 게 문제가 될 순 있겠지만.

그러니 지금 당신이 할 수 있는 건, 당장의 회사를 문제 삼지 말고 장기적으로 당신 삶 자체를 경영할 안목과 실력을 기르는 거다. 그건 페이퍼워크로는 안 된다. 인생 전체의 격차는 재빠른 페이퍼 제출이 아니라 바로 그 지점에서 나게 되는 거니까.

선배가 상사여서 동료들에게 왕따를 당해요

얼마 전 새로 입사한 부서의 과장님이 고등학교 때 정말 친했던 친구의 형이었습니다. 형이 유학을 가게 되어 그동안 보지 못했다가 첫 출근 날 만나게 된 것이죠. 형은 저를 남달리 배려하고 도와주었습니다. 친근하게 업무며 이것저것 주의할 것, 알아두면 편리한 것들을 얘기해주었어요. 그런데 점심시간에 형과 함께 식사를 마치고 돌아오니 회사 동기인 한 친구가 "과장님하고 잘 아나 봐?" 하고 묻더라고요. 그래서 그렇다고 대답했는데, 그날부터 뭔가 잘못되기 시작했습니다. 입사한 지 벌써 3개월이 지났는데, 친한 동료 하나 없고, 입사 동기들도 은근히 저를 따돌리는 듯한 분위기예요. 몇몇은 입사도 과장님이 힘써준 것 아니냐며 수군거리기도 합니다. 상황이 이렇다 보니 업무 의욕도 안 생기고 하루 종일 회사에 있는 시간이 불편합니다.

정치 해 봐야 아무 쓸모 없는 에너지 낭비다

남자들이 원래 그렇다. 수컷들은 조직 생활을 하면 가장 먼저 정치적 역학 구도부터 파악한다. 그거, 수컷의 본능이다. 저 먼 옛날 벌거벗고 수렵 생활 하던 시절부터 인간 유전자에 새겨진 거다. 합동으로 사냥하던 그 시절을 떠올려보자. 아무리 협력해서 사냥해도 사냥감에게 마지막 치명상을 가하는 건 한 놈이다. 그놈이 제일 좋은 부위 차지하고 나머진 서로 눈치 보며 나도 아까 창으로 한 번 찔렀다고 해야, 그리고 그걸 무리의 우두머리 혹은 무리 전체로부터 인정받아야 고기라도 얻어먹을 것 아닌가. 남자들은 그렇게 조직 생활에서 살아남기 위해 권력 구조에 대한 눈치를 발달시켜왔다. 살아남기 위해. 그 눈치가 사회 구조가 발달하면서 오늘날 정치의 일부가 된 거고.

그러니까 지금 당신 동기들은 사실상 정치를 하고 있는 거다. 왜냐. 당신이 부러우니까. 그리고 두려우니까. 똑같이 사냥에 나선 줄 알았는데 알고 보니 훨씬 더 능숙한 선배 사냥꾼의 가이드를 받아서 훨씬 더 좋은 먹이를, 훨씬 더 빨리 획득해버릴 것 같거든. 그래서 그렇게 위기감을 느끼는 나머지가 뭉치는 거라. 그렇게 쪽수 불려 자기들이 안전하다고 느끼고 싶은 거지. 유치한 방어 행위다. 하지만 자연스러운 것이기도 하다. 자연스럽다는 건 그들이 잘했다는 게 아니라 그런 일, 수컷 조직에서 흔하다는 거다.

무시하고 그 형이랑 앞으로도 친하게 지내시라. 정치는 결국 힘 있는 곳으로 흐르는 거다. 당신이 업무 제대로 해내고 당신 할 일 잘하면 당신 주변으로 사람들 끌려온다. 신경 끄시라. 불안해하지 말고 그냥 당신 일이나 잘하면 된다.

더구나 그건 입사 초기의 결속일 뿐이다. 이제 앞으로 각자의 업무가 갈리고 부서가 갈리고 이해가 갈리고 진급 속도가 갈린다. 그 갈래에 따라 지금의 결속, 뿔뿔이 흩어진다. 다만 주의할 건, 무시하란 게 그들을 하찮게 보란 게 결코 아니다. 억지로 어울릴 자리를 피하라는 것도 아니고. 지금 당장 불안하다고 그들에게 일부러 다가가려고 노력할 필요는 없다는 거다. 당신을 왕따시키는 걸 당신은 전혀 모른다는 듯 행동하시라.

지금처럼 유치한 레벨의 정치 해 봐야 장기적으론 아무 쓸모 없는 에너지 낭비에 불과하다. 평생 그 회사에 있을 것도 아니지 않은가. 무슨 일국의 운명을 건 정치판도 아니고 말이다. 당신이 그 회사로부터 배울 수 있는 것, 그걸 최대한 얻어내기 위해 지금 해야만 하는 일, 그걸 열심히 하면 된다.

상사의
노골적인 관심이
부담스럽습니다

입사 때부터 저를 좋게 봐준 남자 상사가 있습니다. 처음에는
상사에게 잘 보였으니 좋은 일이라 생각되어 일에 대한 의욕도
샘솟았습니다. 그런데 점점 제게 보이는 관심이 부담스러워지기
시작했습니다. 문자나 전화 오는 횟수도 늘어가고 밖에서도
만나기를 원하는데 저는 그분이 직장 상사 이상으로는 느껴지지
않습니다. 하지만 노골적으로 사귀자고 하는 것도 아니고 상사와
문제를 일으키고 싶지도 않아서 그때그때 핑계를 대가며 연락 오는
것을 무시하거나 피하면서 적당히 넘어가려고 했더니 그 사람
자존심이 많이 상한 것 같습니다. 사람들 있는 데서도 제 실수를
비난하거나 말을 함부로 하는 등 예전에 저를 대하던 것과는 상반된
모습으로 저를 괴롭히고 있습니다. '처음부터 눈에 띄지 않도록
조심했어야 했는데….' 소심한 자책까지 하게 되네요.

거절하는 여자 앞에서
위축되지 않는 남자는 없다

그런 새끼들 꼭 있다. 직장 내의 우월한 지위를 이용한 수작꾼들. 그들 행위는 당하는 쪽의 저항 수단이 직장 내 권력 위계로 인해 매우 제한될 수밖에 없단 점에서 폭력적일 뿐 아니라 바로 그 점을 정확하게 인식하고 덤빈다는 점에서 비열하기 짝이 없다. 어른이 아이 손목 비틀어 덮치는 거랑 본질적으로 다를 바 없다고.

그리고 단언하건대 그놈, 처음 아니다. 원래 그런 놈들은 사귀자고 하지 않는다. 올가미로 되돌아올까 봐. 내가 언제 사귀자고 했나. 자기도 좋아서 응한 거면서. 뭐 이 정도 변명이 가능한 구도 만든다. 오히려 대놓고 사귀자고 했다면 그저 연애에 서툰 상사일 수 있다. 지금 그놈은 남자로서 거절 당해 자존심이 상한 게 아니라 권력이 작동하지 않는 상황에 신경질이 난 거다.

여러 방법이 있겠지만 당신이 피하는 걸로는 근본 해결 안 된다. 정면으로 부딪쳐보는 거, 고려해보시라. 먼저 연락해 만나시라. 그리고 말해주시라. 귀여워해주시니 일하는 데 힘이 난다. 감사하다. 하지만 남자로선 관심이 없다. 그동안 내가 만나주지 않는다고 화도 나신 것 같은데, 선배로서 상사로서 존경하니까 앞으로 예뻐해주시면 좋겠다. 이렇게 정색하고 얼굴 똑바로 들고 차분하고 예의 바르게 또박또박 말해주시라. 할 말 미리 써서 외우고 가는 게 좋다. 길게 말할 필요도 없다. 딱 준비해 간 이야기만 하시라. 몇 분이면 된다. 여기서 중요한 지점. 절대 미안해하는 기색 보여서는 안 된다.

왜냐. 당신은 그 자리에서 그를, 당신에 대한 우월적 지위를 가진 권력자가 아니라 한 사람의 초라한 남자로 만드는 거니까. 권력 가진 상사가 아니라 그냥 어필 못하는 남자로 대하는 거니까. 그게 포인트다. 만약 당신이 미안한 모습을 보이면 그는 자신의 권력을 재인식한다. 그러니 당당하시라. 자신의 권력이 전혀 작동하지 않고 있다는 걸 깨닫고 스스로 위축되게 만들어야 한다. 복종하지 않는 부하에게 화내는 상사는 많아도, 거절하는 여자 앞에서 위축되지 않는 남자는 없다.

이거 제대로만 구사되면 열에 여덟, 아홉은 통한다. 다만 이걸 다른 직장 사람들이 보는 데서 하면 절대 안 된다. 그도 다른 사람들 앞에서 지켜야 할 자신의 권위가 있다. 심리적으로 권력자의 자리에서 내려오질 않는다. 그러니까 그가 누리고 있는 권력과 전혀 무관한 장소에서, 레스토랑이든 카페든, 둘이 만나서 차분하게 당신의 뜻을 밝히라. 만약 이 방법으로도 통하지 않고 계속해서 집적거린다면, 그럼 신고 대상이다.

여자 상사의
성희롱에 어떻게
대처해야 할까요?

여자들이 많은 회사에 근무하고 있는데 요즘 여자 상사의
성희롱으로 괴롭습니다. 아침에 제가 피곤해하면 "왜 이렇게
매가리가 없어 보여? 그래서 장가가면 힘 쓰겠어?"라고 농담처럼
자주 말해, 여직원들 많은 곳에서 몹시 민망합니다. 나중에는 종종
"누구 때문에 장어 한번 먹으러 가야겠어" 하며 저를 놀리기도
하는데 여직원들도 이런 유머에 민망해하기보다는 즐거워하는 것
같아 기분이 상합니다. 수위가 지나친 성적 농담에는 성적 노리개가
된 기분이 들어 울컥해 제 기분을 확실하게 말하고 싶기도 하지만
행동으로 옮기기가 쉽지 않습니다. 여자 상사를 기분 나쁘게 하지
않으면서도 제 체면을 차릴 수 있는 방법 없을까요?

성희롱은
권력형 범죄다

당신은 남자인데 성희롱이 성립되느냐. 우선 그 점부터 이야기하자. 과실치사란 게 있다. 실수로 사람을 죽인 경우다. 만약 죽일 의도가 없었다면 상대방의 사망이라는 같은 결과라 하더라도 그 죄형이 상대적으로 가볍다. 일반 범죄에선 그래서 그 의도를 따진다. 하지만 성희롱은 아니다. 손상 대상이 물리적 신체가 아니라 객관적으로 측정 불가능한 정신의 영역인지라 그 피해 정도로부터 범법 정도를 객관적으로 연역 추정할 수가 없다. 하여 성희롱은 의도가 아니라 피해자의 감정이 기본 잣대다. 물론 그런 감정을 느낄 만한 상황이었다고 판사가 인정해줘야 하지만 물리적 증거 따위가 없는 상황에서 잣대는 피해자의 감정 그리고 상황이 된다.

두 번째 포인트. 그녀가 당신의 상사라는 게 중요하다.

성희롱은 권력형 범죄다. 권력의 상대적 우위를 이용해 성적 굴욕감을 느끼게 하는 언동을 일컫는다. 고로 조직에서 당신보다 우월한 지위를 가진 직장 상사의 언동에 성적 수치심을 느꼈다는 당신의 경우 성희롱, 맞다. 당신이 남자라는 사실은 이 경우 중요하지 않다.

그런데 성희롱 문제는 바로 같은 이유로 해서 까다로워진다. 피해 입증도 어려운 데다 설혹 그 입증이 가능하다 하더라도 우월한 권력에 의한 조직 내 보복과 그로 인한 커리어상의 불이익이 두려울 수밖에 없다. 수많은 여성들이 직장 내 성희롱을 당하고도 혼자 참고 넘어가는 경우가 허다한 건 그래서다.

당신이 회사를 그만둘 게 아니라면, 개인적으로 그녀의 행동에 대처할 수 있는 방법은 두 가지 정도로 나뉘겠다. 우선 그런 말을 그야말로 농담으로 즐겨버리는 거다. 수컷으로서의 내 매력에 매료된 거라 자기 최면 걸면서. 당신이 여성이라면 이런 대응은 옵션이 아니다. 우리 사회는 누가 뭐래도 여전히 남성 중심 사회니까. 그래서 여성더러 즐기라고 하면 그냥 그런 사회구조적 부당함을 수용하라는 소리가 되는 거니까.

하지만 당신은 어쨌거나 기득권자인 남성이다. 그래서 그럴 수 있다면 그렇게 해결하는 것도 하나의 방법일 수 있다. 성적 농담을 걸어오면 더 강한 농담으로 되받아치기도 하면서. 예를 들어 장가가서 힘 쓰겠느냐고 하면, "그건 결코 겉만 봐선 모르는 거죠." 한마디 해주는 거다. 썩 소를 날리면서. 그녀가 먼저 시작한 농이니 당신이 그런다고 해서 직장 상사에 대한 결례라고 할 수도 없는 거고.

만약 남세스러워 그게 안 되겠다 싶으면 진지하게 말하는 수밖에 없다. 직장에서 성적 농담의 대상이 되고 싶지 않다고 말하시라. 상사에 대한 예를 갖추되 자신감을 갖고 분명하고 차분한 어조로 또박또박 전달해야 한다. 상대의 기분을 상하게 만들 수도 있는 이야기일수록 어떤 태도를 취하느냐 하는 게 실제 그 내용보다 훨씬 더 중요하기 때문이다.

상사가 일을
너무 못해서
스트레스 받습니다

서른한 살, 직장인인데 직장 상사와의 불화가 문제입니다.

뭐 불화라기보다는 같은 팀 내 모 과장에 대한 불만이라고 할 수

있습니다. 단도직입적으로 말하면, 그는 일을 정말, 너무 못합니다.

인사 발령이 난 후, 제가 하던 일을 그 과장이 하게 되고 저는 새로운

일을 맡게 되었죠. 인수인계를 하는데, 세상에 설명을 몇 번이고

반복해도 이해를 못하는 겁니다. 한 달이 되어도 못 알아듣는 건,

그의 이해 능력이 부족한 게 아닐까요? 덕분에 저는 새로운 일을

맡아서 바쁜 지경에, 모 과장의 일까지 대신 해주고 있습니다.

매일 "이거 어떻게 하는 거였지?"라고 부릅니다. 그러면 찬찬히

가르쳐주려고 해도 저보고 직접 해보라고 합니다. 그럼 결국 그 일은

제가 하게 되는 거죠. 그래서 업무 스트레스가 장난이 아닙니다.

그 과장, 다른 사람에게 욕하지 마시라

고생한다. 그렇지만 먼저 말해두고 넘어가고 싶은 건 그럼에도 불구하고 그 과장이 그 직장에서 살아남아 있는 이유가 분명히 있을 거란 점이다. 그리고 그건 아마도 당신이 갖지 못한 어떤 능력일 게다. 그러니 그 양반을 깔보는 마음부터 일단 버리시라.

능력이란 게 업무를 재빨리 파악하고 문서를 예쁘게 꾸미고 보고서 잘 만들고 하는 것만을 의미하는 게 절대 아니다. 당신 회사의 사장이나 이사가 그런 능력이 출중해서 그 자리에 간 게 아니라고. 사람들의 욕망과 갈등을 중재하는 정치력, 일의 큰 방향성을 가늠하는 통찰력, 인간을 자기가 원하는 방향으로 부리는 용인술, 상대로부터 신뢰를 얻어내는 태도, 자세, 외모, 말투를 비롯해 보고서를 작성하는 것과는 다른 종류의 능력이 분명히 있었기에 그 자리에 간 거다. 그리고 그런 능력 중에는 실제 매일의 업무보다는 업무 이외의 분야에서 발휘되는 게 훨씬 더 많다. 그러니 매일의 업무만 보고 그 사람 능력의 모든 면을 봤다고 생각하면 오산이다. 그 과장은 당신이 말한 그 해당 업무에 유독 약한 두뇌를 가지고 있을 수 있다. 수학 잘하는 사람이 따로 있듯이 말이다. 하지만 분명한 건 과장 될 때까지 월급 그냥 공짜로 주는 회사는 세상에 없다는 거다.

이유야 어쨌건 그 과장이 일부러 그러는 게 아니라면 당신이 할 수 있는 선택은 그리 많지 않다. 한 가지 가능한 건 그 과장이 물어볼 만한 모든 질문을 최대한 자세하게 FAQ로 미리 정리해서 건네주는 방법이다. 가능하면 풍부한 예제까지 곁들여서 말이다. 그 외에 지금 당신의 위치와 조건에서 할 수 있는 건 별로 없다. 오히려 기왕 해야 하는 일이라면 성심성의껏 하고 진심을 다해 도와주시라. 세상에 공짜는 없는 법이라 그게 당신한테 어떤 식으로든 돌아올 날이 있을 게다.

하지만 당신이 절대 하지 말아야 할 건 분명 있다. 그 과장에 대해 다른 사람에게 욕하지 마시라. 그리고 미워하지도 마시라. 당신이 다음에 그에게 결정적인 도움을 받아야 할 날이 올지도 모른다. 설마 하겠지만 천만의 말씀이다. 세상일, 절대, 모르는 거다. 특히나 사회생활은.

여자 상사, 이러면 정말 곤란합니다

얼마 전에 새로 들어온 직장 상사가 있는데 그녀의 첫인상은 당당하고 자신만만하고 쿨함 그 자체였어요. 그런데 곧 그녀 때문에 회사를 그만두고 싶은 지경에 이르렀습니다. "이쁜 동생"이라 부르며, "호영 씨 아니면 누가 해~", "호영 씨밖에 없다" 이러면서 시시콜콜한 심부름까지 다 저만 시키고, 사내 식당에서 점심식사를 할 때도 꼭 제 옆에서 먹으니 밥 먹는 것도 고문이에요. 사무실 동료들도 최과장과 고대리는 세트라면서 놀리고요. 저는 정말 그녀가 부담스럽고 이 상황이 괴롭기만 한데 말입니다. 혹시 그녀가 저를 좋아하는 것일까요? 아니면 만만해 보여서 계속 부려먹으려고 그러는 것일까요?

피해의식을
버려라

아마도 그녀는 당신이 만만하기도 하고 귀엽기도 하고 맘에 들기도 한 걸 게다. 그러니까 그 모든 게 복합되어 그럴 게다. 적어도 계속 부려먹으려는 수작이나 작전만은 아닐 게다. 당신이 말한 대로 그 양반이 당당하고 자신만만한 스타일이라면 그렇게까지 꼼수를 부려야 살아남을 수 있는 것도 아닐 테니까 말이다. 더구나 당신 상사라면 왜 작전까지 구사하며 당신을 부리겠나. 그냥 심플하게 명령하면 되지.

당신의 부담감은 기본적으로 여자 상사라는 생경한 사회적 관계에서 기인한 걸로 보인다. 친밀하게 구는 상사, 그것도 여자 상사에게 어떻게 반응해야 할지 몰라 당황스러운 거라고. 하지만 그럴 거 없다. 그 장단에 맞춰 놀아주시라. 당신에게 해될 것이 뭐 있나. 혹 그녀가 직장 상사가 아니라 한 사람의 여자로는 어떤가. 그렇게 떼어놓고 생각해 마음에 들면 사귀어버리든가.

요는 피해의식 버리라는 거다. 당신보다 직장 내 권력의 우위에 있는 사람이라고 해서 당신이 그와 맺는 모든 관계가 수동적이고 방어적이기만 할 필요는 없다. 그런데 지금 당신은 그러고 있다. 상대가 그 정도로 스스럼없이 군다면 당신도 그 장단에 맞춰주고 오히려 관계의 주도권을 당신이 행사해보시라.

회사 조직 내에서, 업무에서야 그녀가 당연히 주도권을 행사하겠지만, 그게 당신과 그녀 사이의 모든 관계 영역에서 언제나 그녀가 더 많은 권한을 행사해야 한다는 뜻은 아니다. 하다못해 업무 후 한잔을 해도 술집 선정부터 대화의 주제까지 당신 스타일대로 가는 거다. 그러지 못할 이유가 뭔가. 그녀가 당신을 마음에 들어하는 걸 당신역시 충분히 즐기고 누리란 말이다.

지금 문제의 핵심은, 그녀는 당신과의 관계를 충분히 즐기는데 당신은 전혀 그러지 못하고 있다는 거다. 그녀가 직장 상사라서 당신에게 직접 끼치고 있는 실질적 피해라는 게 도대체 얼마나 되나. 당신 옆 자리에서 그녀가 밥 먹는 게 뭐가 그렇게 엄청난 일인가. 그녀는 직장 상사이지 여신이 아니다. 그녀가 당신을 사지 절단 내어 회 쳐 먹을 것도 아니고 말이다. 그녀는 직장 상사다. 그저 그뿐이다. 그런데 당신은 그녀 아우라에 압도되어 어떻게 대응할지 몰라 징징거리는 어린애처럼 굴고 있다. 관계를 즐겨라. 그래도 된다.

어린 여자 상사 모시기가 힘이 듭니다

제가 다니는 회사는 여자가 많고, 2년제와 4년제 대학 졸업생을
"같이 뽑습니다. 저는 4년제를 졸업하고 바로 취직을 해서
나이가 많진 않지만, 제 직속 상사는 저보다 한참 어립니다.
게다가 여자여서 상하관계로 인해 저는 존댓말을 하고 그녀는
반말을 하고 있습니다. 그러다 보니 업무를 지시하거나 꾸중할 때도
내가 왜 이렇게 어린 여자에게 이런 말을 듣고 있어야 하나 생각하는
일이 점점 많아지고 있습니다. 그렇게 생각하면 안 된다는 것을
알지만, 여자친구보다 어린 그녀에게 꾸중을 듣고 있자면 제 마음을
어찌할 수가 없습니다.

사람들이 선택을 못하는
진짜 이유는
답을 몰라서가 아니다

　당신이 그렇게 어린 여자에게 왜 그런 말을 들어야 하느냐. 간단하다. 그 어린 여자가 당신 상사이기 때문이다. 그게 다. 그럼 그 여자는 왜 당신 상사겠나. 당신이 하고 있는 일에 당신보다 경험도 많고 업무에 더 익숙해서다. 그 이상의 이유가 필요 없다.

　회사는 그런 조직이다. 업무에 더 익숙하고 경험 많은 사람을 조직 내 상급자로 놓는다. 물론 비슷한 능력이라면 나이가 변수가 될 수도 있을 게다. 하지만 능력과 경험에 명백한 차이가 있다면 나이를 왜 고려하겠나. 회사가 나이 대접하려고 존재하는 조직도 아닌데 말이다.

　여자친구보다 어려서 심란하다. 그게 결정적인 이유인가. 그럼 상사보다 어린 여자친구를 사귀든가. 아니면 나이가 서열을 결정하는 조직에 가고 싶나. 그래서 당신보다 능력도 없고 경험도 부족하고 무능한데도 오로지 나이가 많다는 이유 하나로 당신의 상사가 되고 승진하는 방법이라곤 오로지 늙는 것밖에 없는 곳에서 일하고 싶나. 아니겠지. 그럼 주댕이 그만 내밀고 열심히 일해서 그 상사보다 더 빨리 진급해야겠다고 다짐하는 걸로 그 상황 극복해야 하는 거다. 그때까지 못 기다리겠고 그 전에 밸이 뒤틀려 견디질 못하겠다. 그럼 관두는 거고.

사실 선택은 그렇게 하나도 안 복잡하다. 문제는 당신이 어느 쪽으로도 결정을 못하는 거지. 왜 결정을 못 하느냐. 겁나서 그렇다. 그래서 그 시스템 아래서 살아남겠다고 결정하거나 아니면 그 시스템을 박차고 나오겠다고 결정하거나 해야 하는데, 그 어떤 결정도 하지 않은 채, 그냥 혼자 쭈그리고 앉아 푸념이나 하고 있는 거다.

사실 당신만 그러는 건 아니다. 사람들이 선택을 못하는 진짜 이유는 답을 몰라서가 아니니까. 그에 따르는 비용을 지불하기 싫어서니까. 그렇게 날로 먹고 싶어 구석에서 웅크리고 앉아 눈치만 보며 사는 거, 사실 그 역시 하나의 생존 방식일 수 있다. 그렇게 기다리다 보면 정말 자신은 손에 흙 하나 안 묻혔는데 주변 정황이 자신에게 유

리하게 돌아가서 저절로 자신이 원하는 상황이 도래하는
수, 있다. 하지만 그럴 거라면 지금처럼 주댕이 내밀진 말
아야 한다. 조용히 생존 자체에 만족해야 한다. 자, 당신이
원하는 건 뭔가. 선택을 하시라. 푸념으로 바꿀 수 있는 건
아무것도 없다.

나이 많은 남자 부하 직원 대하기가 어렵습니다

이십대 중반 여성입니다. 한 달 전에 옮긴 직장에 저보다 나이는 한 살 많지만 직급이 낮은 남자 직원이 있습니다. 그런데 그 직원 성질이 좀 고약합니다. 출근한 지 이틀째 되는 날 과장님이 무슨 수치를 물어보시기에 잘 모르겠어서 그 직원에게 물어봤더니 다짜고짜 아직도 업무 파악을 못했냐며 면박을 주더군요. 그리고 가끔 뭐라도 물어보면 "저기요, 그건 중학교만 나와도 알 수 있거든요?" 이런 식으로 쏘아붙입니다. 정말 자존심 상하고 화가 나서 안 물어보려고 해도 일 때문에 어쩔 수가 없습니다. 한번은 그가 저한테 뭘 물어보기에 "XX 씨. 그 눈은 장식용인가요?" 이렇게 똑같이 쏘아붙였습니다. 속은 후련했지만 그 후로 그 직원이 저를 대하는 태도는 더 막 나갑니다. 이제 다른 사람들도 우리 둘의 살벌한 관계를 눈치 채고 어려워하죠. 어떻게 처신해야 할지 모르겠습니다.

인간사
새옹지마다

뭐 당신도 그리 잘한 건 없어 보인다. 똑같이 복수해줬으니까. 서로 상승작용을 일으키고 있는 셈이다. 물론 그 남자, 못났다. 자연인일 때나 나이가 서열을, 그것도 제한적으로 결정하지, 사회생활 중엔 직급과 나이가 역전될 때 허다하다. 둘 다 사회생활 경력이 그리 길지 않은 이십 대 중반에 불과한 데다 당신이 여자라는 점도 작용했을 게다. 그 남자의 감정, 전혀 이해 못할 바는 아니나, 그건 어디까지나 스스로 감당할 몫이다. 그걸 자체 프로세스 못하고 그런 식으로 드러냈다는 건 사회적으로 미숙하단 소리다. 자신보다 나이 어린 여성이 자신의 상관으로 온 데 대한 분노, 그로 인한 좌절감과 불안감을 당신한테 그런 식으로 쏟아내고 있는 거다. 그런 인사를 한 건 회사의 경영진인데 말이다. 화는 경영진에게 내야 하는 건데 말이다. 하지만 지금 당장의 당신은, 당신 생각과는 다르게, 그 남자와 그리 다를 바 없다.

어떻게 해야 하느냐. 기본적으로 미숙한 자와 싸워 득 볼 일 없다. 그러니 우선 생각할 수 있는 방법은 그러거나 말거나 그의 대응을 무시해버리는 거다. 무시하라는 게 야박하게 대하거나 쌀쌀맞게 대하라는 게 아니다. 상대가 날 선 단어를 쏟아내건 말건 그냥 다른 사람 대하는 것과 똑같은 말투와 언성으로 담담하게 대하라는 거다. 어느 순간 제 풀에 나가떨어진다. 화내는 게 오히려 자신을 초라하게 만든다는 걸 깨닫게 될 테니까.

다만 그러자면 적어도 스스로 남세스러운 게 뭔지는 아는 사람이어야 한다. 것도 모르는 자라면 오히려 기고만 장할 수 있다. 그런 자라면 정반대로 가야 한다. 따로 불러서 지적하시라. 길게 이야기할 건 없다. 차분하고 정확하게만 지적하시라. 내가 한 살 어린 것 때문에 자존심 상하는 건 알겠다, 하지만 그건 내가 결정한 게 아니라 회사 결정이다, 불만이 있으면 인사권자에게 하는 게 맞다, 회사 업무 가지고 이런 식으로 감정 표현하는 거 서로에게 손해다, 당신한테 감정 없고 또 당신 역량도 존중하니 여기서 끝내자, 아주 당당하게 말하시라. 절대 화내거나 따지지 말고. 그때 왜 그랬냐, 넌 왜 그랬냐는 식으로 대화가 틀어지면 돌이킬 수 없어진다. 상대의 전투 의지만 불태워주는 꼴이 된다.

이것 하나는 반드시 기억해두시라. 다른 시간, 다른 공간에서 그와의 관계, 얼마든지 역전될 수 있다. 그러니 그를 가소롭게 여기거나 하찮은 인간으로 여기는 우를 범하지 마시라. 그를 위해서가 아니라 당신을 위해서 말이다. 인간사, 새옹지마다.

남자들의 서바이벌 노하우를 저도 따라야 할까요?

얼마 전 승진 발표 때 기대와 달리 제가 아닌 동료 남자 직원이
승진을 했습니다. 평소 제가 실적도 더 좋고 일도 훨씬 잘한다고
자부하고 있었는데 의외의 결과에 화가 났습니다. 친구가 말하길,
원래 비슷한 조건일 경우 여자보다는 남자를 끌어주는 것이
관례라고 하더군요. 여직원은 승진시켜 봐야 결혼하면 일에
차질이 생기거나 관두기 십상이고 남자는 집안 생계를 책임져야
해서 승진의 필요성이 더 절실하기 때문이라고요. 하지만 전 아직
결혼보다는 일 욕심이 더 앞서는데 정말 그런 이유가 승진에
걸림돌이 된다면 너무 억울합니다. 나중에 알고 보니 동료 남자
직원은 상사들과 술자리도 따로 만든다는데, 남자들끼리 룸살롱까지
가는 술자리에 제가 끼지 못하는 것은 어쩔 수 없는 일이잖아요.
정말이지 일할 의욕이 나지 않습니다.

미안하다,
여자야

　당신 말이 옳다. 당신 억울하다. 그런데 대부분의 직장 내 게임 룰은 여전히 남자들이 세팅하고 있는 게 사실이다. 그리고 그 게임의 룰은 간단하다. 너, 내 편이냐 아니냐. 그 피아 구분을 위해, 그 패거리 짓기를 위해, 남자들은 끊임없이 이너 서클을 만든다. 그렇게 우린 한통속이라는 의식을 조직한다. 그리고 그것을 통해 계보가 만들어진다. 위로 갈수록 승진은 계보를 탄다. 집안 생계 운운하는 것은 남자들의 옹색한 핑계요, 자기합리화에 불과하다. 그 말이 진정이라면 소녀 가장 승진이 가장 고속이어야 한다. 하지만 그런 일은 결코 일어나지 않는다.

　이런 남성 중심의 권력 구조 속에서 약자인 여성이 어떻게 살아남느냐. 먼저 생각해볼 수 있는 건 정면 대결이다. 룸살롱도 간다. 그저 여자로서 호기심에 한번 따라가

보라는 게 아니라 그 어떤 자리에도 빠질 생각 없다는 걸 분명히 하는 거다. 성별로 구분되는 여자가 아니라 다부지고 근성 있는 조직원의 한 명이라는 걸 명백히 보여주는 거다. 남자들 방식으로 남자들과 싸우는 거다. 하지만 이 방식엔 큰 비용이 뒤따른다. 견제와 태클, 아주 심해질 게다. 여성 직장인의 보이지 않는 승진 상한선인 '유리 천장'이란 단어가 괜히 만들어진 게 아니다. 여성성을 무기로 사용하라는 처방을 비롯해 온갖 여성용 처세술 서적이 넘치는 것만 봐도 그 천장 뚫기란 여간 어려운 일이 아닌 것이다.

물론 남자보다 몇 배의 노력으로, 오로지 실력으로 승부해 성공하는 여성들, 존재한다. 대단한 여성들이다. 하지만 소수다. 하여 내 생각은 그렇다. 그런 결전의 다짐 이전에, 먼저 그 조직의 문화부터 찬찬히 살펴보는 게 우선이다. 어느 회사나 고유의 조직 문화가 있다. 대표의 품성, 업종의 특성 혹은 기업 역사가 만들어낸. 그 조직 문화의 남성성 정도부터 가늠해보시라.

극히 남성적인 문화가 지배하는 곳이라면 그렇게 정

면 승부에 기력을 쏟느니 일찍 털고 나오는 게 현명하다. 그런 조직, 업종이라면 승진하면 할수록 오히려 더 힘들어진다. 대개 그런 조직, 업종의 상층부가 실력을 발휘하는 방식은 업무를 열심히 하는 게 아니다. 남자들끼리의 학연, 지연을 비롯한 각종 연줄과 의리와 인연 등이 실력을 좌우한다. 그리고 그런 건 공범 의식 가진 남자들이 목숨 걸고 지키고자 하는 기득권이다. 인터셉트, 매우 힘들다고. 그러니 본격적인 승부를 걸기 전에 먼저 직장 문화부터 꼼꼼히 살펴보는 게 우선이다. 그런 후 아니다 싶으면 과감하게 떠나는 게 낫다. 아니면 그냥 묻어서 가거나. 다행히 세상이 바뀌고 있긴 하지만 주류는 여전히 그러하다. 미안하다, 여자야.

담배를 안 피우니
왕따가 된 듯합니다

저는 담배를 피우지 않습니다. 그런데 회사에서는 근무 중에
"한 대 피울까?" 하면서 담배 피우는 사람들끼리 같이 나가는 경우가
종종 있습니다. 저는 처음엔, 정말 담배만 피우는 줄 알았습니다.
그런데 알고 보니 담배 피우면서 업무상 힘든 점이라든지 개인
생활을 이야기하더군요. 저는 그 사이에 끼지 못하니까 왠지
소외받는 느낌이 듭니다. 회식 때 보면, 제가 모르는 이야기를 많이
나누더라고요. 그렇다고 담배를 피울 수도 없는 노릇인데,
어떻게 소외받지 않고 어울릴 방법이 없을까요?

문제는 흡연이 아니라
당신의 불안이다

문제는 흡연이 아니라 당신의 불안이다. 흡연 시의 연대감이란 게 뭐 대단한 게 절대 아니다. 담배 피우는 거 무슨 독립운동 아니라고. 그저 담배 피우는 짧은 시간 동안 같은 공간에 있다 보니 심심해 노닥거리는 거, 그 이상 아무것도 아니다. 그 공간에서의 짧은 노가리가 그들 관계를 특별하게 만들어 그곳에 부재했던 당신에게 불이익으로 돌아올 거라고 믿는다면 당신, 모자란 거다. 어차피 누구도 모든 이들의 관계 속에 동시에 존재할 수는 없는 법이다. 당신이 부재한 곳에서 다른 이들의 대화는 끊임없이 이뤄진다. 담배를 피우든 안 피우든. 잡담 몇 개에 가담치 못했단 이유로 소외감 느낀다면 그건 당신 불안이 만들어낸 과민반응일 뿐이다.

사실 조직 내 수컷들의 불안이란 게 딱 그 수준, 그 모양이긴 하다. 사냥할 때 무리에 못 끼면 먹이 나눌 때도 제외되니까. 수컷들의 그런 불안은 유전자에 내재되어 있다고 보는 게 옳겠다. 하지만 모였다고 다 사냥 가는 거 아니다. 신경 끄시라. 만에 하나 당신이 정말로 직장 동료들로부터 소외되고 있다면, 그렇다면 그건 직장 내 당신의 역할과 그 가치를 스스로 의심해봐야 할 일이다. 흡연 동참 여부가 아니고 말이다. 그러니 흡연과 당신 불안을 연결하는 건 이제 그만두시라. 문제는 당신의 불안이다. 그 원인을 찾으시라. 그게 업무인지 뭔지는 나도 모른다. 하지만 적어도 흡연과는, 조또, 무관하다. 이상.

친구가 '있는 집' 자식인 게 부럽습니다

부자 친구가 한 명 있습니다. 대학 동기이기도 한 그를 보고 있자니 요즘은 삶의 의욕이 다 없어집니다. 저를 포함한 많은 친구들이 취업의 고통을 겪고 있는데, 그 부자 친구는 얼마 전에 부모님의 도움으로 강남에 레스토랑을 개업했습니다. 우리가 "그래도 너는 사장님 소리 듣겠구나"라고 하자 "너희들도 취업하는 데 목매지 말고 하나 차려. 뭐 하러 남 밑에서 일하려고 그렇게 아등바등이냐" 하는 겁니다. 어이가 없어서 그냥 넘어갔는데, 제가 회계사 시험 준비를 했기 때문인지 밤마다 전화해서 이것저것 물어보고는 꼭 끝에는 "너도 취업 관두고 우리 가게 와"라고 하는 거예요. 솔직히 요즘에는 그냥 가서 일할까 하는 생각도 들지만 그것은 제가 바라는 길이 아닌 것 같아 제 생각을 말했더니 답답하다며 그렇게 노력해도 안 되는 건 어차피 안 되는 거라며 포기하라는 거예요. 그의 말에 화를 내고 끊었는데, 갑자기 그의 말이 옳을지도 모른다는 생각이 들어 괴롭습니다.

부러워하는 거, 정상이다
그러나…

부러운 거, 정상이다. 모든 게 불확실한 당신과 다르게 중간 과정을 프리 패스하는 것으로 보일 테니까. 하지만 부러워할 거 없다. 그의 말은 틀리다. 이건 위로 되라고 하는 말이 아니다. "취업하는 데 목매지 말고 하나 차려. 뭐 하러 남 밑에서 일하려고 그렇게 아등바등이냐", "노력해도 안 되는 건 어차피 안 되는 거다" 이런 사고라면 내가 보장하는데 그 친구 고생한다.

이 세상에 쉬운 거 하나도 없다. 일이 되려면 나름의 고유한 과정 반드시 거쳐야 한다. 그 과정을 스스로 거쳐야 비로소 내 것으로 체화되는 법이고. 거저 되는 거, 아무것도 없다. 그런데 그에게는 조건이 거저 주어졌다. 그렇게 부모가 만들어준 조건을 자신의 능력으로 착각하는 자들 많다. 그런 착각은 사람을 시건방지게 만든다. 그리고 시건방은 실패를 낳기 마련. 출발선이 유리하다고 달리기까지 남이 해주는 건 아니란 말이다. 두고 보시라. 그가 앞으로 겪게 될 고난, 결코 당신의 그것보다 적지 않을 테니.

한 조사를 보면, 세계적으로 성공한 사람들의 재밌는 공통점 중 하나가 삼십대까지도 이런저런 일을 전전하다 삼십대가 한참을 지나서야 비로소 해당 분야에 정착했다는 거다. 생각해보면 당연하다. 그전까지 배운 건 전부 남들 이야기니까. 스스로 겪고 배우고 부대낀 게 아니니까. 스스로 겪고 배우고 부대끼는 가운데 자신에게 맞고 좋아하는 일을 찾아 즐겁게 하다 보니 어느 날 성공해 있더란 거다. 그 일을 처음부터 목표로 한 게 아니라. 그러니 남들 그만 부러워하고 당신이 뭘 잘할 수 있는지, 언제 즐거운지를 파악하는 데 집중하는 게 옳다.

그럼 그 친구 레스토랑에서 일하는 건 나쁘냐. 아니다. 다만 그 역시 경험 쌓고 자신을 파악하기 위한 거여야 한다. 거기서 요리를 배울지, 사람 부리는 법을 배울지, 고객 유치하는 법을 배울지, 아무것도 못 배울지, 그건 당신에게 달렸다. 활용하기에 따라 좋은 배움이 될 수 있다. 다만 그에게 빌붙어 어떻게 덕이나 좀 볼까 하는 생각만 하지 마시라. 그거야말로 당신을 망치는 길이다. 친구가 아니라 그의 종이 되고 말 테니까.

사업 아이템을
친구에게
뺏겼습니다

대학 졸업 후 사업을 구상하던 중 인터넷 쇼핑몰 운영 계획을
세우게 되었습니다. 그리고 친구들과의 술자리에서 구체적인 계획과
아이템들을 얘기했고, 그 후 이곳저곳에서 자본금을 끌어오느라
정신이 없었습니다. 그리고 두 달쯤 지나 다시 친구들 모임에 나갔을
때 그중 한 친구가 저와 같은 아이템으로 이 달에 창업했다는 것을
알게 되었습니다. 그의 아버지는 신문에 이름이 오르내리는 대기업
간부였는데, 그 기업에서도 같은 기획안이 있어 따로 자회사를
만들면서 자신이 맡아 하게 되었다는 것이었어요. 먹던 사탕을
빼앗긴 기분이었습니다. 제 입장과 기분을 이해한 다른 친구는
자본금을 언제 다 모으냐며 정식 오픈 때 끼워달라고 하라는 거예요.
자존심상 절대로 그렇게 못한다고 대답했지만, 그로부터 한 달이
지난 지금 여전히 제자리걸음만 하고 있는 저 자신을 보면서 한 번만
얼굴에 철가면을 쓰고 부탁해볼까 하는 생각도 하고 있어요.

아이디어는
사업이 아니다

한 가지는 냉정히 인정하자. 아이디어는 사업이 아니다. 사업 해보지 않은 사람들이 흔히 하는 가장 큰 착각이 바로 그거다. 아이디어가 사업이 되기 위해선 수많은 장애를 넘어야 한다. 첫 번째 장애이자 초짜 대부분을 주저앉게 만드는 건 자본. 아이디어 하나로 손쉽게 자본을 모을 거라 여기는 건 사업을 해보지 않은 자들의 공통된 착각 중 하나다.

그러나 설사 자본을 마련했다고 하더라도, 그 자본도 결코 사업이 아니다. 자본은 반드시 소진된다. 처음 사업하는 사람들에게 자본이 소진되는 속도는 공포다. 언제나 예상한 것보다 비용은 더 들고 수입은 예상치를 밑돌기 마련이니까. 그게 사업의 이치다. 당연하다. 시장에 갓 등장한 신참을 누가 주목하겠나. 아무리 아이템이 좋아도

개인과 조직의 갈등

시간이 소요되기 마련이다.

그러나 사실은 자본 소진을 막아줄, 계약조차 사업이 아니다. 계약과 입금은 또 다른 거다. 사업을 하게 되면 계약에서 입금까지가 얼마나 먼 거리인지 알게 된다. 통장에 돈이 찍혀 출금하기 직전까진 결코 내 돈이 아니다. 그리고 그런 입금이 안정적으로 지속되게 하는 건 또 다른 문제고. 최소한 6개월은 안정적으로 입금이 찍혀야 비로소 사업이라 할 만한 게 겨우 시작된 거다.

내 말이 백 퍼센트 와 닿지는 않을 게다. 하지만 사실이다. 그러니까 친구가 당신의 아이템을 가져갔을 수도 있고 아닐 수도 있겠으나, 사실 그런 건 당신이 생각하는 것만큼, 중요하지 않다. 이 세상에서 오로지 당신만이 할 수 있는 아이템이 아니었다면 말이다. 그런데 그런 아이템 아니었지 않나. 이렇게 생각해보시라. 당신이 우여곡절 끝에 그 아이템의 론칭에 성공했다고 치자. 그럼 성공가도만이 펼쳐질 것이냐. 그 아이템의 성공이 입증되는 순간, 가장 먼저 벌어질 일은 똑같은 아이템을 당신보다 훨씬 더 나은 조건과 자본으로 덤빌 자들이 등장하는 거다. 반드시. 그게 시장이다. 그렇게 초기 시장만 열어주고 자기는 결국 사라져버리는 시장 개척자들 수두룩하다.

그러니 만약 앞으로 정말 사업가가 될 생각이라면, 친구의 사업 시작을 오히려 남의 돈으로 공부할 수 있는 절호의 기회라고 받아들이시라. 그 친구에게 부탁해 참여 기회를 잡으시라. 피해의식은 버리시라. 만약 그러는 게 고개 숙이는 것 같고 자존심 상해 도저히 못하겠다면, 그런 마인드라면, 당신은 사업 같은 건 안 하는게 낫겠다. 아무리 작은 사업도 그 정도 고개 숙이는 것보다 백만 배는 더 어려운 거니까.

일과 인간관계,
둘 다 제가 옳게
하고 있는 걸까요?

저는 금융계 쪽에서 일하고 있어서 많은 사람을 상대하는 편입니다.
그런데 제가 만나는 사람들의 본성이 좋든지 나쁘든지 간에 무조건
이익만을 위해서 그들을 판단해야 할 경우가 너무도 많습니다.
그래서 정말 도와주고 싶고 도움이 필요한 사람들이 아닌,
금전적으로 풍부하기는 하지만 아직 철이 덜 들어 보이는 젊은
사람들과의 관계에 비중을 두게 되는 것이 사실입니다. 그러면서
제가 알고 있던 좋은 사람들과는 점점 멀어지는 것 같고 속물 같은
사람들에게 잘 보이려고 노력하는 제가 너무 싫어집니다. 어떤
때는 일에 회의가 느껴지고 계속 이 일을 할 수 있을까 하는 생각도
듭니다. 일을 그만두어야 하는 걸까요?

우리가 다 행복하자고
이 지랄들 하는 거 아닌가

　우선 이 이야기부터 해두자. 그런 고민 한단 자체가 당신 당신이 우려한 만큼 나쁜 사람은 아니라는 뜻이다. 위로가 아니라 사실이 그렇다. 손쉬운 자기합리화로 이런 갈등 처리해버리는 자, 부지기수다. 그러니 자기비하는 그만 하시라.

　그다음. 자신을 가장 오해하는 자가 누구냐. 바로 자신이다. 많은 사람들이 자기 마음에 드는 자기만 자기라고 생각하고, 나머지 자기는 외면하거나 모른 척한다. 때론 남들은 다 아는, 명백히 나쁜 자기도 여러 방어기제를 동원해 부정해버린다. 주변 사람들은 다 아는데 자기만 자기가 그러는 줄 모르는 거지. 많은 사람들이 그러고 산다.

　그런데 당신은 마음에 들지 않는 자신을 외면하거나 부정하지 않고 직접 대면하려 하고 있다. 그것만으로도 큰 용기다. 박수, 짝짝짝. 그런 자만이 자신이 실제 어떻게 생겨먹은 인간인지 알게 된다. 자신에 대한 오해가 없어지는 거다. 그런 오해가 사라지고 나면, 그렇게 자신의 경계를 파악하고 나면, 쓸데없는 자기비하나 턱없는 과대평가는 더 이상 않게 된다. 그저 생겨먹은 대로의 자신으로 살기 시작한다. 그렇게 해서, 세상에 받아들여지면 좋고 아니면 할 수 없지 씨바 정도의, 나만의 삶의 기준이 정립되어가는 거다. 당신은 이제 막 그 여정의 첫걸음을 떼고 있는 것이고.

자, 그럼 지금 당장은, 어떻게 해야 하느냐. 우선 당신이 왜 괴로운지부터 파악하시라. 간단한 질문으로 시작할 수 있다. 당신이 괴로운 게 정말 그 일이 자신에게 맞지 않기 때문인가 아니면 그러고 있는 당신을 누군가가 보게 된다면 당신을 나쁜 사람이라고 할 것 같아서인가. 그 둘 사이 구분도 잘 안 될지 모르겠다. 그럼 이렇게 생각해보라. 이 세상 누구도 당신이 그러고 산다는 걸 알 수 없다. 그래도 괴롭겠는가. 그렇다면, 그 일은 관둬야 한다. 조금이라도 덜 괴로울 것 같은가. 그렇다면 그 일을 계속하시라. 어느 순간부터 전혀 괴롭지 않을 수도 있다.

그런 식의 구분에 아마 자신이 없을 게다. 그렇게 생각해보질 않았을 테니까. 하지만 그렇게 의식적으로 스스로에게 묻고 선택하는 습관을 길러야 한다. 그래야 자신이 어떻게 생겨먹은 인간인지를 적나라하게 파악할 수 있다. 그리고 그래야 생겨먹은 대로의 자신을 행복하게 만드는 게 무엇인지 알 수가 있다. 그 행복을 기점 삼아 내 삶의 기준도 만들어지는 거고. 우리가 다 행복하자고 이 지랄들 아닌가. 그럼, 행운을 빈다.

연인

사랑의
원리

친구의 결혼을 바라보기가 괴롭습니다

학교 때부터 늘 붙어 다닌 이성 친구가 있습니다. 우리가 동성이었다면 더 좋았을 거라고도 했고요. 이제 그 친구 결혼식이 한 달도 남지 않았어요. 신부 역시 제게 소중한 친구이고 그들 결혼은 당연한 거라고 생각해왔는데, 어느 날 가슴이 너무 아팠어요. 친구 이상으로 좋아하고 있었단 생각이 들더군요. 주변에 물었더니 모두들 어이없어하며 그걸 정말 몰랐냐더군요. 제 화젯거리는 늘 그 친구와 있었던 일뿐이었고, 연애할 때처럼 설레어하는 게 다 보였다고. 저는 지난 실연의 여파로 다른 연애를 긍정적으로 생각해본 적도 없고, 또 누구에게도 상처를 주지 않겠다며 최선을 다해 살금살금 살아가려 노력하는 사람입니다. 이 혼란스러운 감정이 당황스러워 미칠 지경입니다. 고백할 용기도 없고 그러지도 않을 겁니다. 친구가 저를 얼마나 의지하는지 알고, 또 친구 행복을 깨고 싶지도 않아요. 하지만 막상 그 친구를 보면 괴롭고, 그 앨 영영 잃는 건 더 두렵습니다. 절에 들어가야 할까요. 아님 친구 결혼 생활에 대한 상담 역할이나 하며 시간이 빨리 지나가길 기다려야 할까요.

당신은 그의 행복을 위해
이 땅에 온 존재 아니다

음, 당신 건은 투 스텝으로 진도 나가야겠다. 당신 우정의 진실, 그리고 고백. 왜냐 보자.

일본에서 수입된 '야오이'란 게 있다. 여성 작자에 의한 여성 독자를 위한 소프트코어 남성 동성애물. 만들고 즐기는 이 모두 헤테로섹슈얼 여성이란 점에서, 동성애 문학과도 차별되는 이 깨는 장르가 일반 여성에게 먹히는 이유, 뭐냐. 거친 애정 공세 펼치는 섹시 가이에게 내숭 떨다, 겁탈에 준하는 섹스에 결국 복속하는 자, 여기선 여자가 아니라 야리야리한 꽃미남, 남자다. 배역에 감정이입은 가능하되 나는 안전하다. 대리 행위자가 나와 같은 여자, 아니니까. 연상 공포, 없다. 감정이입의 정서적 안전거리, 확보되는 게다. 그렇게 야오이는 젊은 여성들의 포르노그래픽 판타지로 기능한다.

실연으로 내상 입은 자들의 자기 보호 방책 중 하나가 바로 이 이성관계로부터의 필사적 거리 유지다. 당신이 실연 후 다른 연애, 생각도 않고 살금살금 살았다는 거, 그게 그 짓이다. 그 남자와의 관계에, 추호도 의심의 여지 없는 우정, 이란 제목 쾅쾅 박아 넣은 거, 역시 같은 짓이고. 우리가 동성이었더라면 더 좋았을 거라…. 이성 간 우정, 동성 우정엔 결여된, 성적 긴장 으레 존재하기 마련이다. 동성이 더 좋았을 거란 사발은, 그래서 치게 된 멘트. 혹여 느껴버릴까 봐. 느끼면 간격 무너지니까. 지금 안전 상태가 기뻐, 그걸 견고히 하고픈 무의식이, 그런 오버로, 스스로에게 확인 사살 하는 거지.

그렇게 구축된 우정, 일종의 '관계' 판타지다. 안전거리 확보한 채 거절 공포 없이 누리는 유사 애정 행각. 다들 눈치 챘는데 왜 본인만 몰랐나. 관계는 제목을 따른다. 우정이라 제목 달면 또 우정인 양, 제목 부합되게, 관계 작동한다. 그 제목만으론 더 이상 스스로에게 사기 치는 게 도저히 불가능한 지점에 덜컥, 도달할 때까진. 바로 지금 당신처럼.

자, 그럼 고백 파트. 하면. 그 남자, 처음엔 주뼛주뼛할 게다. 허나 곧 으쓱해한다. 그리고 그로 인해 심리적 절대 우위에 선 그에게 관계의 일방적 주도권, 넘어간다. 더구나 그 남자 결혼한다. 잃을 게 없다. 아내 외에 덤, 얻는 거지. 당신은. 풀린다고 풀려야 그 아내 몰래 가끔 섹스, 정도, 하겠지. 십중팔구. 그 주위 맴도는 관계위성 된다. 진상이지 뭐.

당신이 '관계 회피' 증후군 피해자 아니었다면, 입 다물고 그 부부 깨지길 정한수 떠놓고 빌며 때를 기다리라 했을 게다. 물론 당신은 따로 연애하면서. 그런데 당신은, 고백하는 게, 낫겠다. 왜냐.

당신이 고백하지 않겠다는 이유가 그가 당신 많이 의지하고 또 그 행복 위해서란다. 소설 쓴다. 당신이 그자 엄만가. 제 앞가림도 못해 비구니 되겠단 주제에, 시방 누굴 걱정해주나. 지금 당신이 챙겨야 할 건 제 짝 찾아 결혼까지 할 그자가 아니라 당신이야. 당신, 그의 행복을 위해 이 땅에 온 존재 아니라고.

사랑했다, 통보하고, 떠나시라. 물론, 결혼한다니, 아까워서, 감정 폭주하는 것일 수 있다. 또한 말이란 게 자기

실현성이 있어, '사랑', 뱉어놓으면 실제론 그렇지만도 않았건만 그리로만 드라이브하는 힘, 있다. 그리하여 당신을 그 관계에 더 얽어맬 리스크 분명, 존재한다. 그럼에도, 지금 당신에게 절대 필요한 건, 처절한, 자기 고백이다.

자기 기만적 유사 연애였다고 인정하시라. 그렇게, 친구 아니라, 연인으로, 이별해야 한다. 그렇게, 일단락, 지어야 한다. 그리고 엉엉 슬퍼하시라. 그다음, 진짜, 시작하시라. 쉽지 않을 게다. 하지만 당신은 당신 행복 위해 이 땅에 온 거다. 자기 인생 갖고 소설 쓰는 거 아니다.

P. S.

나이 들어 가장 비참할 땐 결정이 잘못됐다는 걸 알았을 때가 아니라 그때 아무런 결정도 내리지 못했단 걸 깨달았을 때다.

연인   **282**

친한 입사 동기와
저 사이에
묘한 기류가!

아주 친한 남자 입사 동기가 있습니다. 평소엔 정말 좋은 친구이자
동료 사이인데, 그가 다른 여직원과 이야기를 하거나 친하게
지내려는 것을 보면 묘하게 기분이 나빠집니다. 저는 오랫동안
사귄 남자친구도 있고, 그 친구가 딱히 남자로 보인다거나 그런 것도
아닌데 질투를 하는 것 같습니다. 여자친구가 없는 그에게 여자를
소개시켜준 것도 저인데, 행여나 둘이 잘될까 봐 노심초사하는
제 모습이 정말 이해가 되지 않습니다. 그도 저에게 마음이 없는
것은 아닌 것 같습니다. 제 남자친구가 저한테 잘못을 할 때마다
자기 일처럼 화를 내고 남자친구를 욕해서 싸운 적이 한두 번이
아니거든요. 서로 말은 안 하지만 저희 둘 사이에 흐르는 이러한
묘한 기류를 어떻게 통제하고 다루어야 할지 모르겠습니다.
그 친구와의 우정을 잃고 싶지 않거든요.

들판의 꽃이,
이름을 모른다고,
꽃이 아니더냐

난 이런 관계를 제목 없는 관계라고 부른다. 왜냐. 정말 제목이 없거든. 연인이냐 하면 정확히 맞는 정의가 아니고 그렇다고 단순한 친구냐 하면 그 역시 딱 떨어지지 않거든. 그럼 제목이 없으니 그런 관계는 아무 관계도 아닌 거냐. 아니지. 그냥 제목이 없을 뿐이다. 들판의 꽃이, 이름을 모른다고, 꽃이 아니더냐.

그럼 왜 그런 관계가 생기느냐. 인간은 디지털이 아니기 때문이다. '0'과 '1'의 이진수로 이뤄진 디지털의 세계에선 기면 기고 아니면 아니다. '0'과 '1' 사이엔 그야말로 아무것도 없다. 그렇게 디지털에선 연인이거나 혹은 아니거나만이 존재한다. 하지만 인간은 그렇게 불연속적인 존재일 수가 없다. '0'과 '1' 사이에도, 관계는 존재할 수밖에 없다.

하지만 그건 혼란스러운 데다 무섭기까지 하다. 왜냐. 내 연인이기도 하면서 상대의 사랑이기도 한 존재를 상상해보시라. 인정하기 싫다. 날 떠날까 무섭기도 하고. 해서 사람들은 '0'과 '1'의 똑 부러지는 관계에 대한 제목만 만들어냈다. 중간 어딘가는 불확실해서 무서우니까, 괴로우니까. 그리고 그렇게 만들어낸 배타적 단어, '연인'은 이번엔 거꾸로 사고 자체를 그렇게 속박한다. 애초부터 '0'과 '1' 이외의 관계는, 존재하지 않는 거라고.

하지만 그 관계를 표현하는 단어가 부재한다고 그 관계 자체도 존재할 수 없느냐. 결코 아니거든. '0.64'짜리 애인, 있을 수 있다. 섹스도 하고 서로를 걱정도 해주지만 각자 애인은 따로 있는 관계 혹은 섹스는 전혀 하지 않지만 애인 제쳐두고 모든 영화를 같이 보는 관계, 존재할 수도 있다. 그들은 그럼 친구인가 애인인가. 존재하는 명칭만으로 설명이 충분히 되지 않는 것이다.

당신과 그 사이엔 지금 그런 제목 없는 관계가, 싹트고 있는 거다. 그리고 그 관계를 적당히 칭할 제목이 없어 당황하고 있는 거고. 제목이 없으니 그나마 가장 가까운 우정이란 단어 속에 그 관계를 우겨 넣고 있는 거고.

자, 어떻게 해야 하냐. 내 조언은 그렇다. 그 관계가 그 관계 나름의 생명력을 가지고 제 스스로 발전해가는 데까지 기꺼이 따라가보라고. 그게 쉬운 길이라 따라가보라는 건 아니다. 제목이 없다는 건, 당신 둘 이외의 사람들에게 그 관계를 합당하게 설명할 방도를 찾기가 매우 어렵다는 소리다. 그로 인해 끊임없이 제목에 맞는 관계로 서로를 우겨 넣으라고 하는 사회적 압력도 작용할 게다. 그런 긴장과 갈등과 알력으로 인해 결국 그 관계가 흐지부지되고 마는 게 다반사이기도 하고. 그러니 쉬운 길은 결코 아니다.

하지만 그런 대가를 지불하고도, 그런 관계가 나름의 생명력을 가지고 지속된다면, 어느 순간, '0'과 '1' 사이 어딘가의, 듣도 보도 못한 궤도를, 당신들 둘이서 돌고 있는 걸 발견하게 될 게다. 그리고 그로 인한 즐거움은, 온전한 '1'짜리 연인관계에, 결코 뒤지지 않는다. 당연하다. 이름을 모른다고, 꽃이 절로 못 생겨지더냐.

친구였던 여자아이가 어느 날 고백을 했어요

고등학교 때부터 친하게 지낸 친구가 있습니다. 그녀는 저와 같은 아파트 단지에 살고, 고등학교, 대학교 동창이기도 합니다. 그런데 그녀가 얼마 전 저에게 고백을 했어요. 친구보다 가깝게 지내고 싶다고 말입니다. 한 번도 그녀를 여자로 생각해본 적이 없는데, 그런 고백을 듣고 보니 '얘도 여자구나' 하는 생각이 들었습니다. 하지만 그렇다고 8년 우정이 갑자기 사랑으로 바뀔 수는 없었습니다. 그녀의 프러포즈를 거절했어요. 그 뒤로 몇 주간 그녀를 볼 수 없었어요. 다시 연락을 해온 그녀는 예전처럼 지내기는 힘들 것 같다며 그동안 고마웠다는 말을 했습니다. 솔직히 저는 그녀와 다시 안 볼 마음은 전혀 없고, 오히려 그녀와 예전보다도 더 잘 지내고 싶어요. 그런데 이제부터 모르는 체하자니 허탈한 마음을 말로 표현할 수가 없습니다.

연애는 동정으로
하는 게 아니다

그녀는 오랜 시간 고민하다 그녀의 자존심 전체를 걸고 고백한 거다. 당신이 거절하면 당신을 다시는 못 볼지 모른다는 위험부담까지 감당하면서. 왜. 그냥 친구 사이로 지내며 누리는 즐거움이 작아서가 아니라 고백하지 않고 지켜만 보는 것으로 인한 고통이 더 커서. 일단 용감한 그녀에게 큰 박수. 짝짝짝.

당신은 당황했겠지. 그리고 이젠 허전하다는 거 아냐. 진짜 중요한 건 지금부터다. 만약 당신이 허전하고 미안해서, 그녀와 연애를 시작한다면, 불행해질 확률 매우 크다. 그건 '제리 맥과이어'식으로 말하자면 "being polite" 하려는 거니까. 상대를 이렇게 아프게 하면서까지 그의 감정을 부정할 필요가 있을까… 정도의 예의 바른 마음으로 시혜적 연애를 시작하는 거니까. 하지만 그거, 여자는 재깍 알아본다. 그녀는 자신이 사랑을 구걸했던 의식을 항상 갖게 된다고. 관계 균형의 추가 결코 평형에 오질 못한다고. 불행하지.

물론 그런 과정을 통해 진짜 연애가 불가능한 건 아니다. 당신도 사실은 그동안 깨닫지만 못했을 뿐일 수 있는 거니까. 하지만 그녀를 위한답시고 연애를 시작하진 마시라. 절대. 연애는 동정으로 하는 게 아니다. 그거야말로 상대에 대한 모독이거니와 끝이 좋을 수가 없다.

그럼 남는 건, 어떻게 과거로 돌아가느냐인데. 당신이 아무리 예전처럼 친구로 지내자고 진심을 다해 말해도, 당신의 진심과는 무관하게, 그건 매우 어려울 게다. 그녀는 당신 앞에 자신을 완전히 무방비로 내보인 거니까. 당신 앞에 다시 서기 두려울 수밖에. 자신만 발가벗겨졌으니까. 당신이 할 수 있는 일은 없다. 그저 기다리는 수밖에. 선택과 결정은 애초 용감하게 나섰던, 그녀의 몫이다.

자매 사이에 끼어 고백을 못하고 있어요

절친하게 지내는 고교 동창 여자친구의 동생을 제가 운영하는 레스토랑에 아르바이트생으로 고용했는데 한 공간에 있다 보니 점점 좋은 감정이 싹트게 되었어요. 그래서 큰맘 먹고 그 동생에게 사귀자고 고백할 기회를 엿보고 있었는데, 어느 날 그 동생의 언니, 그러니까 제 친구가 제게 고백을 하지 뭐예요. 저를 좋아한 지 꽤 오래되었다고 하더군요. 전 너무 놀라 할 말을 잃었다가 솔직하게 다른 남자친구들보다 더 좋은 친구로 생각하고 있다고 사실대로 말했어요. 그러자 그녀는 그럼 자신을 좋아하도록 한번 노력해달라면서 자신은 기다릴 수 있다고 말하더군요. 저는 결국 눈물까지 글썽이면서 말하는 그녀에게 딱 잘라 말하지 못하고 말았죠. 그래서 지금은 그 동생에게 고백도 못하고 그 친구와도 서먹하게 지내고 있어요. 엉켜버린 이 관계를 어떻게 풀어야 할까요?

사랑하게 된다는 것,
그렇게 좋은 게
공짜일 리 없지 않은가

인생, 참, 소설보다 더 소설이다. 당신 고백이 조금만 더 빨랐어도 고민 상담은 당신이 아니라 그 친구가 하고 있었을 텐데 말이다. 어쩌면 좋으냐. 적어도 언니가 오래전부터 동생에게 미리 그 연심을 통보한 사례보다는 더 적극적으로, 하고 싶은 대로 해도 되겠다. 동생이 언니를 대놓고 배신해야 하는 상황까진 아니니까, 상대적으로 훨씬 공정한 경쟁 상황이니까. 그 차이 적지 않다. 그렇다 하더라도 그 둘의 관계를 당신이 어쩔 수 없는 건 마찬가지만 말이다.

한번 따져보자. 지금 상황을. 먼저 그 친구의 고백 타이밍. 지나치게 절묘하지 않나. 하필 지금이라니. 동생이 언니, 떠봤을 수 있다. 언니는 그 남자 관심 없냐고. 자기한테 관심 있는 거 같다며. 언니가 먼저 알던 남자이니 혹여 언니가 찜했을 가능성 먼저 타진하는 게 안전하다 여겼을 수도 있고, 정보를 얻고자 했을 수도 있고. 그 과정에서 언니, 위기의식 발동해 관계의 기득권 주장했을 수도 있고, 동생은 그런 언니에 식겁하고 시치미 뗐을 수도 있고. 혹은 자매끼리 이미 대판했을 수도 있고. 상황은 무궁무진 그려볼 수 있다.

그런데 사람들은 난감한 상황에 부닥치면 대부분 그렇게 상황 자체를 따지는 데 매몰된다. 그리고 그 상황에서 어떻게 하면 비용을 지불하지 않을까부터 따진다. 말하자면 셋 다 서로에게 상처 주지 않는 좋은 해법을 찾느라 시간을 낭비하고 있는 거다. 이런 상황에서 좋은 해법 따위는 애초부터 존재하지 않는데 말이다.

지금처럼 상황이 당신의 통제권 바깥에 있을 때 가장 중요한 건, 상황 자체가 아니라, 당신이 정확히 뭘 원하는지 당신 스스로 알고 있느냐 하는 거다. 친구를 대가로 치르더라도 동생을 얻고 싶나. 그럼 고백하는 거다. 동생의 괴로움은. 언니의 고통은. 안타깝지만 그건 그들 몫이다. 할 수 없다. 할 수 없다는 건 상관없다와는 다르다. 상관있지만, 할 수 없다. 그건 또 그것대로 부닥치는 수밖에. 어떻게 하면 대가를 지불하지 않을까부터 고민해봐야 아무 결정 못한다. 출발점은 내가 그걸 얼마나 원하느냐, 여야 한다. 그런 후 그다음을 감당해가는 거다. 순서가 그렇다.

만약 내게 묻는다면, 나라면, 동생에게 고백한다. 이기적이지 않고서 한 사람을 독점적으로 사랑할 순 없는 법이다. 그게 배타적인 사랑의 본질적 속성이다. 모두에게 착한 사람이 되고 싶다면, 그럼 종교인이 되어야 하는 거다. 언니에게도 착하고 동생에게도 착한 사람이 되고자 자신에게 닥친 사랑을 포기한다면 애초 그런 사랑은 할 자격이 없다는 게 내 생각이다. 물론 고백한다고 된단 보장은 없다. 동생에겐 동생 나름의 고민이 있으니까. 하지만 사랑하게 된다는 것, 그렇게 좋은 게, 공짜일 리 없지 않은가. 도전해야지.

단 한 사람만
바라보는 게
사랑 아닌가요?

이십대 후반의 사회 초년생입니다. 소심해서 대학 때도 적극적으로
대시하는 연애는 못해봤습니다. 솔직히 말하면 연애를 못해봤다는
게 더 맞겠네요. 그러다 직장 선배 따라 한 고급 호텔 바에
들렀다가 바텐더를 보고 한눈에 반했습니다. 혼자였다면 말도
못 붙여봤겠지만 선배 덕에 농담도 주고받았고 그녀도 몇 번이고
크게 웃었습니다. 난생처음 자신감을 얻은 저는 다음 날부터 그 바로
출근하다시피 해 그렇게 석 달째 그녀와 사귀고 있습니다. 그런데
만나면 만날수록 바에서 그녀에게 집적거리는 남자들을 보는 게
너무 힘듭니다. 나쁜 상상도 하고요. 일을 못할 지경입니다. 그녀가
그만두기만 한다면 어떻게든 평생 먹여 살릴 각오가 되어 있는데
그녀는 결혼해도 바텐더를 계속하겠다더군요. 나는 한 사람만
바라보는데 그녀는 그 남자들을 다 즐기는 게 아닌가 의심도 들고요.
평생 단 한 사람만을 위해 목숨도 바치는 게 진정한 사랑 아닌가요.

수컷들, 평생 상상 속
수컷과 침대에서 투쟁한다

일생 한 사람하고만 사랑하고픈데 그녀 직업이 수용 안 된다, 저 미쳐요, 이거네. 근데 문제의 본질은 직업, 아니거든. 뭐냐. 당신의 그 '일생일인'론 말이야, 거기서부터 이야기 시작하자고. 각오는 하셔. 좀 잔인해요.

2년 전 한 여성지가 '부자 구별법'과 '차종별 공략'이란 기사로 여론 폭격 당한 적 있어요. 뭔 내용이었냐. "파텍필립, 브뢰게 정도면 진정 하이클래스. 허나 희소성 높아 브라이틀링, JLC 정도가 공략 용이. 구찌, 까르띠에같이 번쩍번쩍 로고 강조된 시계, 특히 2백만 원 이하는 과시용으로 힘겹게 마련했을 경우 99퍼센트." 브랜드 감별법이지. 그리고 닷돈 금반지와 사슬 목걸이에 "요즘 회사 어때요", "부모님 뭐 하세요" 등 백그라운드 질문 위주인 남자는

'생계유지형'이며, 스포츠카는 미니스커트로, 지프 오너는 튕기며 대처하라. 뭐 이런 노하우 기술했는데. 방방곡곡 수컷들 울부짖음, 메아리쳤어요. 천박하다, 사랑에 대한 모독이다, 난리법석. 한겨레조차 "표현과 정보가 노골적이라 품격 의심된다" 했어요. 그래? 그런 거야?

그거, 아니거든. 이 분노 기저엔 공포, 있거든. 내 꺼 하나도 안 남을지도 모른단 불안. 좋은 거 다 뺏길지 모른단 조바심. 내 유전자 멸절될지 모른단 생물학적 위기의식. 이거 생태계 모든 수컷의 숙명적 공포라고. 우두머리가 암컷들 독점 후 자기들끼리 찌그러진 수컷 원숭이 무리의 궁상, 본 적 있으신가. 인간인 내가 다 슬퍼요. 인간 수컷들, 자신들 욕망이 최소공배수로 보장되는 교배 제도, 발명 안 할 수 없었다고. 일부일처, 사랑의 숭고함이 탄생시킨 고귀한 합의, 아니란 거지. 사회적 리비도의 안정 위해 도달할 수밖에 없었던 불가피한 타협이었단 거지. 그러다 보니 무한방사본능 타고난 수컷 유전자 통제를 위해 강력한 사회 억압도 병행 발명됐던 게고. 그리하여 윤리, 종교 모두 이 수컷의 욕망 통제와 기회 균등 위해 복무하고 있는데. 그런데 이 긴장의 밸런스, 부자들은, 아주, 간단히, 무너뜨리거든. 재벌들, 여성 스타 사귀면 어떤가. 씨바지

뭐. 딱히 내 것이 될 확률 제로여도 어쨌든 저 색히가 좋은
거 다 차지하잖아. 근데 한 여성지가 그 불평등을 가이드
까지 해버리네. 무력한 일반 수컷들, 꼬추 화나겠어, 안 나
겠어. 테스토스테론이 사주하는 이 맹렬한 분노에 하이클
래스 브랜드는 하나도 모르겠고 평가절하된 과시용조차
내 손목엔 없다는 비애까지 더해 수컷들 비통의 포효가
천지에 진동할 수밖에.

  이 스토리가 당신과 뭔 상관이냐. 상관, 아주, 많지. 당
신의 그 '평생 한 사람하고만 사랑하게 해주세요' 강령, 미
안하게도, 당신이 믿는 만큼 고결한 동기에서 출발한 이
데올로기 아니라고. 생물학적 목표 위해 궁리해낸 방어
이데올로기라고. 못 믿겠나. 당신이 한다는 그 '나쁜 상상'
말이야. 그건 당신 연인이 다른 수컷과의 경험 통해 혹여
당신 남성성의 열등함을 인지할까 봐 갖게 되는 공포가
발동시킨 거라고. 그래서 비교당하지도 발각되지도 않는
밀봉된 관계 속에 안주하고픈 거라. 그러니 당신 강령은
'한 사람하고만 섹스하게 해주세요'라고 번역하는 게 훨
씬 더 진실에 근사해요. 역시 방어용이지. 어때. 조또, 잔인
하지.

사랑에 대한 신화화, 사회적 기능, 분명 있어요. 낭만적이잖아. 스스로 속물성에 학을 뗀, 외로운 우리 모두, 기댈 덴 있어야지. 근데 그 신화화된 가치 신봉하는 당신의 사랑 강령, 사실은 공포에 대처하는 여러 방식 중 하나일 뿐, 유용하긴 해도, 절대 가치는 아니란 거. 거기에 의지해 상대에게 정당하다며 요구하는 포기, 그거야말로 이기적이란 거.

희생? 사랑의 희생 말하는 자들, 결국 본전 찾아요. 희생한단 의식엔 이미 계산이 전제된 거야. 자기기만적 사기지. 어쩜 좋냐. 당신 고통, 모든 초보 수컷들이 겪는 통과의례야. 버텨. 두 번째, 세 번째 사랑은 나아질 거야. 세 번째 연인과도 변함없다? 그럼 순결서약 한 자 찾는 게 좋아. 안 그럼 의처증에 당신이 말라 죽거나, 아니면 여자가 맞아 죽거나.

P. S.

비밀 한 가지만 털어놓자. 수컷들, 평생 상상 속 수컷과 침대에서 투쟁해요. 참, 불쌍한 종자지.

여친이 돈 한 푼
쓰지 않습니다

제 나이 서른둘, 여친은 서른하나, 사귄 지 1년 4개월째입니다.
결혼도 생각합니다. 그런데 그녀는 남자가 무조건 희생해야
한답니다. 명절마다 저는 그녀 부모님 선물을 하는데 그녀는
한 번도 한 적 없고, 선물 받고 고맙다는 이야기도 한 번 없었습니다.
또 데이트하면서 여태 한 번도 지갑을 열지 않았고요. 사실 처음
만났을 때는 잠 못 이룰 정도로 좋았는데, 시간이 갈수록 이건
아니다 싶고 많이 지쳐갑니다. 돈도 쓰지 않으려 하고, 뭘 해줘도
고마워하기는커녕 늘 내가 부족하다고 하고, 데이트하다가도
집에서 연락 오면 곧장 가버리고, 나에 대한 친구들 험담 한마디에
휘둘리고, 고집불통에다 스킨십도 싫어합니다. 왜 그러는 걸까요.
저도 얼른 행복한 가정 꾸리고 싶은데 그녀만 보면 자신이
없어집니다.

서른한 살에 그러는 건 정신착란이지 그게 때려치워라

본인 외조모께서 살아생전 그대 여친 같은 자를 목도하면 나지막이 읊조리시던 서정적 표현이 불현듯 떠오른다. 호강에 받쳐 요강에 똥 싸고 있다. 아아, 그대 여친에게 이문구, 이중 골판지와 만능 청테이프로 표구해 착불 택배 해드리고픈 욕구, 용솟음치도다. 먼저 당신이 연애라 믿는 그 관계의 진실, 야박하게, 밝혀보자.

첫째. 당신 여친, 당신, 사랑 안 한다. 그녀가 사랑하는 건 남자로부터 칙사 대접 받는단 사실 자체와 그렇게 대접 받아 으쓱한 자기 자신. 당신, 아니다. 그럼 당신은 뭐냐. 그녀가 친구들에게 자신이 얼마나 숭앙받는 존재인지 입증하는 데 동원되는 지갑 달린 물증. 그녀가 돈 낸다는 건 스스로 이를 반증하는 짓. 절대, 안 하지. 그녀, 친구들에게 당신이 얼마나 많은 돈, 시간, 노력을 상납하는지 중단 없이 홍보한다. 그에 대한 친구들 탄복과 시기가 바로 당신과의 관계를 지속케 하는 핵심 동력. 친구들 한마디에 취약할 수밖에.

둘째. 그럼 그녀는 지금 뭐 하고 있나. 그녀를 움직이는 건 그녀의 당신에 대한 욕망이 아니라 당신의 그녀에 대한 욕망. 그녀는 당신 욕망을 미분 적분해 자신의 권력 기반으로 삼는다. 당신에게 감사도 칭찬도 선물도 키스도 않는 건 혹여 당신 욕망을 충족시켜 자칫 권력 누수로 이어질까 봐. 당신이 기고만장해 당신에 대한 자신의 우월적 지위와 통제력을 상실할까 봐. 그녀 관심사는 당신이 아니라 자신의 존재를 증명하는 당신에 대한 권력 유지. 그녀에게서 발견되는 사랑의 흔적이라곤 구강기 유아 수준의 자기애. 그러니 그녀가 하고 있는 건, 정치다.

셋째. 그녀는 누구냐. 불쌍한 '년'이지. '할리퀸' 주인공 콤플렉스의 처참한 피해자이자 타인의 이목에 삶 전체를 조타당하는 홑껍데기 인생. 그녀 자존을 지켜주는 건 그녀 스스로 갖춘 것들이 아니라 남자가 자신에게 매달린다는 상황 그 자체. 자기 내부로부터 적립된 자존의 함량, 매우, 낮다. 허약한 에고는 자기 돌보기도 바쁜 법. 당신이 학

수 고대하는 보상, 난망하다.

    건강한 연애관계의 요체는 밸런스다. 그 관계추만 균형 잡는다면, 채찍 휘두르며 에스엠(SM)을 즐기든 말든 그거 건강한 관계다. 그리고 그 균형 가름하는 건 물리법칙, 아니다. 상대에게 99 주고 1만 가져도 스스로 손해라 감각되지 않으면, 누가 뭐라 하든, 그 연애, 내재적 형평 이룬 거다. 원래 대차대조 생략하고 미련 없이 주는 게 연애 미학의 정수다. 근데 당신은 이미 불량 재무제표와 자본 잠식이 심히 억울하다. 그걸로 말 다한 거다. 밸런스, 무너진 거다. 이게 다 그녀 탓이냐. 이 병든 관계, 귀책사유의 절반은 당신 몫이다. 모든 관계는 상호학습이며 교섭이다. 일방의 규범, 결국 수용했다면, 그 결과도 나눠 가져야 한다. 요강 두 팔로 떠받치며 팔에 쥐 난다 징징거리는 그대 주둥이에 호치키스 10호 철침 세 방, 마땅하겠다.

    결혼한다면, 둘 중 하나다. 복종 아니면 복수. 그녀에게 불만의 복종 지속하든가, 본전 따지며 복수하든가. 행복할 공산, 희박. 최종 선택, 물론 당신 콜이다. 내게 묻는다면, 1년 4개월 돈 한 푼 쓰지 않는 것까지 다 좋다. 허나 키

스조차 않는 건 그녀 에고의 문제가 아니라 기본 애정의
문제다. 가망 없다. 스물한 살에 그러는 건 몰라서 뻗대는
거다. 그러나 서른한 살에 그러는 건 정신착란이지 그게.
때려치워라.

습관처럼
헤어지자는
말을 해요

2년 사귄 여자친구가 있습니다. 제 여자친구는 싸우기만 하면
"그렇게 내가 싫으면 헤어지든가"라고 말합니다. 심각한 문제로
크게 싸운 거라면 어느 정도 이해가 가지만 정말 사소한 일로
말다툼을 해도 "싫으면 헤어져"라고 나옵니다. 싸우는 도중에 그런
말을 들으면 '이런 일로 정말 헤어져야 할까?' 하는 마음 때문에
늘 "미안해, 내가 잘못했어"라며 붙잡게 됩니다. 그럴 때마다 정말
유치하지만 제가 더 여자친구를 좋아하는 것 같아 억울하기도 하고,
매번 저렇게 반응하는 여자친구가 야속하기까지 합니다. 그렇다고
헤어지기는 싫고요. 여자친구가 정말 저랑 헤어지고 싶어서 자꾸
저런 말을 꺼내는 건지, 제가 숙이고 들어갈 게 뻔하니까 자기가
이겼다는 기분을 만끽하고 싶어서 그러는 건지 정말 모르겠습니다.

모든 관계는
기본적으로 권력관계다

모든 관계는 기본적으로 권력관계다. 그녀는 그 점을 체득하고 있다. 그 한마디가 그녀에게 관계의 헤게모니를 쥐게 한다는 걸 알고 있단 말이다. 보다 정확하게는 이별에 대한 당신의 공포를 이용해 관계의 우위에 서는 법을 안다는 말이다. 이렇게 말하면 그녀가 무슨 천하의 악녀 같지만 사실 우리 모두는 관계에서 여러 수위의 협박을 의식적·무의식적으로 활용한다. 예를 들어 삐치는 거, 그거 본질적으로 협박이다. 난 너에게 예전과 같은 수위의 애정을 표하지 않을 거란. 그녀 경우, 구사하는 협박의 수단이 보다 직접적일 뿐이다.

그럼 그녀가 진심으로 헤어지고 싶어서 매번 헤어지자 윽박지르는 거냐. 장담하건대 그게 매번 백 퍼센트 순도의 진심이었다면 벌써 헤어졌다. 자신의 우위가 위협받는

사랑의 원리   **309**

다 싶으면 그녀는 그 협박 한마디로 자신의 입지를 재탈환하는 거다. 그녀가 자신을 보호하는 나름의 방식인데, 당신의 굴복은 그녀의 방식이 옳았음을 그녀에게 학습시켜왔을 터. 그러므로 당신이 지금처럼 군다면 그녀는 앞으로도 그 방식을 고수할 게다.

　두 가지 대처가 있을 수 있겠다. '헤어지자'는 말을 액면가로 듣지 말고 '나 사랑해, 안 사랑해?'로 번역해 듣는 거. 그래도 된다. 그럼 뭐가 달라지느냐. 겉으로는 달라지는 거 없다. 하지만 그 말로 인한 당신의 스트레스는 줄어들 게다. 그녀가 그 언사를 통해 정말 하고 싶은 말은, 나를 정말 사랑한다면 당장 내 앞에서 무릎을 꿇고 그걸 입증해 보이라는 거니까. 맞다, 유치한 수작. 하지만 사랑하는데 뭐 어떤가. 투정이라 받아주면 되지.
　두 번째. 다시 한 번 그런 말 하면 지금껏 그 말에 지독하게 상처 받아왔으나 사랑했기에 참아왔지만 이제 나도 더 이상 자존심이 상해 견딜 수 없다며, 단호하게 그러나 담담하게 통보한 후 뒤도 안 돌아보고 그 자리를 떠나는 거다. 이때 절대 논쟁하면 안 된다. 그냥 짧게 통보만 하시라. 그리고 바로 가시라. 정말 헤어지기 전엔 다신 그 말

안 할 게다.

다만 이 두 번째는 당신 연기가 서툴러 그녀의 위기감을 자극하는 대신 자존심만 긁어버릴 가능성이 존재하고, 그땐 정말 다신 못 볼 리스크가 47.8퍼센트 정도 수반되겠다. 그땐? 뭐 싹싹 빌어야지. 참고로 후자의 대처는, 개인적으로, 졸렬하다 본다. 나 같으면, 그냥 첫 번 째로 간다. 그러다 정말로 지치면? 헤어지는 거지. 그런 걸로 상대를 지치게까지 만든다는 건 한마디로 둔한 여자란 뜻이니까.

남자가 접근하는데
여친이 가만 있어요

여자친구와 저는 캠퍼스 커플로, 같은 수업을 여러 개 함께
수강하고, 교양으로 사진 수업도 듣고 있어요. 수업 시간에 자유
주제로 사진을 찍어 발표하는 과제가 있었습니다. 그런데 어떤
남학생이 제 여자친구 사진을 찍어 발표했어요. 여자친구도 많이
놀란 눈치였죠. 그는 발표를 마치고 발표의 목적이 그녀에게 마음을
전하고 싶어서였다고 했습니다. 수업 후에 그 학생이 제 여자친구와
이야기하고 싶다고 하자 그녀는 알겠다며 저보고 먼저 가라고
하더군요. 그녀의 태도에 화가 났지만 일단 자리를 피했습니다.
그녀는 남자친구가 있다고 했다더군요. 그런데 수업 시간마다 그는
제 여자친구 옆자리에 앉아요. 여자친구보고 어떻게 좀 하라고 해도
그녀는 묵묵부답입니다. 제가 말하려고도 했지만 그녀가 그러지
말라 는 거예요. 도대체 그녀의 의중이 무엇인지 알 수가 없습니다.

연애의 절정은
완전연소다

　그녀가 왜 그런 행동을 하느냐. 복잡할 거 없지. 그녀도 그 수작이 싫지 않은 거지. 당연하지. 이성이 내게 관심 보이는 건 누구라도 기분 좋을 일 아닌가. 그가 꼭 좋아서라기보다—뭐 그럴 수도 있지만—큰 해 없으니 그 상태를 즐기는 거지. 더구나 남자친구가 있다고 통보하는, 연인으로서의 기본 의무는 수행했고. 뭐 별반 잘못한 거 없다고 생각할 게다. 그리고 결정적으로 당신이 그녀의 애인인 게 무슨 불변의 법칙인가. 그건 아니잖아.

　그럼 문제는 당신인데, 당신 대처법은 크게 세 가지 정도가 있겠다. 첫째, 왕창 삐치는 거. 요 근래 들어 수컷들이 가장 많이들 채택하는 대처법. 유사 대처법으로 졸라 불쌍한 척하기. 둘 다 미봉책인데 다 남성성 왕창 하락하는 비용이 발생해요. 이건 한번 그리 되면 회복이 힘들지. 둘째, 화내는 거. 관계 자체를 걸고 협박하는 거지. 역시 근본적인 해결책 못 돼. 공포정치가 오래가는 거 봤나. 그럼 마지막은 뭐냐. 냅두는 거다. 그러든 말든. 그게 무슨 해결책이냐. 내 이야길 들어봐.

당신은 지금 여친에게 연인으로서 지켜 마땅한 역할 규범을 준수하라 요구하고 있는 거거든. 당신 이외의 수컷들을 차단하라고. 마땅히 그래야 한다고 믿으며. 그런데 말이야, 이런 문제, 당신이 연인으로서의 규범을 준수하라 요구한다고 해결될 일이 절대 아니거든. 당신이 뭘 어떻게 하라 요구해서가 아니라 상대가 스스로를 그 구속 상태에 자발적으로 놓아야 하는 거거든. 생각해봐. 당신과 그녀의 연애 자체가 벌써 자발적인 거잖아. 규범과 관습이 당신 둘더러 연인 되라고 강제한 게 아니잖아. 연인 관계를 자발적 구속이라 할 수 있는데 그 경우 방점은 자발적이란 데 찍혀야 하는 거거든. 방점이 구속으로 이동하게 되면, 그래서 안달하며 구속하면 할수록 멀어지는 게 바로 관계의 생리거든. 몸 묶는다고 마음 묶이나.

그러니 그냥 냅두고 당신이 할 수 있는 만큼 최대한 좋아하기나 해줘. 이 여자가 이러다 날 떠날지 모르니 그럼 여태 내가 준 건 다 헛수고가 될 텐데, 이러다 낙동강 오리 알 되면 남들 보기에 창피하지 않을까, 내가 뭐가 못하다 고 따위의 본전 의식, 자존심, 공포심은 떨쳐버리셔. 그런 생각에 신경 뺏기지 말고 오로지 당신과 그녀가 지금 당 장 주고받을 수 있는 연애의 즐거움에 최대한 집중하라 고. 그렇지 않고 약게 하는 연애는 얕아서 완전연소가 안 돼요.

완전연소. 서로가 상대에게 할수 있는 최대한을 남김 없이 주고 받아 더 이상 아무런 아쉬움도, 미련도 없는 정 서적 충만감에 다다른 연애를 말하는 건데, 그런 걸 경험 하고 나면 상대가 다른 사람을 찾아 떠나게 되더라도 서 로를 붙들지도 않을 뿐 아니라 진심으로 상대의 행복을 기원해줄 수 있게 돼. 태울 수 있는 건 모조리 다 태워버린 거니까. 그런 거 흔히 겪는 일도 아니고 누구하고나 겪을 수 있는 것도 아니긴 한데, 연애의 절정이란 그런 거야. 시 시한 연애 열 번보다 그런 연애 한 번이 백만 배 낫다. 그 러니 당신이 연인에게 해줄 수 있는 것에 최대한 집중해. 그래도 그녀가 떠난다? 그럼 인연이 거기까진 거야.

남친을 확
뜯어고치고 싶어요

스물네 살의 여성입니다. 지난 1년 반 동안 툭하면 짜증내고
헤어지자고 하는 저를 다 받아주던 남친이 점점 지쳐서 예민해지고
짜증과 싸움이 늘어갑니다. 몇 시간, 며칠이고 싸우고 헤어지자
합의했다 또 싸우고…. 악순환이 멈추질 않습니다. 하지만 아무리
좋은 사람, 잘 맞는 사람을 만나도 전 싸울 겁니다. 싸우지
않으면 발전이 없다고 생각해요. 서로를 위해 덜어내고 채워주는
과정이기에 내 연인과 행복하기 위해 전 꼭 싸울 겁니다. 그런데
남친은 제가 부탁한, 하지 않았으면 하는 말과 행동들을 반복합니다.
그것만 안 해도 싸움이 줄 거라 말해도 "미안하다 하기도 이제
지쳤다", "내가 뭘 그렇게 잘못했냐"며 이제는 저랑 얘기하는 것
자체를 싫어하네요. 전 우리의 행복한 미래를 위해 뿌리를 뽑아
고치고 싶은데 남친은 그냥 한번 넘어갈 수 없다며 화를 냅니다.
저로선 모든 걸 참는 건 이미 제가 아니라고 생각합니다. 정직을
신조로 삼기에 마음에 담아두는 건 거짓말하는 거라 생각해요.
저라는 '자아'를 포기하고 참는 것이 우리가 진정으로 행복할 수
있는 방법일까요.

사람, 고쳐 쓰는
물건 아니다

거, 사람 차암 힘들게 연애하시네. 사연만 읽는데도 내가 다 지쳐요. 당신, 당신 애인 해먹기가 얼마나 힘든지 아시나. 모른다고 봐. 한번 따져보자고.

우선, 당신 주장과 그 논거들, 죄, 모순 덩어리야. 볼까.
A '아무리 좋은 사람, 잘 맞는 사람 만나도 싸운다. 안 싸우면 발전이 없으니까.' 미쳤나. 좋고 잘 맞는 사람 만나 자고 다들 그 고생인 게야. 그런 사람 만났으면 그 자체로 대단한 행운이라고. 감지덕지해야지. 시도 때도 없이 물고 빨고 해야지. 그 아까운 시간을 왜 싸워서 증발시켜. 이 종격투기 하나. 싸워서 발전하게. 그리고 좋고 잘 맞으면 이미, 행복해야 하는 거예요. 당장의 행복을 왜 유보해. 손에 쥔 행복도 제대로 간수 못하는 주제에, 그게 얼마나 아

까운 건지 모르면서, 어떻게 나중에 행복해지나. 것도 매일 싸우면서.

B '모든 걸 참는 건 내가 아니다. 자아를 포기하는 거다. 마음에 담아두는 건 거짓말이다. 정직이 신조라서 그렇게 못한다.' 이야, 이런 '로직'의 자기합리화는 또 처음 봐요. 그러니까 난 정직해 못 참으니까 너만 참으라는 거 아냐. 어머, 그럼 참는 건 부정직이네. 참는 자여 화 있나니 지옥이 너희 것임이라, 이거네. 아이 깜짝이야. 게다가 자존이 무너지신다. 아니죠. 어디서 발명된 '자존'인지 몰라도 우리 사바 세계에선 화나는 대로 화내고, 말하고 싶은 대로 말해버리는 거, 그거 '성깔'이라고 해요, 성깔.

C '남친, 뿌리 뽑아 고치겠다. 우리 행복한 미래를 위해.' 개인적으로 이 대목은 아주, 무서워요. 아니 남의 뿌리를 왜 지가 뽑아. 애인이 고구마야. 그리고 그 '우리' 위한다는 법을 왜 당신 혼자 제정해. 그거 그냥 당신 법이에요. 그 법에 의거해 '미래' 위해 하사하시는 힐난·지침·계도·질책, 상대가 싫다잖아. 왜 싫다는 애를 당신 박스에 구겨 넣어. 경추 접힌다고 비명 지르잖아. 안 들리나. 이런 말 들으니까 억울하시나?

억울할 거 하나도 없다. 당신, '우리·사랑·미래'라는 상징의 해석 권한, 독점하고 있다. 그렇게 구축한 독자 가치 체계로 우월적 지위 확보해 상대, 추궁한다. 중세 사제가 딱 그랬다. 신으로 가는 길목 차단하고 신의 뜻 해석 권한, 독점했다. 자신들 편의와 욕망을 신의 뜻과 등치시킨 일대 사기극. 당신, 마찬가지다. 스스로 직조한 '사랑'의 사제복 착용하고 혼자 창안한 율법으로 상대를 일방 통제한다. 그게 어떻게 교제인가. 교정, 교화지.

그리고 애인, 남이다. 그리 말하면 사랑에 대한 모독으로 들리나. 아니다. 애인이 남인 걸 인정 않고 어른의 사랑, 못한다. 남, 자기 뜻대로 못하는 거다. 사랑, 단점과 차이를 없애는 거, 아니다. 그에 개의치 않는 거지. 게다가 사랑이란 게 영원하지도 완벽하지도, 않다. 불완전한 인간끼리 그런 게 가능할 리 없지. 그게 된다는 상상까진 좋다. 그러나 그 판타지를 상대더러 실제로 구현해내라는 강요, 그거 폭력이다.

있는 그대로의 상대, 수용할 수 없는 자, 사랑 말할 자격도 없다. 있는 그대로 받아들일 수 없거든, 당신 수용 한계 초과하거든, 헤어지는 게, 옳다. 사람, 고쳐 쓰는 물건 아니다. 당신이 뭔데. 당신의 통제 강박과 일장 훈계를 오로지

사랑이라 간주하고 당신에게 기꺼이 포박, 훈육되고 싶어
하는 자 만나시라. 그래서 실컷 인간 개조해주시라. 아마
있을 게야. 없으면. 그럼 니가, 하와이 가야지 뭐.

P. S.

지금 남친은 인류애 차원에서 하루 빨리
석방해주시라. 걔 그러다 오래 못 살아.

열등감 때문에
여친에게
거짓말을 했어요

스물세 살의 대학 2학년생입니다. 삼수했고 좋은 대학 다니는 것도 아닙니다. 제가 창피하게 생각하는 형은 지방 전문대 나와 아르바이트하고 있고, 아버지는 15년 넘게 구두닦이, 어머니는 식당 찬모 일 하고 계십니다. 본론으로 들어갈게요. 이백 일 사귄 여친이 있습니다. 그녀의 이전 남친들이 의대생, 명문대 수석 합격생, 부잣집 자식들이라— 여친도 꽤 잘삽니다—저는 열등감에 삼수했단 사실부터 시작해 많은 거짓말을 했습니다. 아버지는 무역 회사에 다니고 어머니는 가정주부, 쪽팔린 형은 있지도 않은 것처럼 꾸몄습니다. 그런데 문제는 여자친구랑 관계가 깊어져 더는 숨길 수가 없다는 겁니다. 모든 걸 털어놓고 싶습니다. 그래야 우리 관계에도 진전이 있을 것 같고요. 하지만 사랑하는 여친이 이런 저한테 환멸을 느껴 떠날까 봐 겁이 납니다.

너무, 초라, 하잖냐,
씨바

연인에게 한 거짓말, 어쩌면 좋아요. 하, 이거 참 재밌는 주제다. 수컷들, 연인 앞에서 크고 작은 유세와 허풍, 많이들 떤다. 특히 구애 과정에서 펼쳐대는 구라의 대향연, 유니버설하다. 왜들 그러냐. 이 이야기 좀 해보자.

구애 과정에서 수컷들이 쳐대는 온갖 수위의 구라는 윤리적 관점이 아니라 유전적 관점에서 접근해야 판독이 가능하다. 이건 단순히 개인 품성의 문제가 아니라, 장구한 DNA 히스토리를 지닌 수컷들의 집단 습성이라고. 이 습성, 종을 초월한다. 수컷 공작은 암컷들에게 자신이 더 우수한 유전자 캐리어라는 걸 과시하고자 포식자에게 발각될 위험까지 감수해가며, 꼬랑지 치장에 엄청난 에너지를 할당했다. 하지만 실제 먹고사는 데는 하등 도움 안 된다는 점에서 이 꼬리, 본질적으로 구라요, 사기 술책이다.

수컷의 서바이벌 '로직'이 원래 그리 생겨먹었다. 통하기만 한다면, 그래서 내 유전자를 존속시킬 가능성이 높아지기만 한다면, 어떤 진화적 수작도 마다하지 않는다. 인간, 다를 거 없다. 당장의 입증 책임 없는, 초반 구애 과정에서의 경쟁력 '카무플라주', 일명 '캄푸라치'는 수위 차이만 있을 뿐 너나 없이 구사할 만큼, 수컷에겐 진화적으로 안정된 전략이다. 당신도 그랬던 게다. 스펙에서 밀리는 거, 일단 구라로 저지한 거지. 공작은 꼬리에 달렸던 게, 당신에겐 혀에 달렸을 뿐이었던 거라. 다만 당신은 공작이 아니라서 이제 그 입증 책임에 직면한 거고.

이런 상황에서 사람들은 흔히 왜 애초부터 솔직하지 못했냐고 탓한다. 마치 그게 결심만 하면 되는 일인 양. 큰 착각이다. 있는 그대로의 자신을 무방비로 노출한다는 건 결심의 문제가 아니라 능력의 문제다. 누구나 결심만 하면 박지성 되나. 액면가의 자신과 마주하고 그 모습을 고스란히 노출하는 데엔 대단한 분량의 성찰과 용기가 필요하다. 기회를 박탈당하고 도태될지도 모를 리스크를 기꺼이 감당하겠다는 거고, 그 결과를 억울함이나 한탄 없이 고스란히 수용하겠다는 거다. 본능과 습성에 반하는 거라고. 그럴 수 있다는 건, 다시 한 번 말하지만, 능력이다. 해서 당신 탓할 생각은 없다. 당신은 그저 딱 수컷 평균 만큼만 보잘것없었을 뿐이니까.

그러니 어쩌란 말이냐. 당신 구라는 유효기간이 없다. 가족과 절연하지 않는 한 무마가 안 된다고. 그러니 고백해야지. 불쌍한 척하든 말든 그 드라마야 당신이 직접 고안하고. 그럼 여친, 떠나지 않는단 보장 있나. 그런 거 없다. 있길 바라면, 그때부터 진짜 도둑놈이지. 하지만 당신이 정말 걱정해야 할 건 그게 아니다. 스물셋이면 아직 만나야 할 연인, 한 다스다. 진정 걱정해야 할 건 앞으로도, 지속적으로, 그 수준으로다가, 보잘것없을 것인가 하는 거다. 너무, 초라, 하잖냐, 씨바.

세상엔 두 종류의 자신감이 있다. 내가 쟤보다 키 커서, 돈 많아서, 잘생겨서, 그런 비교 우위 통해 획득하는 자신감. 이건 나보다 키 크거나, 돈 많거나 잘생긴 상대 앞에서 바로 죽는다. 상대적 자신감. 반면, 상대가 돈 많거나 잘생긴 게 내가 보유한 자신감의 총량에 영향을 끼치지 않는 유형이 있다. 왕자병과의 차이는, 상대가 키 크고 돈 많고 잘생겼다는 자체는 인정한다는 거. 하지만 그게, 그래서 난 못났다, 로 연결되지 않을 뿐 아니라 오히려 그 부족분을 스스로 농담거리로 만든다는 거. 있는 그대로의 자기 자산을 만족스럽게 긍정한다는 거지. 이거, 절대적 자신감. 그렇게 자신의 취약점과 하자에 개의치 않는 건, 결국, 섹시하기까지 하다. 다 섹시하자고, 이 지랄들인데 말이다.

P. S.
그 자양분은 지성이다. 지성의 출발점은
자기 객관화이고. 자기 객관화에 도달하는
아주 유용한 방법 중 하나가 바로 '밖에서
보기'. 그리하여 이 질문에 대한 최종 답변은
뜬금없게도, 그만 징징거리고, 여행, 가능한 한,
많이 하라는 거. 이상.

화이트

콤플렉스

개인적으로 자기 객관화에 이르는 가장 유용한 방법 중 하나가 '밖에서 보기'라 생각한다. 나 역시 그런 과정을 거쳤다. 그런데 이 '밖에서 보기'는 예기치 않은 부작용을 동반하기도 한다. 서구를 지나치게 경배하고 반대로 우리 것은 자학 수준으로 폄훼하게 되는 사고의 강화가 그것이다. 이 이야길 좀 하자.

그걸 최초로 지각한 건 91년 로마 테르미니 역에서다. 무솔리니가 완공시킨 그 거대한 석조 건물은 여름이면 새벽부터 유럽 전역에서 밤새 달려온 기차들이 부려놓는 배낭족들로 가득 찬다. 그들을 처음으로 맞이하는 건 숙소 삐끼들. 역 한구석에서 일주일째 노숙하던 난, 그날도 새벽잠 깨우는 그들의 시끌벅적한 상봉을 물끄러미 구경하고 있었다.

그러다 문득 삐끼에 대한 대응이 인종마다 다르다는 걸 깨달았다. 다가오는 삐끼에게 한발 다가서며 뜨거운 물 나오느냐 따위의 구체적 숙박 조건에 대한 질문부터 던지는 게 서구인들의 평균적인 첫 대응이라면, 동양에서 온 자들, 어딘지 모르게 불안한 기색이다. 미세하게, 주춤거린다.

삐끼 얼굴 한 번 쳐다보고 동료와 수군거린다. 얘, 따라가도 괜찮을까. 때론 몸을 뒤로 젖히거나 살짝 물러서기도 한다. 다르다. 낯선 곳이라? 남아공 배낭족도 이역만리 첫 방문인 건 마찬가지다. 이탈리아엔 사기꾼 많대서? 역시 매일반이다. 언어 문제로? 어차피 영미권에서 온 배낭족이 아니라면 '브로큰 잉글리쉬'인 건 삐끼나 배낭족들이나 마찬가지다. 그렇다면 호객에 응하는 손님치곤 지나치게 다소곳한 이런 태도, 동양적 특질인가. 아니다. 방콕 첫 방문 땐 동양인들도 안 그런다. 상대는 그저 삐낀데. 새벽부터 역에 나와 먹고살려 발버둥치는 생활인들에 불과한데. 왜.

왜냐. 삐끼가 백인이기 때문에. 설마. 아니, 맞다. 백인인 상대가 나쁜 의도를 가진다면, 동양인인 나를 압도해 내 의지에 반하는 불이익을 줄 수도 있다는, 그런 피부색 권력 지도가 그들 머리에 선험적으로 입력되어 있다. 논리

이전에 작동하는 그 백색 공포는 이탈리아에 사기꾼 많다는 정보와 상승작용을 일으키며 삐끼 앞에서조차 위축된 태도를 만들어낸다. 돈은 지가 내면서. 지가 손님이면서.

동양인들, 흰색 피부를 우월적 존재의 징표로 부지불식간에 기정사실화하고 있다는 거, 그날 그렇게 처음 깨달았다. 이후 몇 년간 배낭여행 하는 동안 유사한 장면, 무수히 목격했다. 식당 백인 웨이터에게조차 과잉 친절한 동양인들, 마닐라의 식당에선 절대 안 그런다. 이거, 나이나 학력, 심지어는 돈과도 무관했다. 여행 다니며 이런 장면 보며, 나, 속 많이 상했다.

서구가, 그들의 상대적 우월성이 담보되도록 동양에 부여한 이미지와 그를 근거로 동양에 대한 서양의 지배와 우위를 당연시하는 인식을 오리엔탈리즘이라 부른다는 거, 그로부터 몇 년이나 지나 알았다. 그리고 그런 서구를 수입하며 그런 시각까지 고스란히 내 것으로 받아들여 이제는 자기를 스스로 열등한 존재로 바라보는 데 나도 모르게 익숙해진 동양의 사고는, 내 안의 오리엔탈리즘이라 불러야 마땅하고.

20여 년 전 고등학교 미술 시간이었다. 아무리 들여다

봐도 '거, 아줌마 눈썹은 왜 밀었어' 하는 생각밖에 안 드는 목살 두툼한 어느 이탈리아 아줌마의 어정쩡한 웃음을, 무려 '신비롭다'로 인지하길 국정 교과서로부터 요구당했다. 시험에 나온다느니, 원근법으로 배경이 깊은 맛을 낸다느니 하는 국정 표준 감상들을 암기하긴 하였으나 '영원한 미소의 수수께끼'라는 대목은 도저히 받아들일 수가 없었다. 난 하나도 안 신비로운데 어쩌란 말인가. 하지만 그런 말을 할 순 없었다. 그럼 무식한 건 줄 알았다. 그렇게 아버지를 아버지라 하지 못하던 나를 일깨운 건 바로 그날 테르미니 역에서의 경험이었다.

모나리자가 탄생한 시대 상황, 문화 토양 그리고 그로부터 누적된 역사 모두 내가 태어나고 자라난 환경과 하등 상관없어 그 미적 감수성이 나의 그것과 판이할 수밖에 없는데도 그들 감상을 무조건 수입해와 느닷없이 우리도 그녀를 신비롭다 느끼라 윽박지르고 그것을 고급 예술로 인지토록 주입함으로써, 오히려 자신의 미적 안목에 대한 불신과 자괴를 배양케 하던 당시의 미술 교육은, 한마디로 동양이 스스로 오리엔탈리즘을 내면하는 과정이었다. 그리고 이제 난 이 왜곡된 동양의 멘탈리티를 '화이트 콤플렉스'라 부른다.

동양인들이 하나같이 그 뻬끼들 앞에서 주춤거렸던 건 바로 그 덕이었다. 그도 그럴 것이 그들이 자국에서 거친 공교육의 기본적인 학문 분과 체계부터가 서양의 것을 고스란히 수입한 것이다. 우리들의 삶과 역사에 그 어떤 영향도 끼치지 못한 알렉산더를, 겨우 아시아의 남단 인도까지밖에 오지 못한 그를, 세계를 제패한 대왕이라 칭하도록 배운다. 겨우 한반도의 절반 크기에 불과했던 솔로몬의 나라를, 지역 부족의 통합에 불과했던 그 부족사를, 한국 기독교는 위대한 솔로몬의 제국사로 가르친다. 15세기까지만 해도 동방에서 기원한 지중해 문명의 아류에 불과했던 그 서구를, 있는 그대로 인식하지 못하도록 만든 것은 그렇게 우리네 교육이다(이 화이트 콤플렉스를 벗어나기 위해서는 동양의 역사 연대가 절실히 필요하다. 이 이야기는 다음 기회에 다른 지면을 통해 자세히 하기로 하자).

이 이야기를 하는 이유는 동양이 더 우월하다고 말하기 위해서가 아니다. 그런 말이 아니다. 충분히 세계를 돌아보고 나면 어느 순간 문득 깨닫게 된다. 세계는 우열로 나뉘는 게 아니라 차이로 나뉜다는 걸. 그리고 그 차이라고 하는 것도 사실은 인간이 사는 곳이면 으레 통하기 마련인 인류의 보편 상식을 그리 크게 벗어나지 않는다는 걸.

그러니 세계를 여행하려거든 이걸 명심하자. 지금 잘살고 있는 나라 가서 주눅 들지 말고, 어려운 나라 가서 유세 떨지 말 것. 그만한 꼴불견도 없거니와 무엇보다 그래서는 있는 그대로의 세계를 만날 수가 없다. 있는 그대로를 볼 수 없다면 여행은 뭐 하러 가겠나. 다시 한 번, 강조하자. 어디를 가든, 주눅 들지도 말고, 거들먹거리지도 말라.

P. S.

그래서 난 전형적인 한국의 축구 감독들이 싫다. 한국의 감독들은 패배를 항상 같은 단어로 설명한다. 세계의 벽. 난 그들이 지겹다. 화이트 콤플렉스에 찌들어 패배를 습관화한 개인들이, 자신의 열세를 질서처럼 내면화한 변방인들이, 그렇게 매 맞는 아내처럼 낮아진 자존감으로 주눅 드는 거, 이해는 한다. 하지만 정말 지겹다.

2002년 월드컵 4강에서 독일에 패하자

언론들은 이 정도면 잘했다는 거국적 자위에
즉각 착수했다. 분했다. 패해서가 아니라
그렇게 패배를 원만하고 익숙하게 처리하는
우리의 숙달됨이. 평생 다시 오기 힘들
결승 기회 놓친 걸 며칠은 충분히 분해해도
좋으련만. 습관성 탈구처럼 패배를 다루는 그
수습 동작에서 20세기 우리네 굴곡의 역사와
화이트 콤플렉스가 스며 있는 것 같아, 참,
속상했다. 땡깡 부리는 이탈리아가 차라리
부러웠다.

상대가 강하다 말하는 게 공포가 아니라
냉정한 상황 인식이려면 자기 긍정부터
전제되어야 한다. 나는 이제 우승 못해 분하다
말하는 감독을 원한다. 우리가 세계의 벽이라
말하는 감독을 원한다. 호기가 곧 승리는
아니다. 하지만 언제나 이미 이긴 경기만
이기는 법이다.

사랑의 원리

함께 있는 게
창피한 남친의
행동, 어쩌면 좋죠

제 남친은 생각 깊고 배려 많고 책도 많이 읽고 섬세하며 열정도
있어요. 저는 이십대 후반 여느 여자만큼의 연애 경험이 있고요.
해서 누구나 단점 하나 이상씩은 가지고 있다는 것도 압니다.
그런데 이 남자는 할인마트 시식 코너에선 뷔페라도 온 듯 이것저것
집어먹고 쩝쩝거리며 돌아다니다 동그랑땡 하나 들고 뛰어와
계산대에서 막 지갑을 열고 있는 제 입에 들이대는 남잡니다.
술집에서 안주 필요 없다며 사온 과자 꺼내 먹거나, 택시 타면 5분
간격으로 미터기 요금을 읊거나, 저 보는 앞에서 구강청정제를
뿌리기도 합니다. 데이트를 하면 연인은 둘째치고 일행이라는 게
창피한 경우가 자꾸 생기다 보니, 지인들에게는 소개시키기도
싫어지더군요. 창피한 걸 보면 헤어지는 게 맞나 싶기도 하지만
그러기에는 이 사람과 누구보다 대화가 잘 통하는데… 어쩌면 좋죠.

인생, 한 마리 행복한 동물로 살 수 있으면, 그게 장땡이다

사연 읽고 한참 낄낄댔다. 하는 꼴이 나와 하도 흡사해서. 이 사연 채택된 이유다. 하여 오늘은 본인 맘대로, 당신 남친에 감정이입해, 매우 개인적이고 일방적인 이야기 좀 해보려 한다.

고1 때 어느 점심 무렵. 기말고사 후 일찍 귀가해 부엌부터 뒤졌다. 전자레인지에 밥, 된장찌개 데우고 찬 꺼내는 부산 떨다 마침내 착석 완료. 앗, 근데 수저통이 비었다. 물끄러미 개수통 바라봤다. 설거지… 귀찮다. 에잇, 오른손, 푸욱, 꽂았다. 밥통에. 뽑아 올린 손, 입 안에 밀어 넣었다. 손가락 쭉쭉 빨아 밥풀 제거. 호, 이거 괜찮네. 반찬까지 주섬주섬 하다 아 참, 근데, 찌개는. 개수통 다시 3초간 응시. 에라. 이번엔 왼손, 푹 담갔다. 냄비에. 손바닥에 괴는 뜨뜻한 국물. 꺼내 핥아 먹었다. 그때부터 본격 양손 모드. 조몰락조몰락. 아구아구. 뭐냐, 거 해방감이랄까. 묘하게 통쾌했다. 그러다 깨달았다. 이 습성, 내 속에 이미 내재해 있었다는 거. 맞다, 내게 유전형질 물려준 영장류들, 원래 이렇게 먹었겠구나….

96년, 〈이경규가 간다〉에서 '정지선 지키자' 캠페인 일환으로 일본은 폭주족조차 신호등 지킨다는 방송 한 적이 있다. 새벽 4시, 인적 없는 좁은 일차선 도로에 작은 건널목 하나. 바이크 두 대 서행하다 그 적색 신호에 정지한다. 이어 터지는 이경규의 감탄과 열변. "와우, 선진 문화! 준법정신!"

근데 난 웃음이 비실비실 나왔다. 가죽에 바이크면 죄다 폭주족이란 설레발에. 뭐가 폭주족이야 쟤네가. 그러다 갑자기, 어, 저 신호등 왜 지켜야 하지, 의문 작열. 신호등, 왜 있나. 차와 사람이 충돌하지 말라고. 그게 애초 신호등이 발명된 연유다. 근데 신호등이 신호할 게 없다. 사람도 없고 차도 없고 돌발 상황 우려할 사각도 없다. 게다가 겨우 일차선에 불과한 도로를 가로지른 건널목의 폭도 좁디좁다. 길 전체 전후방이 시선이 닿는 한 다 텅텅 비었다.

차 소리도 전혀 들리지 않는다. 한마디로 길에 누워도 될 정도다. 이 정도 특정 국면이면 신호등 존재, 원인 무효가 된다. 근데도 안 간다. 그런데도 신호할 게 없는 신호등이 내 삶을 통제한다. 이런….

　이제 당신 이야기. 다른 모든 훌륭한 자질에도, 남들에게 소개조차 꺼리게 만드는, 당신 남친에게 결여된 그 무엇이, 뭐냐. 우리는 그거 흔히 교양이라 하지요. 언행의 품격. 그가 하는 짓이 당신에겐, 한마디로, 우아하지가 않은 거라. 택시 요금 5분 간격으로 읊을 때―그게 그냥 습관이든 뭐든―남의 영업장에서 깐죽대는 무례와 무식으로 비칠까 싶어, 혹은 택시 기사에게 몇천 원에도 떠는 남루한 신세로 비칠까 싶어, 싫은 거지. 이해 가요.
　사람들, 사실 안절부절못하며 일상 살거든. 얕보일까 싶어서. 교양, 그래서 탄생한 거거든. 있어 보이려고. 나 무시하지 말라고. 동물들 보호색 입듯. 근데 당신과 남친은 그 위장 감각이 안 맞는 거라 지금. 커플에게 그거 곤혹스러운 일, 맞지. 혼자 그럴듯한 거 덮어쓰면 뭐 해. 옆에 서 있는 놈이 홀라당, 빨가벗는데.
　근데 맘이다, 여기서부터 본인의 일방 주장인데. 사람,

동물이거든. 수저로 먹이 집으며 가오 잡고 산 지 그리 오래 안 됐다고. 애초 지시하던 게 뭔지도 모르게 된 온갖 신호등을 무턱대고 어떤 상황에서나 죄다 준수하며 사는 거, 그걸 모범적인 거라 여기는 거, 사실은 낭비라고.

그럼 어쩌란 거냐. 이거 본인이 자주 하는 이야긴데, 처음 외국 가봐. 온통 다른 것만 보여요. 버스만 타도 다 달라. 토큰, 회수권, 현금, 정기권, 카드… 다 신기해. 차이점만 눈에 띄지. 그런데 충분히 많은 나라 거치고 나잖아, 그럼 어느 순간, 아, 버스 타면 돈 낸다, 하는 것만 남아요. 인간이 사는 곳이면 으레 통하기 마련인 보편 상식.

사람, 그냥 그거 쥐고 살면 돼요. 그거 쥐고, 주눅 들지 않고 액면가로 세상 사는 거, 그렇게 인생, 한 마리 행복한 동물로 살 수 있으면, 그게 장땡이라고. 나머진 다 잡소리야. 내 말 한번 믿어봐.

P. S.

근데 남친이 본인 주장, 전혀, 못 알아먹는다? 그럼 그냥 촌스러운 거거든. 그땐 사육해야지 뭐.

남친이 유학 간
사이 새로운 남자를
만났는데요 …

올해 스물여섯 살의 직장인입니다. 스물세 살 때부터 사귄
남자친구에게 결혼 얘기를 꺼냈는데, 졸업하고 자리 잡히고
돈 좀 모으면 하자고 하더군요. 남자 집에서는 도와줄 능력도 있고
어머니도 반대하시는 건 아니었는데 말이죠. 그렇다고 저에게
기다려달라는 것도 아니고 결혼 말만 하면 알면서 또 그러냐고 화만
내고. 저희 집안에서는 약혼이라도 하라고 성화고. 그러다 올해
4월 남자친구가 외국으로 어학연수를 갔고, 그즈음 새로운 남자가
생겼습니다. 물론 그에게 남자친구 얘기도 했습니다. 남자친구는
아무것도 모른 채 떠났고, 저는 혼자 힘들어하다가 결국 지금은
새로운 남자친구와 서로 장래를 약속했죠. 예전 남자친구에게
사실을 말해야 한다고 생각하면서도 솔직히 어떤 것이 진짜
사랑인지, 진짜 제 인연인지 잘 모르겠어요. 8월에 한국에 한 번
들어온다는데, 그때까진 마음을 결정해야 하는데, 제 마음을 저도
잘 모르겠어요. 어떡하죠?

결혼에서 가장 먼저 할 질문은
'누구랑'이 아냐
'나는 언제 행복한가'라고

오, 이거 완전 자잘한 질문의 아수라장이네. 할 수 없다. 어수선하게 가자.

우선, 오버랩 양다리 시추에이션. 들키지 마. 약조 없는 별리는 그의 선택. 원천 귀책사유 그에게 있다고. 당신은 '후' 남친 대시에 '선' 남친의 존재, 고지했다며. 게다가 '선'에게 통보 결의도 했고. 그 정도면 양호한 염치야. 들키면 당신이 아니라 상황이, 사건을 진행한다고.

'선'의 "자리 잡히고 돈 좀 모으면"이 꼭 핑계만은 아냐. 수컷의 결혼 공포는 관계 그 자체가 아니라 그로 말미암은 사회경제적 부하에서 주로 기인한다고. 선사 때부터 그래왔어. 과연 현재의 근력과 경험치로 여타 수컷들과의 먹이 경쟁 속에서 매번 사냥에 성공해 식탁에 식량 조달

해낼 수 있겠느냐. 그래 미루는 거라. 하지만 그런 연유로 순연된 결혼이 성사되는 법, 드물지. 언제나, 좀 더, 숙련된 사냥꾼, 존재하거든. 어리석어 불쌍한 수컷들이여.

부모님 약혼 성화는, 그놈이 먹고 튈까 봐. 근데 그리 묶어둬 뭐하게. 제 발로 기꺼이 걸어 들어오지 않는 모든 관계는 당신이 빚지는 거야. 관계 균형, 무너져. 관계의 채무 탕감이 금전 변제보다 훨씬 어려운 법이야.

당신은 지금 연애가 아니라 결혼이 하고 싶은 거라. 근데 왜 당신이 그 나이에 벌써 연애하는 족족 결혼에 안달인지 알고 있나. 그거 결혼을 불확실한 당신 삶에 대한 보장 자산으로 간주해 그런 거거든. 타박하려는 게 아니라, 스스로 그 이유는 알고나 안달하라고.

불확실성은 삶의 본질이야. 당신만 불안한 게 아냐. 그걸 스스로 감당하는 어느 순간부터 아이는 어른이 돼. 그게 무서워 질질 짜는 것까진 괜찮아. 다들 그러니까. 하지만 그걸 남이 대신 해결해주길 바라진 말라고. 남자가 능력 없는데 그 집이 능력 된다는 게 어떻게 당장 결혼의 조건이 되나. 그 집과 결혼하나. 그건 성장 지체를 넘어 노예 근성이야.

당신이 왜 선택을 못하는지 아나. 진짜 사랑을 몰라서가 아냐. 잘못 선택하면 손해날까 두려운데, 대체 잘, 선택하는 게 뭔지 자기도 몰라 황망해 그러는 거야. 선택은 상대가 아니라 당신이 어떤 사람인지에 달린 거라고. 당신은 당신이 무엇으로 행복해지는지 알고 있나. 사랑하는 사람과 결혼해야 행복하다는 거, 일종의 신화야. 사랑으로 결혼해도 불행해지는 커플 부지기수고, 조건 맞춰 결혼해도 잘사는 이들 적지 않아. 중요한 건 당신이 어떤 사람인가, 당신을 행복하게 만드는 게 어떤 것인가에 있는 거야. 돈과 외양이 훨씬 중요한 사람도 있고 생의 불확실성과 흥분을 함께 누리는 게 더 중요한 사람도 있다고. 결혼에서 가장 먼저 할 질문은 '누구랑'이 아냐. '나는 언제 행복한가'라고. 사랑이냐 조건이냐, 따지는 게 잘못된 게 아니라 자기가 어떤 놈년인지도 모르면서 엉뚱한 것만 따지고 자빠진 거, 그게 멍청한 거라고.

내 결론은 그래. 결혼, 아직, 마. 행복은 가르칠 수 없는 거야. 겪는 수밖에 없다고. 배신, 당해도 보고 배신, 하기도 하면서 이놈과 지져도 보고 저놈과 볶아도 보는 걸 적어도 열댓 번은 진심 다해, 해본 후, 해도, 해. 그래도 꼭, 지금, 해야겠다면, 이거 하나는 명심하라고. 결혼은 숙명이 아니라 제도야. 사람들이 발명, 한 거라고.

P. S.

결혼 제도의 절대 위상은 21세기와 함께,

저문다, 는 게 내 생각이야. 굿럭, 베이뷔.

여성들을 위한

결혼 성공 확률

배가법

대다수 연인들이 관계의 최종 종착역이라 생각하는 결혼, 그 결혼에 적합한 배우자 고르는 법에 대해 한마디하자.

처자들아, 그거 아시나들. 결혼은 '그놈'이 아니라 '그런 놈인 줄 안 놈'이랑 한다는 거. 통상 '그놈'은 '그놈'의 각종 행위에 대한 당신들의 무죄 추정, 아전인수, 주관 해석의 누적이 만들어낸, 애초부터 존재하지 않았던, 상상 속의 '그놈'이다. '그놈'은 실체가 아니라 '저렇게 말하고 행동하는 걸 보니 내 사랑은 아마도 이런 사람임에 틀림없어' 수준의 짐작으로 창조된, 당신들 머릿속에만 존재하는 가공인물이란 거다.

대부분의 멀쩡한 처자들이 그렇게 '그놈'이 아니라 '그런 놈인 줄 안 놈'이랑 결혼한다. 그래 놓고 속았다고 혹은 변했다고 말들 한다. 그러나 자기가 보고 싶은 것만 본 후 스스로 인물 하나를 가공해냈던 것일 뿐, 상대는 결혼 전이나 후나 변한 거라곤 복부의 피하지방 수치밖에 없을 때가 대부분이다. 이 비극을 가슴 아파 하야, 본인 나름대로 터득한 이 유전자 레벨의 착시 현상을 최소화하는 비급을 인류애 차원에서 공개코자 하니 세상 처자들은 이를 널리 익혀 행복한 결혼의 지표로 삼기 바란다.

본인, 이십대 시절 여행 경비 마련을 위해 시즌이면 가이드 알바 꽤 했다. 그 과정에서 수많은 배낭여행 커플들 만나봤다. 여행 초기 그들의 행복 게이지는 당연히 하나같이 만땅이다. 멋진 거 보지, 돈 좀 있지, 종일 놀지, 매일 밤 하지… 부러울 게 없다.

그런데 대충 유람 일주일을 전후해 열에 일곱 정도는 산발적 교전을 시작하고 열흘이면 전면전으로 확대되어 그중 절반은 귀국 후 절교 선언에 이르고, 일부는 아예 현지에서 헤어진다. 이건 수년간 수백의 커플을 통해 축적된 통계치요, 경험칙이다. 그렇게 여행 가서 열에 일곱은 박 터지고, 상당수가 현지에서 바로 헤어진다는 거, 이거 직접 목격하지 않으면 참으로 이해하기 쉽지 않다. 왜 그러느냐.

구체적 예 하나 들자. 첫 기착지가 프랑스 파리이고 다음 목적지가 오스트리아 비엔나라고 하자. 파리는 첫 도시라 한국에서 미리 예약해뒀던 숙소에서 묵고 마지막 날 밤 10시 기차로 비엔나 가기로 했다. 아침에 체크아웃 하고 종일 돌아다니다 저녁에 호텔 바로 앞에 있는 역으로 갔다. 10시 다 됐는데 기차가 안 온다. 연착인가. 불안하다. 1시간이나 지났다. 아무래도 이상하다. 남자가 나서서 손짓 발짓으로 묻는다. 곧 밝혀진다. 비엔나 가는 기차는 동역에서 떠나고, 호텔 앞의 역은 북역이었다는 게. 아뿔싸. 서울역처럼 당연히 모든 기차가 한 역에서 출발할 거라 여겼던 게다. 그러나 그 시간에 돌아갈 숙소는 없고, 성수기라 다른 호텔도 만원이고, 기차역에 있자니 새벽 1시면 송아지만 한 셰퍼드 끌고 경찰들이 내쫓고, 하루 종일 걸어 피곤하고, 배까지 고픈데 24시간 편의점 따위 없고, 저쪽에서 아까부터 쳐다보는 노숙자들은 무섭고….

이렇게 해결 방법에 대한 사전지식이 전무한, 난생처음 겪는 심각한 상황에 봉착하게 되면, 그때부터는 각자 타

사랑의 원리　　　　　**347**

고난 본연의 문제 해결 능력이 그 바닥을 드러내게 된다. 그리고 그 바닥의 깊이와 넓이는 개인차가 엄청나다. 일반적인 예상과는 다르게, 이 바닥의 깊이와 넓이는 나이나 학벌, 재산과는 아무 상관이 없다. 그저 한 마리 짐승이 위기에 처했을 때 본능적으로 타고난 동물적 능력으로 반응하는 것처럼 각자 지닌 본연의 문제 해결 능력이 드러나는 것이다.

그리고 그렇게 무서운 상황에서 내면으로부터 먼저 무너지는 건 '그놈'들인 경우가 다반사다. '수컷 가오'를 위해 유지하던 표정 관리 시스템이 가장 먼저 붕괴되고 이어 자신의 무능을 인정하느니 상대의 과오를 찾아내 그걸 탓하기 시작한다. 원래 수컷들의 방어 체계가 그렇게 생겨먹었다.

예를 들어 낮에 백화점에서 네가 너무 오래 쇼핑을 해 제대로 알아보지 못해 이렇게 됐다는 식으로. 그게 사실이든 아니든 그 상황에서 그걸 탓해봐야 해결되는 거라곤 아무것도 없는데, 문제 자체를 해결하는 데 집중해야 할 때, 책임 전가와 상대 타박부터 하는 거다. 모든 것이 익숙한 한국에선 온갖 방식으로 엄폐, 은폐해왔던 '그놈'들의 비겁함과 치졸함이 그 바닥을 드러내고 마는 것이다. 그

적나라한 광경에 처자들 입은 딱 벌어지게 된다.

예산 부족하고 일정 자유로운 배낭여행에선 이런 종류의 크고 작은 돌발상황이 끊임없이 이어진다. 문제 자체가 문제가 아니라 그 문제를 처리해내는 '그놈'들의 해결 능력이 문제가 되는, 그런 날들이 연속되는 과정에서 커플 중 열에 일곱은 '그놈'들의 실체를 목격하게 되는 거다. 그걸 더 이상 견딜 수 없는 처자들이 아예 현지에서 헤어지게 되는 거고.

그러나 열에 셋은 오히려 돈독해지는데, 그 이유는 크게 두 가지다. 그 하나는 그런 위기 상황에서 드러나게 되는 '그놈'의 문제 해결 능력—정답이 없는 상황에서 답을 스스로 만들어내는 능력—에 반해서다. 예를 들어, 일단 지금 이 시간, 남아 있는 아무 밤기차나 타고 그 기차의 목적지로 가자. 그게 포르투갈의 리스본이면 어떠냐. 일단 그렇게 안전하게 밤을 보내고 거기서 다시 오스트리아로 가면 되지. 혹은, 좋다 그럼 배낭을 로커에 집어넣고 제일 멋진 의상 꺼내 입고 오늘 밤은 파리의 나이트클럽을 죄다 뒤져 뜨거운 밤을 보내보자. 뭐 이런 식. 어차피 정답이 없는 상황에서 패닉하지 않고 나름의 해법을 제시하는 능력을 보며 '그놈'을 더욱 신뢰하게 되는 거다.

두 번째는, 그렇게 생소한 공포에 대처하는 방식이 서로에게 맞을 때. 예를 들어 '그놈'이 그럼 우리 공원 가서 오늘 밤은 노숙하자고 하는데, 선택의 여지가 없어서가 아니라 그게 재밌을 거 같아서 기꺼이 오케이를 외치는 처자라면, 그렇다면 둘은 죽이 제대로 맞는 거다. 집안, 학벌, 재산 등에 의해 가려졌던, 공포에 대처하는 서로의 방식이 그렇게 죽이 맞는지 아닌지는 그들도 그때 처음 알게 된다. 왜냐. 국내에서 바닥의 공포까지 드러낼 일이란 게 연애 중에 대체 뭐가 있겠나. 생각해보시라.

이들 열에 셋은, 결혼해도 좋을 커플들이다. 왜냐. 결혼 생활이란 게 사실은 배낭여행과 본질적으로 유사하기 때문이다. 일상의 연애에선 결코 알 수 없었던 약점과 한계가 아주 적나라하게 드러나게 된다는 점에서도 그렇거니와, 싱글일 때는 한 번도 겪어보지 못했던 종류의 갈등에 부딪히게 될 뿐 아니라 그 갈등에 대한 정답이 따로 없어 결국은 각자가 타고난 본연의 품성과 문제 해결 능력이 그 바닥을 드러내게 된다는 점에서도 그렇다. 게다가 그렇게 문제에 맞서 나가는 능력이 일반의 예상과는 다르게 학벌이나 재산이나 집안과는 아무런 상관도 없다는 점에서도 결혼과 배낭여행은 유사하다. 해서 난 결혼의 자연 이혼률을, 배낭여행의 커플 브레이크 비율인 70퍼센트대라 본다. 실제의 이혼률이 그만큼 가지 않는 건 순전히 결혼이란 제도가 가진 사회경제적 복잡성과 강제성 때문이고.

그러니 누군가와 심각하게 결혼을 생각한다면 그 전에 최소 보름 이상─한 달 정도면 충분하고─배낭여행, 한번은 다녀오시라. '그놈'이 누군지 알게 될 테니까. 단, 반드시 타이트한 예산으로 가야 한다. 돈으로 모든 위기를 무마해버리면 '그놈' 바닥이 안 드러난다. 그렇게 해서 최소한 '그놈'의 바닥은 파악하고 결혼을 하든 말든 해야 할 것 아닌가. 돈도 없고 시간도 없고 상황도 안 된다? 뭐 사정이야 누군들 없겠나. 그러나 보름 투자해 50년 건지는 거다. 이보다 남는 장사가 어디 있나.

갑자기 여친의
옛 남친이
나타났습니다

여친의 옛 남친이 나타났습니다. 유학 간 그를 기다리던 그녀에게
제가 적극적으로 대시해 사귀게 되었지요. 유학 간 그는 1년 동안
연락 한 번 없다가 찾아와서는 "기다린다는 약속을 깨고 어떻게 다른
남자를 만나냐"며 여자친구를 괴롭히고 있습니다. 처음에는 그녀가
알아서 해결하겠다고 해서 참았지만 시간이 지나도 자신이 그녀의
진짜 애인이고 저는 바람 피운 상대쯤으로 말하는 그가 괘씸해서
몇 번 만나기도 했어요. 그런데 그가 저를 무시하고 얼마 전에는
그녀에게 약혼 얘기를 꺼냈다는 거예요. 그러자 그녀가 저에게
"자기가 우리 부모님을 만나 결혼 얘기를 꺼내보는 건 어때?"라고
말했습니다. 그 순간 저는 그녀와의 관계에 대해 더욱 진지하게
고민하게 되었어요. 저는 그녀를 정말 사랑하지만 당장 결혼할
마음은 없는 데다 경제적으로 준비도 되어 있지 않은 상태거든요.
이렇게 되니까 결혼할 마음도 없는 사람이 놓아주라는 상황이
되어버렸습니다. 그녀와 헤어지고 싶지는 않은데 말입니다.

당신은 지금
당신이 보고 싶은 것만
보고 있다

  시간적으로 먼저 만난 걸 무슨 대단한 권리라도 되는 양 구는 자들, 흔하다. 가만 생각해보면 이거 참 웃기는 거다. 길에 떨어진 5백 원짜리 동전을 먼저 주운 사람이 그 소유권을 주장하는 거야 당연하다지만, 그 동전 지가 써버린 후에도 여전히 그 5백 원에 대한 권리가 남아 있다고 주장하는 거, 웃기지 않나. 그런데 그렇게 옛 연인의 행동을 문제 삼는 것보다 훨씬 다급한 문제는 따로 있어 보인다. 진짜 문제는 그런 시비를 가리는 게 아니라, 바로 그녀라고 보는 게 옳겠다. 왜냐.

  엄밀히 말해 이 일은 당신이 나설 일이 아니다. 그녀 선에서 끝내야 할 일이다. 왜냐. 그들의 관계는 당신과는 별개의 관계니까. 그녀와 그가 당신과 무관하게 맺은 그들만의 독립적 관계니까. 기분 나쁘겠지만 그게 엄연한 사실이다. 그녀와 당신이 그와 무관하게 맺은 관계만큼이나, 그들 관계 역시 그들만의 것이다. 그러니 그에겐 당신 말을 들어야 할 이유가 없다. 그가 왜 당신 간섭을 받아야 하나. 당신이 그의 말을 들어야 할 하등의 이유가 없듯 그에게도 그런 거 없다.

사랑은 상대의 모든 것에 전권을 가지는 것이라 착각들 많이 한다. 그래서 상대와 연결된, 나와는 별도의 관계에 대해서도 자신이 당연히 개입할 권한이 있다고들 여긴다. 사랑한다는 자신의 감정이 만유인력에 필적할 무슨 우주적 정당성이라도 되는 줄 안다. 이건 인간 사회가 사랑을 그런 식으로라도 신화화한 탓도 있지만, 그보다 훨씬 더 근본적인 건 자기 객관화가 안 됐기 때문이다. 자신의 감정도 그저 다른 모두의 감정만큼만, 딱 그만큼만 중요하단 걸 인정할 수가 없는 거다.

당신 사랑으로 그 소유를 정당하게 주장할 수 있는 건, 상대의 마음뿐이다. 그러니 그녀가 자기 마음에 따라, 과거의 남자를, 자기 선에서 거절하면, 그냥 끝날 일이다. 그런데 문제는 그렇게 끝이 안 나고 있다는 거다.

그가 청혼했단 소린, 그가 완전히 싸이코가 아닌 한, 자신에게 기회가 있다 판단했기 때문일 게다. 그리고 그가 그렇게 생각하고 있다는 건 그녀가 그에게 그 어떤 일말의 가능성도 존재할 수 없다고, 똑 부러지게 거부하진 못했다는 소리이기도 하겠고. 당신은 갑자기 나타난 연적에게만 온통 신경을 곤두세우고 있지만 그녀가 그를 만나서는 당신에게 설명한 것과는 다른 뉘앙스의 말과 행동을 했을 수 있다는 말이다.

부모를 만나 결혼 이야기 해보라 한 것 역시 이 일이 자신이 아니라 부모 뜻대로 돌아갈지 모른다는 걸 암시하는 것일 수 있다. 말하자면 미리 변명해두는 게지. 자신은 어떻게 해볼 도리 없었다고. 부모님 때문에 상황이 그리 된 거라고. 물론 그녀의 행동과 무관하게 그가 혼자서 폭주하는 것일 수도 있다만, 어떤 경우라 하더라도 명백한 건, 지금 당신이 신경 써야 할 사람은 그가 아니라 오히려 그녀라는 점이다.

당신은 지금 당신이 보고 싶은 것만 보고 있다. 그녀 입장이 되어 상황을 총체적으로 다시 점검해보시라. 그리고 결혼이란 공세에 떠밀리지 말고 거꾸로 당신이 그녀에게 분명한 선택을 요구하시라. 당장 결혼할 순 없지만 나를 선택할 건지 아니면 당장 결혼하자는 그를 선택할 건지. 지금 중요한 건 상황 자체가 아니라 상황에 대한 주도권이다. 당신 인생 전체로 보자면, 지금 상황에서 당장 그녀를 잡느냐 못 잡느냐보다, 그게 훨씬 더 중요하다. 어떤 상황에서건 상황 자체에 휩쓸리지 않고, 자신이 원하는 걸 분명하게 제시했느냐, 그러고 나서 그로 인한 결과를 맞이해도 맞이했느냐. 그 여부는 앞으로 당신이 얼마나 자신 있게 자신의 삶을 주도해가느냐에 있어 대단히 중요하다.

정신 똑바로 차리시라. 어느 순간 어딘지 모르는 곳에 떠내려와 있는 자기를 발견하고, 일이 어쩌다 이리 된 거냐고 혼자 질질 짜지 않으려면.

여자친구가
갑자기 유학을
간다는군요

여친은 차분하고 합리적입니다. 그런 그녀가 갑자기 어학연수를
가겠다고 하더군요. 1년 연애 동안 얼핏 언급은 했지만 구체적으로
말한 적은 없었기에 정말 당황했죠. 왜 미리 말하지 않았냐니까
유학원 거치지 않고 직접 준비해 언제 될지도 몰랐고 기간도
1년에 불과한 데다 관계 역시 계속 유지할 거니까 준비되면 말하려
했다더군요. 한 달 후에 떠나니 그동안 매일 보고 또 장거리 연애도
하자고 합니다. 하지만 이런 중요한 문제를 숨긴 채 혼자 결정한
그녀에 대한 믿음이 예전 같지 않습니다. 사랑한다면 모든 걸
함께해야 하는 거 아닌가요? 1년간 혼자서 자신의 삶을 계획한
그녀가 우리 관계를 가볍게 여겼던 거 같단 생각도 듭니다. 어떻게
하면 좋을까요.

세상을 핸들링 하는
방식의 차이다

섭섭은, 했겠다. 하지만 그녀가 그 사실을 당신에게 숨긴 거라 표현한다면, 거기서부턴 틀렸다. 그녀는 자기 일은 자기 손으로 해치우는, 이성적이고 독립적인 인간일 뿐이다. 그러니까 숨긴 게 아니라 말을 안 한 거지. 어차피 세상사, 결국 자신이 책임져야 하는 법이니까. 게다가 확정도 안 됐으니까. 그리고 그건 당신에 대한 애정과는 무관하니까. 애정과 연수는, 논리적으로, 별개니까. 그게 그녀가 세상을 핸들링 하는 방식이다. 여기에 옳다 그르다 없다. 그저 그녀는 그렇게 생겨먹은 거다.

이런 인간들, 고민 상담 안 한다. 사람들이 자기 고충을 털어놓는 건 문제를 대신 해결해달라는 게 아니라, 자신의 처지를 동정하고 공감해달라는, 일종의 투정이다. 그런데 이런 사람들, 그러는 거 엄살이라 여긴다. 하여 이런 자들, 혼자 간다. 동지로 든든하다. 인장 강도 대단하니까. 근데 당신은 바로 그게 야속하다. 연인이라면, 주요한 삶의 결정들과 자신에 대한 애정은 결코 별개일 수 없다고 믿으니까. 그녀가 중요한 결정을 혼자 했다는 데서 소외감과 배신감을 느끼는 건 그래서다. 연인의 삶이 나와 별개로 진행된다는 건 사랑이 온전하지 않다는 방증이라고 보는 거지. 그래서 당신은 '신뢰'와 '존중'이란 단어를 거론한다. 그러나 그렇게 다그쳐 봐야 그녀는 그런 말을 할 '필요'와 '타이밍'에 대해 논증할 게다.

대체 어디서부터 어긋난 거냐. 당신이 그녀 나름의 문제 해결 방식을, 당신에 대한 본질적 애정과 연결해버린 지점부터. 그랬다는 건, 당신은 그녀가 그렇게 생겨먹었단 자체를, 당신에 대한 배신으로 간주하고 야속해했다는 소리가 된다. 듣고 보니 웃기지 않다. 근데 당신 같은 유의 갈등 겪는 이들, 적지 않다. 왜들 그러는 걸까. 좌뇌와 우뇌의 차이, 감성적 사고와 이성적 판단의 차로도 설명한다만 그 못지않은 요인, 따로 있다.

예를 하나 들자. 많은 연인들이 과거 인연 때문에 다툰다. 가령 여친에게 과거 남친이 연락을 했다. 화난 당신, 혼

내주겠다며 그 친구 전번을 달랜다. 그러나 그도 힘든 일이 있어 그런 거라며 앞으론 연락 안 할 거라고 번호 안 준다. 결국 몰래 그녀 핸드폰에서 번호 알아낸 당신, 전화한다. 그러나 그 남자, 당신 전화 받을 일 없다며 단박에 끊어버리고 그 사실을 안 여친 역시 당신을 추궁한다. 당신은 황당하다. 잘못은 지들이 했는데.

이런 상황, 흔하다. 어디서 잘못된 거냐. 당신이 화는 낼 수 있다. 기분, 나쁘니까. 인정. 그런데 딱 거기까지다. 왜냐. 그녀와 당신의 관계가 그와 무관한 만큼이나, 그들의 관계 역시 당신과 무관하게 그들 것이었으니까. 그러니 그에겐 당신 말을 들어야 할 이유가 없다. 당신이 그의 말을 들어야 할 하등의 이유가 없듯. 그런데 당신은 왜 당연히 개입 권한이 있다고 여긴 거냐. 왜냐. 사랑하니까. 사랑의 권리가 그 정도는 되니까. 그녀와 다른 사람 사이에 나와 별개의 관계는, 사랑한다면, 존재하지 말아야 하니까. 그렇게 믿는 거다. 자신과 별개의 노정이 연인의 삶에 존재할 수 있단 사실을 수용하기 힘든 지금처럼 말이다.

이런 오판은 왜들 하느냐. 인간들이 그만큼 사랑의 합일성과 완전성을 신화화해온 탓이다. 그래서 사랑한다면 둘 사이에 어떤 '별개'도 존재해선 안 되고, 사랑한다는 자신의 감정은 만유인력에 필적할 무슨 우주적 정당성이라도 되는 줄 아는 거다. 하지만 오해는 풀고 가자. 사랑한다는 자신의 감정은 그저 다른 모두의 감정만큼만, 딱 그만큼만 중요할 뿐이다. 게다가 완전하기는커녕 가장 불완전한 감정이 바로 사랑이다. 그러니 사랑한다고 제발 유난 좀 떨지 말자. 사랑이 때때로 위대해지는 건 완전해질 때가 아니라, 서로 불완전한 걸 당연한 걸로 받아들일 때니까.

권태기는 어떻게 극복하나요?

여자친구와 사귄 지 4년 되었습니다. 처음 2년은 정말 행복했습니다. 그런데 요새 권태기가 찾아온 것 같습니다. 여자친구는 스물아홉 살, 저는 서른한 살인데 여자친구가 자꾸 결혼 얘기를 꺼냅니다. 그런데 전 아직 결혼할 마음이 없거든요. 솔직히 요즘은 스킨십도 귀찮습니다. 점점 느낌도 없어지고. 제 여자친구만 한 사람 없는 건 알고 있습니다. 착하고 배려심 있고…. 제 부모님도 마음에 들어하시죠. 문제는 애정 표현 하기가 점점 힘들어진다는 겁니다. 이런 상태로 결혼하면 더 행복하지 않을 것 같고요. 그렇다고 헤어지자니, 이젠 나이도 좀 있어서 다른 사람 만나는 게 걱정되고, 무엇보다도 여자친구가 워낙 순정파라서 저랑 헤어지면 어떻게 될지…. 예전에 헤어지려고 했을 때, 여자친구가 거의 폐인 상태로 울면서 매달렸거든요. 고비를 잘 넘겼다고 생각했는데, 다시 권태기가 찾아왔나 봅니다.

당신이 책임질 수 있는 것까지만
고민하시라

이미 결혼했다면 이야기가 좀 다르다. 그건 시스템이니까. 권태기란 이유 하나만으로 달랑 집어치우기엔 많이, 복잡하다. 하지만 연애에 관해서라면, 복잡하게 생각하면 할수록 정답에서 멀어진다는 게 일반칙이다.

질문 하나 하자. 연애의 본질적 목적이 뭔가. 결국은 서로 행복하자는 수작이다. 근데 당신은? 너무 익숙해져서 그녀는 이제 날 더 이상 긴장케 하지 않아요, 까지는 좋다. 한계효용체감의 법칙은 연애에 있어서도 어김없으니까. 그런데 당신은 그래서 편하고 안전하다 하지 않고, 그래서 격정적인 감정만 있을 땐 몰랐던 안락함을 새로 알게 됐다고 하지 않고, 애정 표현이 힘들다 말한다. 애정 표현 자체가 안 된다면 그 관계는 이미 생명을 다한 거다. 다른 건 다 잡소리다.

이 상황을 '난 나쁜 사람은 아냐' 관점에서 좀 복잡하게 바라봐보자. 지금의 갈등은 그녀와의 결혼이 부담되니까 나도 모르게 그녀까지 덩달아 밀쳐내면서 일어나는 거지 그녀 자체가 싫은 건 아니지, 순정파인 그녀가 겪을 고통을 그냥 두고 볼 순 없는 거잖아, 그렇게 착하고 배려까지 잘하는 여자를 단물 쏙 빼먹고 버리는 건 나쁜 놈들이나 할 짓이지, 지금 권태기는 누구나 결혼이란 중대사 앞에서 겪기 마련인 일시적 통과의례일 거야, 이 고비만 넘기면 되겠지, 뭐 그렇게.

만약 그런 생각 끝에 결혼까지 하게 됐다? 그럼 그거 시혜다. 당신이 그녀에게 베푸는. 현재 당신이 관계에서 절대 우위에 있다 보니 결혼을 그렇게, 당신이 그녀에게 베푸는 하나의 은혜처럼 간주하고 있는 거다. 하지만 그녀가 당신에게 일방적으로 매달리는 순정파라서 그녀 인생까지 책임질 수 있을 거라 여긴다면, 착각도 대단히 오만한 착각이다. 당신, 남의 인생 책임 못 진다. 자기 인생도 벅찬 불완전한 인간들이 어떻게 다른 사람의 인생을 책임지나.

내 이야기, 잘 들으시라. 당신이 책임질 수 있는 것까지만 고민하시라. 그녀가 착하고 배려까지 잘한다는 건 참 좋은 자질이다. 하지만 좋은 자질과 사귀는 거 아니다. 연애는 사람과 하는 거다. 그녀가 수백 가지 좋은 자질을 갖췄으면 뭐하나. 행복하지 않은데. 반대로 그녀가 수천 가지 나쁜 품성을 갖췄으면 어떤가. 그녀로 인해 가슴이 뛰면 그걸로 땡이지. 연애란 그런 거다.

그렇게 내 감정이 끝났다고 아무 잘못 없는 그녀를 밀쳐내면 그럼 나만 나쁜 사람 되는 거 아니냐. 물론이다. 그렇게 나쁜 사람 되고 싶지 않은 마음, 매우 정상이다. 하지만 지금 나쁜 사람 되고 마는 게, 이후 당신이 원망하거나 혹은 본전 찾느라 그녀에게 저지를 나쁜 짓에 비하자면 백 배는, 낫다. 지금 헤어지는 게, 옳다.

자기 결정권

자기 결정권이란 개념, 우린 참으로 취약하다. 이 이야기 좀 해보자.

재밌는 사건이 하나 있었다. 소위 신정환 도박 사건. 당사자는 "12년 쌓아온 모든 것이 무너지는 순간"이라며 절박해했던 바로 그 사건. 난 그 사건이 유난히 재밌었다. 왜냐.

우선 이것부터 해결해두자. 신정환은 공인인가. 답, 아니오. 연예인, 그들은 공공(公共)의 영역에서 공적 책무를 수행하는 공복이 아니라 공공연(公公然)한 영역에서 사적 이익을 추구하는 직업인이다. 국민투표로 그들 선발해 성금 각출로 그들 무명 시절 자금 조달해주고 반상회에서 순번 정해 그들 출연하는 프로 의무 방청한 게 아니다. 그들의 영업 내용이 퍼블릭한 것이 아니라 그 영업 장소가 마침 퍼블릭할 뿐인 게다.

하여 그들에게, 누구에게나 적용되는 평균 이상의 공적 가치를 지향할 의무, 없다. 각종 연예인 사건 때마다 공인 운운하며 연예인은 더욱 타의 모범이 되어야 한다는 언론의 주장에 그래서 나는 동의할 수 없단 점, 일단 짚어두련다. 연예인이 법을 어겼다면 여느 자연인과 마찬가지로 법이 정한 범위의 처벌만 받으면 되는 거다. 그 외에는 니나 잘하자.

이 사건의 재미는 유명 연예인이 불법을 저질러 퇴출 위기에 처한 걸 흥미진진하게 구경하며 평소의 그들로 인한 상대적 박탈감을 보상받고 상대적 안도감을 느끼게 해줄 안주거리가 생겼다는 데 있는 게 아니다. 또한 그가 출연과 진행을 맡았던 모든 프로그램에서는 일제히 퇴출되었고, 그것은 법이 정한 징벌 이상을 자신이 속한 업계로부터 받고 있는 것이라 여기긴 했다만, 그런 그를 변호하고 싶어서 재미를 느낀 것도 아니었다. 사실 변호 필요 없다. 그가 얼마 지나지 않아 다시 복귀할 거란 건 우리 모두 그 사건 초기부터 이미 알고 있었으니까. 신정환 사건에서 정말 재미있었던 건, 그러니까 신정환 때문이 아니었다. 도박 때문이었다.

사실 엄밀히 말해 신정환이 자신의 잉여 경제력을 어디다 소비하든 남에게 해를 끼치지 않는 한, 남들이 관여할 바 아니다. 카지노에 돈을 소비하는 건 자기 자산에 타격을 줄 순 있어도 누굴 위해하는 건 아니니까. 그럼에도 국가가 허가한 이외의 곳에서 그 방식으로 돈을 소비하는 건 불법이다. 이거 생각해보면 참 재밌다. 허가를 한 곳이건, 허가를 하지 않은 곳이건 모두 똑같은 방식의 게임에 똑같은 가치의 화폐를 베팅하는 건데 말이다. 허가를 하지 않은 곳이라고 해서 위조지폐를 쓰는 것도 아니고 말이다. 그러니까 그것이 불법인 이유는 그 행위 자체의 위험성에 있지 않다. 무허가 블랙잭을 하면 돌이킬 수 없는 시력의 손상을 입거나 허가받지 않은 곳에서 바카라를 하면 지구 온난화가 촉진되기 때문이 아닌 것이다.

카지노가 불법인 이유는 두 가지다. 첫째는 카지노가 아주 크게 돈 되는 장사이기 때문이다. 정선 카지노는 정부 출자 지분이 절반을 넘고 시장에서 독점적 지위를 가진다. 뭐 국가가 세수를 위해 그런 식으로 카지노 사업을 실질적 전매사업화 하겠다는 데에는 불만 없다. 나라 운영엔 돈이 필요하니까. 하지만 국가도 돈 때문에 도박하는 주제에 사람들 도박한다고 탓하는 꼴은, 언제 들어도 참 웃기다.

둘째 이유는 건전한 근로가 아니라 사행심으로 가사 탕진할 위험으로부터 국민들을 보호하기 위해서다. 하지만 국가가 허용하는 곳에서 하는 가사 탕진이라고 국가가 그 손해를 보전해주나. 이 명분도 자가당착인 건 매일반이다.

특히 이 두 번째가 참으로 웃기다. 우리나라는 최근까지 자국민의 카지노 출입을 완전히 금지하고 있던 유일한 국가였다. 정선 카지노가 생겨 그나마 제한적으로 허용되기 전까지, 국제법상 존재하는 모든 국가 중 가장 마지막까지 자국민의 카지노 출입을 금지했다는 말은, 그 명분대로 이해하자면, 도박으로 인해 발생할 수 있는 개인의 불행을 세계에서 가장 우려해주는 국가였다는 소리다.

행여 국민들이 사행심 주체 못하고 도박에 빠져 사회 복귀가 불가능한 폐인이 될까 애들 물가에 내보내지 않는 심정으로 국민들을 가장 심하게 염려해준 국가란 말은, 뒤집어 말하면 우리 국민들은 국가에 의해 전 세계에서 도박에 빠질 확률이 가장 높은 인간들로 취급되고 있었다는 말이다. 다른 말로 하면 국가가 국민을 애들 취급하고 있었단 말이다.

우리 사회는 개인의 자기 결정권이란 개념 자체가 어색한 사회다. 아마 우리 손으로 근대를 맞이하지 못해 근대적 개인에 대한 학습이 부족한 데다 군바리 정권의 통제 습성이 불순물처럼 남아서일 게다. 개인들이 가진 각자의 지각으로 그 사행심을 적절히 통제해 스스로 자기 상황을 책임질 수 있다는 걸, 기본적으로 신뢰해주지 않는다. 그러지 못하는 소수의 경우가 있다 해서 그 나머지, 스스로 적절히 제어할 능력을 갖춘 다수의 자기 결정권까지 간섭해선 안 된다는 생각, 별반 하지 않는다.

뗐다 붙였다 하는 명찰이 아니라 교복에 이름이 아예 오버로크 되어 있다면, 그건 선생님의 편의를 위해 학생이 원하지 않는 장소에서 자신의 정보를 노출하지 않을 개인 정보의 자기 결정권을 침해하는 것이란 생각, 우린 못해왔다. 자기 이름이 마음에 들지 않아 바꾸려는 것이 지독하게 어려운 것도 마찬가지다. 주민번호가 그대로이니 개명으로 인한 혼란은 사실상 개인적인 수준인데도, 국가의 관리 혼란에 대한 우려가 자기 이름에 대한 자기 결정권에 우선해왔다. 자기 이름 자기가 바꾸겠다는데 국가의 허락을 그렇게까지 받아야 한다는 거, 말이 안 된다. 제 몸에 어떤 무늬를 그려 넣든 말든 철저히 자기 결정의 문제임에도 문신 작업을 보건 범죄에 관한 특별조치법 위반, 요컨대 무면허 의료 행위로 불법화함으로써 문신 자체를 막는 것도 같은 맥락이다. 대신 의사가 문신하면 불법 아니란 거다. 바보들. 몸에 대한 자기 결정권보다 대마로 인한 국민 건강을 말하면서도 정작 재활 치료는 나 몰라라 하는 이율배반에 이르면, 화가 난다.

이 모든 게 국가가 국민을 계도·계몽할 대상으로만 취급했던 시절의 잔재다. 기본적으로 개인이란 남에게 해를 끼치지 않는 한 자신의 가치관으로 스스로 판단하고 결정하며 그에 대한 결과 역시 스스로 책임진다는, 자기 결정권의 개념이 우리에겐 그동안 너무 약했던 게다.

그러니 나로선 이렇게 말하고 싶다. 사행심 좀 가지면 안 되는 건가. 살다 요행 좀 바라면 안 되는 거냐고. 그거 하다가 또 열심히 일하면 되잖아. 그렇게 스스로 결정하도록 놔두면 안 되겠나. 국가가 개인의 삶에 개입해서 이것이 옳고 저것이 그르다고 가르치는 거 좀 안 하면 안 되

겠냐고. 어찌 죄의식 가지고 내 맘대로 하지 못하는 항목
이 그리도 많냐 말이다. 국민 해먹기 피곤해 못 살겠다,
씨바.

바쁘다 보니
섹스 횟수가
점점 줄어요

그녀와 저는 둘 다 입사한 지 얼마 안 된 직장인입니다. 아직 회사
업무에 제대로 적응도 못하고 금방 지치기 일쑤입니다. 퇴근하고
나면 전화도 얼마 못하고 곯아떨어지니까요. 서로 지쳐서 만나기도
힘들뿐더러 만난다고 해도 같이 있는 시간은 3시간여밖에
안 됩니다. 데이트 코스는 '식사→모텔'로 정해졌지요. 그런데 이게
슬슬 부담이 되더군요. 많지도 않은 월급, 왜 이렇게 나가는 곳이
많은지요. 각종 경조사비도 엄청난 데다 사실 모텔비도 만만치
않습니다. 모텔비를 누가 내느냐 하는 신경전도 펼쳐지고요. 서로
생각이 많으니까 관계를 가질 때, 집중도 안 됩니다. 그렇다고 힘든
내색을 보였다간, 체력이 부실하다는 소리를 들을 것 같고 또 그녀가
불만족스러워할까 봐 오히려 겉으로는 더 강하고 만족한 척을
합니다.

불완전한 게
정상이다

근데? 뭐가 문젠가. 다 정상이구먼. 새로운 환경에 적응하느라 정신없고 게다가 퇴근 후 피곤해 죽겠는데도 시간 내서 3시간씩이나 보잖나. 그녀 역시 입사 초기 스트레스에도 불구하고 당신과의 섹스를 거부하지도 않고. 사회초년생 월급 얼마 안 돼 서로 쪼들려도 어쨌든 모텔비도 눈치껏 나눠 내고 있고. 당신은 체력 달리는데도 상대에게 잘 보이려고 열심히 노력하고 있고.

근데? 뭐? 갈등이 존재한단 자체가 문젠가? 당신은 이제 어른들의 세계에 들어왔다. 부모, 애인, 친구로만 구성되고 기껏 경쟁자라고 해 봐야 같은 나이에 대입, 취직 같은 단일 목표에 오로지 학업 성적이란 잣대로만 평가받던 심플한 세계에서 적과 동지, 상사와 부하가 한 공간에 공존하고 승진과 이직, 질투와 배신, 경쟁과 낙오가 혼재하며 성공과 미래에 대한 정해진 루트 따윈 없는, 불확실성의 세계로 진입했다고. 갈등과 스트레스의 존재는 지극히 정상이다. 그런데 지금 당신은 갈등과 스트레스의 존재 자체를 탓하고 있는 거다. 그 자체를 탓하려면 엄마 찌찌나 평생 먹어야지.

사실 당신이 그렇게 반응하는 거, 당신 혼자만의 잘못은 아니다. 사악한 왕비, 그 악당 보스만 딱 제거하고 나면 남는 건 오로지 오래오래 완벽한 행복이더란 어린 시절 동화부터 온갖 드라마, 영화, 소설, 게임 따위들이 몇 가지 갈등 뚝딱뚝딱 해결하고 클라이맥스 위기만 잘 넘기면 그 뒤론 행복 가득한 미래만 남는다는 식의 서사 구조, 대량 유포해왔으니까.

그리고 마찬가지의 세계관으로 삶에서의 갈등과 스트레스를 비정상적인 것으로 간주하고 몇 가지만 고치면 누구나 완벽한 행복을 쟁취할 수 있다고 사발치는 오늘날의 온갖 처세술과 성공학이, 그런 단선적 행복 이데올로기를 더욱 강화시키고 있으니까. 당신이 갈등과 스트레스의 존재 자체를 문제 삼고 있는 것도 어쩌면 당연하다 하겠다.

그러나 그런 스토리 통해 때때로 고단한 삶에 대한 위

로를 받는 것까진 좋다. 하지만 그걸 실제 도달 가능한 자신의 행복 모델로 수용하는 순간, 오히려 진짜 불행이 시작되는 거다. 왜냐. 실제 삶은 그렇게 단순하지가 않거든. 삶이란 게 마지막 순간까지도 갈등과 스트레스 그리고 무엇보다 불확실성과 부대끼는 거거든. 그 다툼이 끝난다는 건 당신이 죽거나 혹은 미쳤다는 걸 의미하거든. 그러니 갈등과 스트레스는 비정상이기는커녕 거꾸로 당신이 제대로 살아 있단 방증이다. 그 자체로 매우 정상적인 삶의 일부라고. 그렇게 불완전한 인간에게 평생에 걸쳐 언제나 삶의 한 요소일 수밖에 없는 걸 비정상으로 간주하고 어떻게 행복해질 수가 있겠나.

그러니 문제 그 자체를 문제 삼지 말고 그저 그 문제를 어떻게 해결할 건지에만 언제나 집중하시라. 그러지 못하고 문제 자체에 주도권을 넘겨주고 휘둘리고 마는 자들, 왜 유독 내 삶에만 이리도 문제가 많냐며 스스로 비탄해 마지않는다. 그들의 불평, 불만 들어주는 것처럼 고역도 없다. 갈등과 스트레스가 있거들랑 기꺼이 갈등하고 스트레스 받으시라. 그게 갈등과 스트레스를 대하는 올바른 태도다. 그렇게 불완전한 게 정상이다.

건투를 빈다
10주년 특별판

첫판   1쇄 펴낸날 2008년 11월 10일
개정판 1쇄 펴낸날 2018년 3월 12일
        6쇄 펴낸날 2022년 5월 16일

지은이 김어준
발행인 김혜경
편집인 김수진
편집기획 김교석 조한나 김단희 유승연 임지원 곽세라 전하연
디자인 한승연 성윤정
경영지원국 안정숙
마케팅 문창운 백윤진 박희원
회계 임옥희 양여진 김주연

펴낸곳 (주)도서출판 푸른숲
출판등록 2003년 12월 17일 제2003-000032호
주소 경기도 파주시 심학산로 10(서패동) 3층, 우편번호 10881
전화 031)955-9005(마케팅부), 031)955-9010(편집부)
팩스 031)955-9015(마케팅부), 031)955-9017(편집부)
홈페이지 www.prunsoop.co.kr
페이스북 www.facebook.com/prunsoop   **인스타그램** @prunsoop

ⓒ김어준, 2018
ISBN 979-11-5675-737-5(03810)